Lyon

1848

Hoffmann, Ernst Théodor Wilhelm

Contes

faisant parie de ses dernières oeuvres

CONTES D'HOFFMANN.

CONTES
D'HOFFMANN

(FAISANT PARTIE DE SES DERNIÈRES ŒUVRES)

Traduits pour la première fois

PAR

ÉDOUARD DEGEORGE.

LYON,
IMPRIMERIE DE BOURSY FILS,
Rue de la Poulaillerie, 19.

1848.

L'ESPRIT ÉLÉMENTAIRE,

CONTE D'HOFFMANN

Traduit pour la première fois.

AVANT-PROPOS.

Hoffmann est un des écrivains allemands les plus connus en France. M. Loève-Weimars le premier a traduit une grande partie de ses contes et les a présentés au public français en expliquant au long, dans un morceau biographique, ce qu'était ce conteur étrange, cet artiste original, ce cerveau exalté, peintre, musicien, décorateur, mécanicien, curieux de toute excentricité, des sciences occultes et du magnétisme, de Mesmer et de Cagliostro, un peu fou aux yeux de ces bourgeois sensés dont il est question dans *Werther*, qui tremblent que le torrent de l'imagination et de la sensibilité ne ravage leurs petits jardins symétriques; mais conservant toujours, même au milieu de ses divagations grotesques, de ses rêves incohérents, le sentiment poétique et une exquise originalité. Nous n'essaierons pas d'expliquer pourquoi le *genre fantastique*, inconnu chez nous, ou à peu près, avant Hoffmann, a pu s'implanter et prendre racine dans un terrain qui semble trop solide et trop fort pour recevoir la plante exotique, cette sorte de *datura fastuosa* dont il est question dans un des contes de cet auteur. Le fait s'est accompli sous nos yeux, et si nous n'avons rien produit en ce genre qui mérite la peine d'être mentionné, au moins avons-nous accordé au fantastique allemand droit de cité parmi nous. Après la première traduction, un professeur d'histoire, M. Toussenel, n'a pas dédaigné de traduire à son tour les contes qu'avait laissés de côté M. Loève; comme de juste, c'étaient les plus originaux: *le Pot d'Or, la Fiancée du Roi*. Depuis ces dernières années, les traductions ont abondé; MM. Marmier, Christian, Egmont sont venus tour à tour sur les traces de leurs prédécesseurs, et, tout en glanant, ont trouvé quelques épis oubliés. Ainsi, par exemple, la nouvelle intitulée *le Magnétiseur* a été mise au jour pour la première fois. Justement elle se rattache, par certains points, au conte que nous avons essayé nous-même de traduire. Dans *le Magnétiseur* reparaît un certain major, personnage redoutable et qui répand autour de lui je ne sais quelle odeur de soufre. Comme dans *l'Esprit Elémentaire*, cet homme, qui ne peut être autre qu'O'Malley, personnifie l'esprit du mal. Dans *le Magnétiseur*, il exploite la thèse des fluides; dans *l'Esprit Elémentaire*, nous le voyons comme le représentant des sciences occultes.

Quelle est la part de l'imposture? quelle est celle du réel? C'est ce que Hoffmann ne dit pas, nous laissant flotter, suivant son habitude, entre la vie réelle et le monde surnaturel, et, justement, c'est là la cause de l'intérêt puissant qui s'attache à tout ce qu'il a écrit. Le monde que nous habitons est devant nous, sous nos pieds; mais soudain le rideau qui nous couvre celui des rêves et des pressentiments est soulevé par une main puissante : le réel et le fantastique se mêlent l'un à l'autre et nous enveloppent d'un réseau inextricable. Car le fantastique, à un certain point de vue qui n'est pas dénué de toute portée philosophique, a ses racines dans le cœur même de l'homme. Nous sommes jetés dans le monde, qui se révèle à nous grâce à l'intermédiaire de nos sens, par une divinité inconnue; nous savons que nous y ferons un court séjour, mais quelle sera notre destinée future? Un sens intérieur, intime, nous répond, mais nous n'avons à ce sujet autre chose que des pressentiments. A certaines heures, les esprits les plus sérieux, lorsqu'ils se prennent à songer à ces problèmes, touchent aux limites des réalités, et font une pointe dans le pays des songes, dans cette belle ferme de l'Atlantide que prétendait posséder Hoffmann, soit dans ce que nous avons appelé le fantastique. Cela n'est pas nouveau, et personne n'a pu s'y soustraire avant ni après Cicéron, qui, dans son traité *De la Nature des Dieux*, et même dans plus d'un autre endroit, a laissé de côté la gravité romaine pour suivre le vol de son imagination.

Revenons au conte dont nous présentons la traduction. A notre avis, c'est un des plus remarquables de tous ceux échappés à la plume d'Hoffmann. Pourquoi n'a-t-il pas été traduit plus tôt? Il est difficile de s'en rendre compte. Nous ne voyons que deux raisons : les détails d'intérieur un peu longs du commencement, le rôle que jouent les sciences occultes dans tout le reste. Quant à ces détails, on en a bien passé d'autres à Walter Scott. Quant aux sciences occultes, ce qui s'y rapporte ne manque pas d'intérêt, ne fût-ce qu'un intérêt de curiosité. Gœthe, cet esprit vaste et solide, ne les méprisa pas, puisqu'il consacra de longues heures à leur étude. N'y avait-il pas, au reste, quelque chose au fond des rêveries des adeptes de la pierre philosophale, des *Phylactères* et du *Thilsem?* La chimie moderne n'est-elle pas sortie du creuset de l'alchimie du moyen-âge?

Nous concevons facilement que *le Magnétiseur* eût été long-temps oublié par les traducteurs. Les dissertations sur *les courants*, sur *la puissance*, abondent; c'est une page arrachée à Puységur. L'action est presque nulle; tout reste au milieu des brouillards. Mais dans *l'Esprit Elémentaire* circule une tout autre vitalité. Dès le début, sur la route de Liége à Aix-la-Chapelle, on reconnaît le crayon ferme du conteur. C'est bien l'hiver, un voyage en rase campagne; le château, le baron, la baronne, tout est décrit de main de maître, et si l'on trouve ces détails fastidieux, ce sera sans doute la faute des traductions en général et du traducteur en particulier. Cette grosse ménagère aux joues fraîches, à la taille replète, à l'énorme peloton de laine, si prosaïque et si bourgeoise, qui pourrait prévoir qu'elle n'est autre que la divine Aurora, la fille des rêves du paradis, l'idéal que poursuit vainement le malheureux Victor? L'évocation magique qui met fin au *charme* et au conte est par cela même aussi peu attendue que saisissante. La figure bouffonne et originale de Paul Talkebarth intéresse bientôt comme celle d'un vrai et bon ami; sous cette enveloppe grotesque se cache, du reste, une âme pure qui veille sur son maître comme un ange gardien, et le ramène dans le sentier de la vertu et de la vérité. Albert résume bien les tendances inquiètes du cœur humain. Il a entrevu dans un songe l'idéal; la terre n'a plus de joies à lui offrir, il achèvera son existence dans la tristesse et l'isolement, il ne se mariera jamais. C'est par ces mots que finit l'histoire. Il passera pour un rêveur ou un fou. Le personnage du major O'Malley domine tous les autres, Hoffmann l'a dessiné en traits de feu; le grotesque s'efface devant le sérieux. C'est le *mal*, le mauvais esprit qui entraîne l'homme vers le diable et évoque pour le séduire toutes les apparitions les plus douces, l'enchanteresse par excellence, la sirène, la Circé, la vieille et toujours nouvelle séduction, l'Eve, la *femme*. Parmi les scènes isolées, on remarquera la rencontre du major dans le bois, la soirée de garde où il apparaît avec son manteau et ses bouteilles de vin vieux, l'évocation dans les ruines à l'aide de la grammaire de Peplier; tableaux dignes de Callot, mais d'un ton plus noble et plus extraordinaire.

Enfin, nous observerons qu'Hoffmann a puisé l'idée de *l'Esprit Elémentaire* dans une nouvelle française. Ce n'est pas la première fois que l'Allemagne nous a fait des emprunts, depuis Niebühr, qui trouve les bases de son *Histoire romaine* dans le livre de Beaufort, jusqu'à Hoffmann, qui se sert pour son conte du canevas que lui fournit Cazotte dans son *Diable amoureux*. (LE TRADUCTEUR.)

L'ESPRIT ÉLÉMENTAIRE.

—

Le 20 novembre de l'année 1815, Albert de B....., commandant au service de la Prusse, se trouvait sur le chemin de Liége à Aix-la-Chapelle. Le quartier-général du corps d'armée auquel il appartenait revenait de la campagne de France et devait entrer ce jour-là à Liége pour s'y arrêter deux ou trois jours. Albert était arrivé la veille; mais, en proie à une inquiétude extraordinaire, il s'était décidé dans la matinée à partir brusquement. Bien qu'il ne se l'avouât point, cette résolution subite n'avait d'autre cause que les songes confus dont il avait été assailli toute la nuit. A les en croire, un événement heureux l'attendait à Aix. Il s'étonnait encore de sa décision, qu'il était en selle, et que, grâce à sa bonne monture, il pouvait espérer atteindre la ville avant la tombée de la nuit.

Un vent d'automne froid et piquant soufflait sur les champs dépouillés, à travers les arbres dégarnis de leur feuillage. Du fond d'un bois qu'on apercevait dans le lointain sortaient des voies confuses, de sourds gémissements. Des oiseaux de proie s'élevaient en poussant des cris sauvages et suivaient en troupes les nuages épais qui s'amoncelaient. Bientôt le dernier rayon de soleil disparut; un voile gris couvrit le ciel entier. Albert s'enveloppa du mieux qu'il put dans son manteau et laissa trotter son cheval droit devant lui sur la grande route. Son imagination lui retraça l'image des terribles moments qu'on venait de passer; il se rappela que quelques mois auparavant il avait fait le même chemin, mais dans la direction contraire. C'était alors la plus belle des saisons de l'année; les campagnes étaient couvertes de fleurs et ressemblaient à un tapis brodé de mille nuances; les prairies répandaient des senteurs exquises; les rayons dorés du soleil brillaient entre les taillis; les oiseaux chantaient et babillaient gaîment; la terre, comme une fiancée, s'était revêtue de sa parure, mais cette fiancée attendait son époux dans une chambre nuptiale froide et sombre, et cet époux n'était autre que la victime consacrée à la mort, les héros tombés dans la mêlée sanglante.

Albert avait rejoint son corps lorsque déjà les canons tonnaient sur la Sambre. Néanmoins il arriva assez tôt pour prendre part aux combats meurtriers de Charleroy, de Gilly et de Gosselin. Le hasard voulut qu'il fût présent partout où il se fit quelque chose de décisif. Il s'était trouvé à la prise du village de Planchenoit, qui décida la victoire la plus remarquable de toutes celles de la Belle-Alliance. Il s'était battu à l'affaire qui termina la campagne. Dans cette affaire, l'ennemi désespéré, tentant un dernier effort de courage, était venu se briser contre nos colonnes inébranlables et héroïques, qui avaient pris pied dans le village d'Issy. Lui, bravant le feu et la mitraille, se précipita sur nos rangs, comptant y jeter la confusion et la mort; mais nous le repoussâmes avec une énergie telle, que nos tirailleurs le poursuivirent jusqu'aux barrières de Paris. Dans la nuit suivante (celle du 3 au 4 juillet), on connut la convention militaire conclue à Saint-Cloud et la reddition de la capitale (1).

Cette affaire se peignait à sa mémoire sous les traits les plus vifs; il se rappelait des choses qu'il n'avaient pas remarquées au milieu de la mêlée,

---

(1) On sent que tout cela est écrit par un Allemand sous l'influence de sentiments hostiles à la France. On ne doit donc pas le prendre à la lettre. Hoffmann, qui s'était trouvé spectateur des batailles de Dresde et de Leipzig, et avait assisté à toutes les horreurs de la guerre, en avait conservé un souvenir amer. (*Note du traducteur.*)

qu'il ne pouvait pas même avoir remarquées. Il lui semblait avoir devant les yeux certains officiers, certains soldats. Il était frappé de l'expression indéfinissable qui brillait dans leurs regards, et provenait, non d'un mépris de la mort fier ou brutal, mais d'une extase divine. Il entendait les exhortations au combat, les paroles qui précédaient le dernier soupir, paroles mémorables, inspirées, que la postérité aurait dû recueillir comme celles des héros des temps anciens.

— Je suis, se disait Albert, comme un homme qui se réveille, se souvient qu'il a rêvé, mais ne retrouve que quelques jours après les détails de son rêve. Un songe seul peut, sur son aile puissante, traverser le temps et l'espace, créer des événements gigantesques, inouïs, tels que ceux des dix-huit jours néfastes de cette campagne. A côté d'eux pâliraient les imaginations les plus hardies, les combinaisons les plus téméraires. Non, l'esprit humain ne connaît pas sa propre grandeur; le fait dépasse les bornes de la pensée. Ce n'est pas la force matérielle et grossière, mais l'esprit qui engendre des actions telles que celles-là. La puissance morale de quelques individus inspirés aide la sagesse et le génie du capitaine, et contribue à l'accomplissement de choses qu'on ne pouvait ni espérer ni prévoir.

Albert fut tiré de ces rêveries par la voix de son piqueur. Ce dernier, resté en arrière à une vingtaine de pas, se mit tout à-coup à crier :

— Eh ! mille bombes ! Paul Talkebarth, où diable vas-tu ?

Albert arrêta son cheval, se retourna et aperçut un cavalier qui avait passé à côté de lui sans qu'il y eût pris garde. Ce cavalier s'était arrêté devant le domestique du commandant. Lorsqu'il eut écarté les mentonnières du volumineux bonnet de renard dans lequel sa tête était cachée, la figure brillante et vermillonnée, la figure bien connue de Paul Talkebarth, du serviteur du colonel Victor de S... ne tarda pas à se montrer.

Albert comprit à l'instant ce qui le poussait si irrésistiblement de Liége à Aix-la-Chapelle, sans s'expliquer, toutefois, comment la pensée de Victor, son plus intime et son plus cher ami, qu'il savait à Aix, ne s'était présentée à lui que confusément, sans qu'il en eût la conscience.

— Te voilà, Talkebarth? dit-il. Où vas-tu ? où est ton maître?

Paul Talkebarth fit une courbette des plus gracieuses, et, saluant militairement, le plat de la main à la cocarde beaucoup trop large de son bonnet de renard, il répondit :

— Mille tonnerres ! c'est bien Paul Talkebarth, mon commandant, *serre manne heure !* (sur mon honneur !) (1) Il ne fait pas bon dans ce pays... La vieille Lise avait l'habitude de dire... — Je ne sais pas si vous connaissez Lise Pfefferkorn, mon commandant. Elle demeure à Gand. — Mais quand on est allé à Paris, et qu'on a vu le mufle au *Chartin-Plante*

---

(1) Il va sans dire que tous les jeux de mots de Paul Talkebarth perdent toute valeur par le fait même de la traduction.

(Jardin-des-Plantes)... eh bien ! on trouve souvent tout près ce que l'on allait quérir au loin. Je rencontre ici le commandant que je devais chercher à Liége. Le *Spiritus familus* (*Spiritus familiaris*) a soufflé hier au soir à l'oreille de mon maître que le digne commandant était arrivé à Liége. *Sacre!* ç'a été une joie !... Qu'il en soit ce qu'il voudra, je n'ai jamais eu confiance en la Jaune. Une belle tête, *serre manne heure!* Mais ce n'est qu'un enfant. La baronne a fait son possible, cela est vrai. De bonnes gens dans ce pays, mais le vin ne vaut rien, et quand on est allé à Paris... Certes, le colonel aurait pu comme un autre entrer par l'*argue tromphe* (l'arc de triomphe), et j'aurais mis au blanc la chabraque neuve, *sacre!* Il aurait dressé les oreilles. Mais la vieille Lise, — c'était ma tante de Gand, — avait l'habitude de dire... Je ne sais pas, mon commandant, si vous...

— Que le diable emporte ta langue, bavard impitoyable ! s'écria Albert en l'interrompant. Ton maître est à Aix ; en route donc, et sans perdre de temps. Nous avons cinq heures de marche à faire.

— Halte ! s'écria Talkebarth de toute la force de ses poumons ; halte, mon digne commandant ! Le temps n'est pas beau dans ce pays ; mais nous avons des yeux qui percent les brouillards.

— Paul, dit Albert, n'abuse pas de ma patience. Où est ton maître ? n'est-il pas à Aix?

Paul Talkebarth sourit avec une telle satisfaction que sa figure se plissa de mille rides, comme un gant qu'on aurait trempé dans l'eau. Il étendit le bras dans toute sa longueur, montra un édifice qu'on apercevait dans le lointain, au faîte d'une colline, derrière un bouquet de bois.

— Là, dit-il, dans ce château...

Sans attendre ce que Talkebarth avait envie d'ajouter, Albert piqua des deux, et prit le chemin qui se détournait de la grande route et conduisait au château.

D'après le peu qu'a dit le brave Paul Talkebarth, il doit paraître un assez drôle de corps au lecteur bénévole. Il suffira d'ajouter que le père de Victor avait, en mourant, légué ce serviteur à son fils. Paul, après avoir été intendant-général des plaisirs de l'enfant, après avoir partagé les jeux et les incartades de l'adolescent, avait accompagné au service le jeune homme, et ne l'avait pas quitté à partir du moment où celui-ci avait ceint l'épée d'officier. Un vieil original de magister, qui remplissait dans la maison, depuis deux générations, les fonctions d'homme d'affaires, s'était chargé de l'éducation du bon Paul. Les leçons que ce dernier recueillit portèrent au comble sa disposition naturelle à tout confondre, à tout amalgamer de la manière la plus grotesque. La nature n'avait pas fait mesquinement les choses lorsqu'elle lui donna cette disposition. Du reste, c'était le cœur le plus loyal, le plus fidèle qui fût au monde, toujours prêt à se sacrifier pour son maître. Ni son âge avancé, ni aucune autre considération ne purent l'empêcher de suivre Victor dans la campagne de 1813. Son tempérament de fer en supporta les fatigues, mais son esprit, moins robuste que son corps, reçut évidemment un choc, ou tout au moins une impulsion étrange. Paul Talkebarth crut reconnaître que maître Sprengepilcus n'avait pas eu tort de le regarder comme un flambeau d'intelligence qui devait un jour jeter un vif éclat; il en donnait pour preuve la facilité avec laquelle il s'accommodait aux usages d'un peuple étranger, la promptitude avec laquelle il avait appris sa langue. Il tira beaucoup de vanité de ces succès, et attribua souvent à sa seule capacité la conquête d'un dîner et d'un logement, là où cela semblait impossible. Les excellentes locutions françaises de maître Talkebarth (le bénévole lecteur s'est déjà familiarisé avec quelques unes d'entre elles, aimables imprécations pour la plupart) s'étaient répandues, sinon dans l'armée entière, au moins dans le régiment de son maître. Chaque cavalier qui allait prendre son quartier dans un village adressait au paysan cette phrase de Paul Talkebarth : *Pisan*, *de l'avendel fure di chefal* (Paysan, de l'avoine pour les chevaux).

Comme toutes les natures essentiellement originales, Paul Talkebarth ne pouvait souffrir que les choses se passassent toujours de la même manière. Il chérissait les surprises et cherchait par tous les moyens à en réserver à son maître. Celui-ci avait donc souvent lieu de s'étonner, et souvent tout autrement que le brave serviteur ne l'eût voulu, car la plupart du temps ses plans échouaient lors de l'exécution.

Au moment où le commandant de B... se dirigeait vers le portail du château, Paul Talkebarth le supplia de vouloir bien faire un détour, de passer par derrière et d'entrer par la cour du château. Comme le colonel allait être surpris en le voyant arriver à l'improviste! Albert se laissa persuader; il suivit donc Paul à travers une prairie marécageuse, sauf à être couvert de la boue jaillissant à droite et à gauche. Arrivé devant un pont dégradé qui surmontait le fossé, Paul Talkebarth, jaloux de montrer son talent en équitation, voulut le faire franchir à son cheval; mais, hélas! cheval et cavalier restèrent dans la fange, enfoncés jusqu'au ventre. Ce ne fut pas sans peine que le piqueur d'Albert parvint à les en tirer. N'importe! Paul Talkebarth, qui n'avait point perdu sa belle humeur, donna de l'éperon à son coursier, et se précipita dans la cour du château en poussant des hourras sauvages. Justement, les oies, les poules, les coqs, les poussins et les canards se rassemblaient pour aller se coucher. D'un côté rentrait à l'étable un troupeau de moutons, de l'autre un troupeau de ces animaux immondes dans le corps desquels Notre-Seigneur chassa un jour le diable (1).

---

(1) « Quand il fut arrivé dans le pays des Gergéséniens, deux démoniaques étant sortis de leurs sépulcres, vinrent à lui... Or il y avait assez loin d'eux un grand troupeau de pourceaux qui paissait... Il leur dit : « Allez. » Et étant sortis, les démons allèrent dans ce troupeau de pourceaux, et aus-

On devine que Paul Talkebarth, peu maître de son cheval arrivant au galop et décrivant malgré lui de grands cercles au milieu de la basse-cour, ne jeta pas un mince désordre dans le ménage. A travers le vacarme effroyable des bestiaux et de la volaille, caquetant, glapissant, bêlant et beuglant, à travers les aboiements des chiens de garde et les cris aigus des servantes, Albert fit son entrée triomphale en donnant à tous les diables les surprises de Paul Talkebarth.

Albert sauta précipitamment à bas de son cheval et entra dans la maison. Le bâtiment, sans prétendre à l'élégance, paraissait vaste, commode, en un mot, très habitable. Un homme de taille moyenne, replet, aux joues pourprées, vêtu d'une jaquette de chasse de couleur grise, parut sur l'escalier.

— Vient-on prendre logement ? demanda-t il avec un sourire aigre-doux.

Au ton sur lequel cette question fut adressée, Albert devina qu'il avait devant lui le maître du lieu, le baron de C..., dont Paul Talkebarth lui avait parlé déjà. Il le rassura en disant qu'il ne venait point militairement au château, mais à titre d'ami du colonel, et pour faire à celui-ci une courte visite, devant repartir le lendemain à la pointe du jour. Il ne demandait l'hospitalité que pour la nuit.

Le visage du baron se rasséréna visiblement. Sa figure bienveillante, mais un peu trop large, rayonna de nouveau comme un soleil radieux, quand Albert, en montant l'escalier, laissa échapper quelques mots sur la probabilité qu'aucun des détachements du corps d'armée ne traverserait le pays.

Le baron ouvrit une porte. Albert entra dans une salle confortable, gaie et bien éclairée. Victor fut la première personne qui s'offrit à sa vue. Il était assis et regardait du côté opposé. Il se retourna au bruit, se leva brusquement et se jeta dans les bras du commandant en poussant un cri de joie.

— N'est-il pas vrai, Albert, dit le colonel, que tu as pensé à moi la nuit dernière ? Je savais que tu étais arrivé à Liége, un sens intérieur me le disait ; tout-à-l'heure encore, toutes mes pensées étaient dirigées vers toi. Je t'avais saisi avec mon âme, tu ne pouvais m'échapper.

Albert avoua que des songes obscurs, indécis, lui avaient fait quitter Liége, ainsi que le lecteur en est instruit.

— Sans doute ! s'écria Victor avec feu, ce n'est point une illusion, ce n'est point une chimère ; nous avons reçu en partage la puissance divine qui régit le temps et l'espace, et qui révèle le surnaturel dans le monde des sens.

Albert ne savait pas au juste ce que Victor voulait dire. Les manières,

---

sitôt tout ce troupeau se précipita avec impétuosité dans la mer. » (Saint Matthieu, ch. 8.)

les paroles de son ami, tout son être semblait changé et annonçait un état d'excitation et de tension morale.

Une dame assise auprès de la cheminée, à côté de Victor, se leva et s'approcha du nouvel arrivé. Albert la salua, en jetant à Victor un regard interrogateur.

— Madame la baronne Aurora de C..., dit celui-ci, mon aimable et hospitalière hôtesse, mon bon ange dans ma maladie et mes peines.

Albert se convainquit, en regardant attentivement la baronne, que cette petite femme rondelette pouvait bien avoir atteint la quarantaine. Sa taille avait dû être fine et élégante ; mais la nourriture substantielle de la campagne et le grand soleil avaient développé ses formes un peu au-delà de la ligne de beauté, au préjudice d'un minois gracieux, encore frais et florissant. Albert remarqua des yeux d'un bleu foncé, brillant d'un éclat qui avait dû blesser plus d'un cœur. Quant à la toilette de la dame, elle lui parut un peu trop négligée ; l'étoffe de sa robe, d'une blancheur éblouissante, tout en faisant l'éloge de la laveuse et de la blanchisseuse, dénotait l'état d'enfance de l'art de la fileuse et du tisserand. Un mouchoir d'indienne de couleur éclatante, jeté négligemment sur ses épaules, afin, sans doute, qu'on pût mieux en admirer l'éclat de neige, était en harmonie avec ce costume mesquin. En revanche, de charmants souliers de satin chaussaient les petits pieds de la baronne, et, sur sa tête, un délicieux bonnet de dentelle, au dernier goût de Paris, faisait contraste avec le reste de sa toilette. Ce petit bonnet rappela au commandant une jolie grisette que le hasard lui avait fait connaître dans cette capitale. Il trouva une foule de choses charmantes à dire pour s'excuser de son apparition soudaine. La baronne répondit à ses politesses et renchérit en compliments. Il résultait d'un flux de paroles qu'on ne pouvait traiter assez honorablement une hôte si aimable, l'ami d'une personne si chère. La baronne tira avec vivacité le cordon d'une sonnette, et appela d'une voix éclatante :

— Marianne ! Marianne !

Une vieille femme de mauvaise humeur se montra. A en juger par l'énorme trousseau de clefs qui pendait à sa ceinture, ce devait être la majordome.

La baronne, son époux et la vieille tinrent conseil entre eux. Il s'agissait de savoir ce qu'on avait de présentable à offrir au commandant ; par malheur, les pièces fines, telles que gibier, volaille, etc., avaient été servies, et on ne pouvait les remplacer que le lendemain. Albert, comprimant avec peine sa mauvaise humeur, déclara qu'on le forcerait de repartir à l'instant, malgré la nuit, si sa présence causait le moindre dérangement dans la maison. Un morceau de viande froide, du pain et du beurre suffisaient à son souper.

— Il est impossible, dit la baronne, qu'après une course rapide, faite par un temps rigoureux, le commandant ne prenne pas quelque chose de chaud.

Un nouvel et long pourparler eut lieu avec Marianne ; on reconnut qu'un bischoff était exécutable. Marianne s'éloigna donc, et le cliquetis de ses clefs se faisait encore entendre, qu'elle était disparue. On allait se rasseoir, quand une servante arriva avec un air effaré et demanda la baronne. Bien que le colloque eût lieu sur le seuil de la porte, Albert comprit que la servante faisait un rapport circonstancié. On allait bientôt connaître l'horrible ravage commis par Paul dans la basse-cour; effectivement la servante apportait la liste des absents, des morts et des blessés. Quel coup inattendu! Le baron court après la baronne; l'épouse gronde et gourmande; l'époux maudit le pauvre Talkebarth et souhaite le voir dans le pays où vient le poivre; la valetaille fait explosion; le *lamento* est général. Albert profite de ce moment de désordre, et raconte en peu de mots à son ami ce qui vient d'arriver à Paul Talkebarth.

— Le vieux coquin n'en fait pas d'autres, dit le colonel sans se fâcher. Le maraud a de si bonnes intentions, qu'on ne peut lui en vouloir.

Cependant le calme semble renaître au dehors. La maîtresse servante donne l'heureuse nouvelle que Jean Glouglouk en a été quitte pour la peur.

— Il ne lui est arrivé aucun mal, dit-elle; en ce moment, il mange de bon appétit.

Le baron reparut avec une mine riante et confirma la nouvelle. Jean Glouglouk avait été épargné par le brutal Talkebarth, trop peu soucieux de la vie des gens. Ce fut pour le baron une occasion de s'étendre sur les avantages agronomiques de l'éducation des poules. Il est bon de savoir que ce Jean Glouglouk, qui en avait été quitte pour la peur, n'était autre que le vieux coq du château, coq qui jouissait de la considération générale et faisait depuis maintes années l'orgueil de la basse-cour.

La baronne rentra pour prendre dans une armoire un gros paquet de clefs. Albert entendit un grand fracas, un grand cliquetis. La maîtresse de maison et la vieille majordome montaient et descendaient les escaliers; les servantes répondaient à l'appel d'une voix criarde; dans la cuisine, les râpes et les mortiers formaient un concert aigre et discordant.

— Dieu du ciel! se dit Albert, quel bruit pour une malheureuse tasse de vin chaud! Le général, avec tout son état-major, serait arrivé, qu'on n'en ferait pas davantage.

Le baron avait passé de l'éducation des poules à la chasse; il en était à l'histoire embrouillée d'un beau cerf qu'il avait aperçu et manqué; il paraissait même difficile qu'il en sortît, quand on vit arriver la baronne, et derrière elle Paul Talkebarth lui-même, portant le bischoff dans un élégant bol de porcelaine.

— Dépose-le ici, mon bon Paul, dit la baronne d'un air gracieux.

— *A fou serpire, Matame*, répondit-il.

Les mânes des victimes de l'échauffourée de la basse-cour semblaient réconciliés, tout était pardonné, la paix allait renaître.

On s'assit et on se rapprocha les uns des autres. Après avoir servi le vin chaud aux deux amis, la baronne prit un bas de laine d'une dimension monstrueuse, et se mit à tricoter. Ce fut une occasion pour le baron de s'étendre sur le genre de tricot qui convenait aux objets de chasse. Tout en parlant, il s'était emparé du bol, et se disposait à se verser une tasse.

— Ernest ! lui dit la baronne d'un ton courroucé.

A ce seul mot, il abandonna son projet, se glissa discrètement vers le buffet, et, pour se consoler, avala sans bruit un petit verre de rhum. Albert, espérant mettre un terme à la prolixité du baron en s'emparant de la conversation, pria son ami de lui donner quelques détails sur ses aventures depuis leur séparation. Victor répondit que deux mots devant suffire pour le mettre au courant, ils avaient tout le temps pour cela. Il priait donc Albert de lui faire connaître auparavant les grands et merveilleux événements dont il avait été témoin ; il en mourait d'impatience et ne pouvait attendre plus long-temps. La baronne ajouta en souriant qu'il n'y avait pas de plus jolis récits que ceux d'un carnage ou d'un meurtre. Le baron, qui avait repris sa place, déclara qu'il trouvait le plus grand plaisir à entendre parler de batailles, surtout lorsqu'elles étaient bien sanglantes. Cela lui rappelait ses parties de chasse. Il allait s'embarquer de rechef dans l'histoire de son cerf ; mais Albert, qui ne pouvait s'empêcher de rire, malgré sa mauvaise humeur, lui coupa la parole en lui observant que la chasse avait ce point de rapport avec la guerre, que dans l'une et l'autre on chargeait les fusils à balle ; mais qu'il était plus facile d'ajuster dans l'une que dans l'autre, les daims, les lièvres et les cerfs qu'on attaquait n'ayant pas de mousquets pour répondre.

La boisson qu'on avait servie à Albert était préparée avec d'excellent vin ; elle le réchauffa bientôt. Le sentiment de ce bien-être physique agit sur son moral. La contrariété que lui avait causée cet entourage étranger s'étant dissipée peu à peu, il déroula devant les yeux de Victor le tableau complet de ces batailles mémorables qui renversèrent tout-à-coup les espérances de celui qui se croyait déjà le maître du monde. Il peignit avec feu le courage héroïque de ces bataillons invincibles qui prirent d'assaut le village de Planchenoit, et termina en s'écriant :

— O Victor ! Victor ! si tu avais été là ! si tu avais combattu à mes côtés !...

Pendant ce récit, Victor s'était rapproché du fauteuil de la baronne. L'énorme peloton de laine qu'elle tenait sur les genoux ayant roulé à terre, il s'en était emparé et jouait maintenant avec lui ; de sorte que l'active tricoteuse, obligée d'amener le fil à travers les doigts de Victor, ne pouvait moins faire que de les effleurer souvent du bout de ses aiguilles.

Aux derniers mots prononcés par Albert à voix plus haute que le reste, Victor sembla s'éveiller en sursaut et sortir d'un rêve. Il regarda son ami avec un sourire singulier, et dit à mi-voix :

— Il n'est que trop vrai, mon cher Albert, l'homme se laisse bientôt prendre dans les filets qu'on lui tend ; la mort seule est assez puissante pour en trancher le nœud gordien... En fait d'invocations de l'esprit terrible, la plus hardie de toutes est en même temps la plus menaçante... Mais... tout le monde dort ici ?

Ces paroles mystérieuses, incompréhensibles, démontraient suffisamment qu'il n'avait pas entendu une syllabe du récit d'Albert et qu'il s'était abandonné pendant sa durée à des rêveries, Dieu sait de quelle nature !

Comme on peut le croire, Albert resta muet de surprise. Il jeta un coup d'œil autour de lui. Le maître de la maison s'était renversé sur le dossier du fauteuil; il avait les mains croisées devant son ventre, la tête inclinée sur la poitrine. La baronne fermait les yeux, tout en tricotant machinalement et avec la régularité d'une horloge. Albert se leva brusquement. A ce bruit, la baronne quitta son siége, et s'approcha de lui avec un maintien si dégagé, si noble et si gracieux qu'il eut peine à la reconnaître. Ce n'était plus cette petite femme obèse et ridicule; une métamorphose s'était opérée.

— Pardonnez, dit-elle avec un doux son de voix en prenant la main d'Albert, pardonnez à la maîtresse de maison affairée dès le point du jour de ne pouvoir résister à la fatigue lorsque vient le soir, tandis même qu'on l'entretient des choses du monde les plus sublimes. Ayez la même indulgence à l'égard d'un chasseur intrépide. Vous devez désirer vous trouver seul avec votre ami, avoir un instant de conversation intime loin de tout témoin importun; j'espère donc que vous voudrez bien partager avec lui le souper que j'ai fait servir dans sa chambre.

Aucune proposition ne pouvait venir plus à propos. Albert se confondit en remerciements. Il pardonnait de grand cœur à l'aimable hôtesse son trousseau de clefs, ses lamentations sur l'épouvante de Jean Gouglouck, le bas tricoté, tout, même son assoupissement.

— Mon cher Ernest!... dit la baronne, au moment où les amis voulaient prendre congé du baron.

Mais, pour toute réponse, celui-ci murmura à haute voix :

— Sus! sus! Tyras! Valdmann! allons!

Et sa tête retomba de l'autre côté. Qui aurait eu le cœur de l'arracher à ses songes chéris?

— A ton tour maintenant, dit Albert à Victor en se trouvant seul avec lui. Parle-moi de tes aventures; mais, avant tout, j'ai faim, et je crois que nous trouverons ici autre chose que le beurre et le pain que j'avais modestement demandés.

Le commandant n'avait pas tort. La table était fort bien servie; des viandes froides et succulentes, un jambon de Bayonne et un pâté de perdrix rouges la décoraient. En entendant Albert exprimer sa satisfaction, Paul Talkebarth fit remarquer avec un sourire malicieux que s'il n'avait pas été là!.. C'était lui qui avait glissé à Marianne tout ce qu'il savait que le commandant aimait, *toute la souperfine* (tout le superfin). Il ne pouvait oublier sa tante Lise, qui le jour de ses noces avait laissé brûler la bouillie au riz. Pour lui, il était veuf depuis trente ans; mais, qui pouvait savoir?... les mariages sont écrits au ciel, et Mlle Marianne!.. Toutefois, c'était la baronne qui lui avait donné le meilleur du repas, un panier de *céleri* pour ces messieurs.

Albert ne comprit pas très bien à quoi bon cette quantité extravagante de légumes. Il se rassura à la vue du panier, qui ne contenait rien autre que six bouteilles d'un vin de *Sillery* de la meilleure apparence.

Pendant qu'Albert s'abandonnait aux délices de la gastronomie, Victor lui raconta par quel hasard il se trouvait au château du baron.

Les souffrances de la première campagne, celle de 1813, avaient détruit la santé de Victor. De plus forts tempéraments que le sien ne purent y résister. On lui ordonna les bains d'Aix-la-Chapelle. Il s'y trouvait au moment où Bonaparte revint de l'île d'Elbe. Ce fut de nouveau le signal de sanglants combats. Comme la campagne se préparait, Victor reçut de sa résidence (1) l'ordre de se rendre à l'armée du Bas-Rhin, si l'état de sa santé le lui permettait. Mais le destin en disposa autrement, et l'arrêta après quatre ou cinq lieues de marche. Devant la porte du château, le cheval de Victor, la bête la plus sûre, la moins ombrageuse qui fût au monde, un cheval éprouvé dans le tumulte des batailles, s'effraya sans motif, se cabra, et jeta à terre son cavalier. Victor, ainsi qu'il l'avouait lui-même, s'était laissé désarçonner comme un écolier qui monte pour la première fois à cheval. On le trouva gisant sans connaissance, avec une large blessure, et baigné dans son sang. Il s'était frappé la tête contre une pierre tranchante. On l'emporta dans le château, et comme tout autre transport eût été dangereux, il dut y rester et y attendre sa guérison. Il n'était pas tout à fait rétabli; la blessure était cicatrisée, mais il avait toujours la fièvre et ne pouvait reprendre ses forces.

Il ne tarissait pas en louanges sur les soins empressés que lui avait prodigués la baronne.

—En vérité, s'écria Albert en éclatant de rire, je n'étais pas préparé à cela; je m'attendais à quelque chose de merveilleux, et pour conclusion il s'agit, permets-moi de te le dire, d'un dénouement tant soit peu niais, qu'on trouve dans cent romans rebattus. Fi! un homme qui se respecte ne voudrait pas du rôle que tu joues. Le chevalier blessé est transporté dans le château; sa châtelaine le soigne, et voilà le chevalier transformé en tendre *amoroso*. Comment, Victor! que sont devenus ton bon goût, tes manières d'autrefois? Comment! tu t'es soudainement amouraché d'une femme d'un embonpoint ridicule et déjà un peu mûre! Car, à la voir si prévenante, si empressée, on parierait en cent que tu joues l'adolescent langoureux qui pousse des soupirs à fendre l'âme et fait des couplets sur les beaux yeux de sa maîtresse. Si nous ne mettons pas tout cela sur le compte de la maladie, une seule chose pourrait t'excuser et poétiser un peu ta situation: ce serait la ressemblance de cette situation avec celle de l'infant espagnol dans *le Médecin de son honneur*. Comme toi, il se laisse cheoir sur le nez à la porte de dona Mencia, et trouve enfin sa bien-aimée, qui à son insu...

— Arrête! s'écria Victor. Je comprends jusqu'à quel point je te semble ridicule; mais il y a en jeu quelque chose de plus sérieux que tu ne le crois... Et, d'abord, buvons!

Le vin et la conversation animée d'Albert eurent sur Victor une in-

(1) La résidence, c'est la capitale, ou plutôt la ville qu'habite le prince régnant.

fluence bienfaisante. Il sembla secouer ses songes pénibles. Albert, élevant son verre plein, s'écria gaiement :

— A ta santé, Victor, mon cher infant ! A celle de dona Mencia, qui m'a bien l'air de n'être autre que notre corpulente hôtesse !

Victor répondit en souriant :

— Je ne veux pas passer plus long-temps pour un fat ou un niais ; je me sens bien disposé et en humeur de te faire ma confession. Résigne-toi à subir le récit d'une période entière de ma vie, qui se rapporte aux années de ma jeunesse. Ce sera long, et cela nous retiendra peut-être une grande partie de la nuit.

— Raconte, dit Albert. Il reste encore du vin pour ranimer tes esprits vitaux, s'ils défaillent ; seulement cette salle est froide en diable, et si ce n'était pas un crime de déranger quelqu'un dans la maison...

— Paul Talkebarth serait-il en défaut ? dit Victor.

Paul Talkebarth, qui avait entendu, se mit à jurer, aussi poliment que possible, dans ce langage moitié français, moitié allemand, qui est déjà connu du lecteur. Il avait mis en réserve le meilleur bois qu'il y eût au château ; il l'avait coupé lui-même. Il allait garnir la cheminée et faire bon feu.

— Heureusement, dit Victor, ici il n'y a pas à craindre ce qui m'est arrivé chez un droguiste, à Meaux. Mon bon Paul m'y régala d'un feu qui coûtait au moins douze mille francs ; le brave garçon avait mis la main sur du bois de sandal venant directement du Brésil. Je me comparai alors au fils du seigneur Fortunatus, au célèbre Andolosia. Tu sais que son cuisinier alimentait son feu avec des aromates exquis, parce que le roi lui avait défendu d'acheter du bois.

Tu te rappelles, continua Victor (la flamme s'élevait gaiement dans la cheminée, et Paul Talkebarth avait quitté la chambre), tu te rappelles, mon cher ami, que j'ai commencé ma carrière militaire dans la garde, à Potsdam. Voilà tout ce que tu sais, je crois, des années de ma jeunesse, soit parce qu'il ne se présenta pas d'occasion d'en parler, soit parce que l'image de ce temps flottait devant mon âme sous des traits à moitié effacés. Ici seulement mes souvenirs ont repris de la lucidité et se sont colorés d'un jour lumineux... Je ne puis dire que mon éducation première, celle de la maison paternelle, ait été mauvaise. A proprement parler, je n'en reçus aucune ; on m'abandonna à mes inclinations, et, certes, elles ne manifestaient rien moins que ma vocation pour le métier des armes. Je me sentais attiré vers l'étude des sciences. Mais ce n'était pas le vieux magister, mon précepteur, qui pouvait me diriger ; il était trop heureux quand on le laissait tranquille. A Potsdam, j'acquis facilement la connaissance des langues modernes, tout en poursuivant avec zèle les études nécessaires à un officier. Je lisais avec avidité tout ce qui me tombait sous la main, sans choix, sans avoir égard à l'utilité. Comme ma mémoire était excellente, je me trouvai en possession d'une masse de connaissances, sans trop savoir comment elles étaient acquises. Plus tard, on me fit l'honneur d'affirmer que j'étais doué du génie poétique. Moi seul ne voulais pas le reconnaître. Ce qu'il y a de sûr, c'est que les chefs-d'œuvre des grands poètes du temps me jetaient dans une espèce d'extase dont je n'avais eu jusque-là aucun soupçon. Je me semblais à moi-même une créature nouvelle qui se développait et participait pour la première fois à la vie. Je nommerai seulement ici les souffrances de Werther, les brigands de Schiller, et un livre qui imprima à mes fantaisies une impulsion toute différente, un livre qui, justement parce qu'il est inachevé, met en branle l'imagination et la laisse vaciller sans repos, comme le balancier d'une pendule. Je parle du *Visionnaire* de Schiller.

Il est possible que le goût du merveilleux, de la mysticité, qui a de profondes racines dans la nature humaine, fût plus vivace chez moi que chez d'autres. Lorsque j'eus lu ce livre, qui semble contenir la formule des conjurations les plus puissantes de la magie noire, un empire enchanté s'ouvrit devant moi, un empire rempli de merveilles célestes, ou, pour mieux dire, infernales. Je m'acheminai vers lui. Je m'égarai comme un homme qui rêve. Une fois tombé dans cette disposition d'esprit, je dévorai avec avidité tout ce qui s'y conformait. Des ouvrages bien inférieurs ne manquèrent pas de produire leur effet. Tout ce qui était grand, romanesque, trouvait de l'écho en moi. La première partie du dernier ouvrage dont je viens de te parler, sinon la seconde, avait agité le monde littéraire, grâce à la vérité de l'exposition, à la manière habile avec laquelle le sujet est traité. Je fus plus d'une fois mis aux arrêts parce qu'étant de garde, je n'avais pas entendu la sentinelle appeler le poste. Le sous-officier avait été obligé de venir me tirer de la rêverie profonde où m'avait plongé un de ces livres. Ce fut à cette époque que le hasard me rapprocha d'un homme bien étrange.

Par un beau soir d'été, je me promenais dans un jardin public aux environs de Potsdam. J'étais seul, comme à mon ordinaire. Le soleil venait de se coucher, et le jour faisait place au crépuscule. Tout-à-coup, je crus entendre dans le fourré d'un bosquet, sur le bord de la route, de sourds gémissements, des paroles prononcées avec feu dans une langue qui m'était inconnue. Pensant que quelqu'un avait besoin de secours, je me dirigeai en toute hâte vers l'endroit d'où la voix semblait sortir. Que vis-je? A la clarté mourante du soir, un corps gisant à terre, une large figure enveloppée dans un manteau grossier. Je m'approchai. Quel fut mon étonnement? Je reconnus le major des grenadiers O'Malley.

— Grand Dieu! m'écriai-je, est-ce vous, major? Vous dans cet état!... Etes-vous malade? Puis-je vous être utile?

Le major me contempla avec un regard fixe et sauvage, et me répondit d'un ton dur :

— Quel démon vous conduit ici, lieutenant? Laissez-moi tranquille, retournez chez vous, ou allez à tous les diables!

La pâleur mortelle qui couvrait la figure d'O'Malley, l'état dans lequel je le trouvai me sembla suspect. Je lui déclarai que je ne le quitterais point et que je ne rentrerais à la ville qu'avec lui.

— Soit, dit le major froidement et après un moment de silence.

Il essaya donc de se relever; comme il paraissait éprouver de la peine, je lui prêtai mon apppui. Je remarquai alors qu'il n'avait pas d'autre vêtement que sa chemise, et par-dessus un simple manteau de soldat. Du reste, il était botté, et sa tête chauve était décorée du chapeau d'officier galonné d'une large tresse d'or. Tel était son accoutrement habituel dans les promenades en plein champ qu'il faisait souvent à la tombée de la nuit. En se relevant, il ramassa précipitamment un pistolet qui se trouvait là, tout près de lui, et il le cacha dans son manteau, comme pour le dérober à ma vue. En chemin, il ne m'adressa pas une parole. Il prononçait des phrases entrecoupées dans sa langue maternelle que je n'entendais pas. (Il était Irlandais.) Arrivé devant son quartier, il me serra la main, et me dit avec un son de voix indescriptible, que je ne lui connaissais pas, et dont le souvenir m'est encore présent :

— Bonne nuit, lieutenant ; que le ciel vous protége et vous envoie d'heureux songes !

Ce major O'Malley était l'homme du monde le plus bizarre. Abstraction faite d'une couple d'Anglais excentriques que j'ai rencontrés dans ma vie, je ne connais pas un officier dans la grande armée que je puisse lui comparer pour l'extérieur. S'il est vrai que la nature ne se soit nulle part servi d'une empreinte aussi neuve qu'en Irlande, ainsi que l'affirment plusieurs voyageurs, s'il est vrai que là chaque famille puisse montrer quelque précieux échantillon de ses produits, le major O'Malley était certainement le prototype de sa nation entière. Imagine-toi un homme de six pieds, robuste comme un chêne, pas positivement mal bâti, mais dont aucun membre n'était en harmonie avec les autres. Chaque trait de sa figure semblait rapporté comme dans ce jeu où, numéro par numéro, l'on compose un personnage avec des pièces de carton; un nez d'aigle, des lèvres fines, une bouche bien fendue, eussent donné de la noblesse à sa physionomie, sans des yeux de verre fortement saillants, d'une expression repoussante, et sans des sourcils élevés, noirs et touffus, imprimant au masque un caractère grotesque. Quelquefois, mais rarement, ce masque avait l'air de pleurer : c'était lorsque le major avait envie de rire. S'abandonnait-il à la colère, alors il semblait rire; mais ce rire avait quelque chose de si effrayant, que les hommes les plus déterminés, les mauvaises têtes du régiment elles-mêmes en avaient peur. Du reste, il lui arrivait aussi rarement de rire que de se mettre en colère. Un uniforme au major semblait une chose fabuleuse. Quel artiste aurait pu remédier aux irrégularités de ses formes? Le tailleur le plus habile du régiment échouait toujours; l'habit coupé sur la mesure la plus exacte formait des plis choquants, quittait le corps et semblait entreposé là comme sur un porte-manteau, en attendant les coups de brosse. L'épée du major vacillait ordinairement à son côté et battait ses jambes. Quant au chapeau, il le posait sur sa tête dans une direction si singulière, que de cent pas on reconnaissait le militaire schismatique. Enfin, chose inouïe, vu le pédant et stupide respect du temps pour l'usage!

O'Malley ne portait pas la queue. A vrai dire, il eût été assez difficile de l'y assujétir, le crâne du major étant complétement dégarni, à part quelques mèches grises et friséesqui se trouvaient sur le derrière de la tête. Quand il montait à cheval, on croyait le voir tomber à chaque instant. Faisait-il des armes, il semblait à tout moment se laisser atteindre par son adversaire, et pourtant c'était le plus habile écuyer et la meilleure lame du régiment. Enfait d'exercices gymnastiques, il était passé maître. La conduite de cet homme inexplicable répondait à sa tournure : tantôt il dissipait au hasard des sommes importantes, tantôt il vivait comme un gueux. Sachant échapper au contrôle de ses supérieurs et se débarrasser des corvées, il ne faisait guère que ce qu'il lui plaisait ; or, ce qui lui plaisait était souvent si excentrique, si spleenétique, qu'il y avait quelque crainte à concevoir pour sa raison. D'après le bruit courant, le major, à l'époque où Potsdam et ses environs furent le théâtre d'une célèbre mystification, aurait joué un rôle capital dans cette affaire. Certaines relations qu'il avait conservées ne contribuèrent pas peu à lui faire cette réputation. Un livre fort décrié parut alors; me trompé-je en lui donnant le titre de *Excorporations* (1) ? On y trouvait le portrait d'un homme semblable au major; cette coïncidence fut remarquée. Moi-même, excité par le contenu mystique de ce livre, je prenait garde à lui davantage, et plus j'observais ses manières originales, plus je me sentais enclin à tenir O'Malley pour une espèce d'Arménien. Il semblait vraiment appartenir à l'autre monde. Les occasions de l'étudier ne me manquèrent pas, il me les fournit lui-même. Depuis le soir où je l'avais trouvé sous le bosquet en proie à un accès de souffrance ou physique ou morale, il semblait attiré vers moi par une inclination particulière ; me voir tous les jours était devenu pour lui un besoin. Il est inutile de te raconter la tournure singulière de nos relations, de te donner des preuves à l'appui de l'opinion de nos soldats; ceux-ci affirmaient que le major était un double marcheur (2) et avait commerce avec le diable. Tu connaîtras suffisamment, par la suite de mon récit, l'esprit malfaisant qui était destiné à bouleverser mon existence.

Je commandais le poste du château, lorsque je reçus la visite de mon cousin, le capitaine de T..., qui était venu de Berlin avec un jeune officier. Engagés dans une conversation intime, nous vidions un flacon de vin, lorsque le major O'Malley entra. Il n'était pas loin de minuit.

---

(1) L'auteur, en donnant ce nom au *Visionnaire* de Schiller dont il a déjà parlé, veut sans doute exprimer plus fortement encore ce qu'il a dit plus haut, à savoir : que cette nouvelle est la clef d'un autre monde, que rien de ce qui la compose ne se rapporte aux choses corporelles de celui-ci.

(2) *Doppelganger*. On croit encore en Allemagne aux hommes qui ont deux *moi*. Le double marcheur a immanquablement des relations avec Satan.

— Je vous croyais seul, lieutenant, me dit-il d'un air contrarié, après avoir jeté un coup d'œil sur mes hôtes, et il allait se retirer. Le capitaine s'approcha de lui et lui rappela qu'ils étaient d'anciennes connaissances. Je joignis ma prière à la sienne. O'Malley consentit à rester avec nous.

Il n'eut pas plus tôt avalé un verre de vin (il avait l'habitude de boire tout d'un trait et fort rapidement), qu'il s'écria :

— Voilà, lieutenant, la plus détestable piquette qui puisse déchirer le gosier d'un honnête homme. Voyons si ce vin-là sera meilleur.

Il sortit une bouteille de la poche du manteau mesquin qu'il portait sur sa chemise ; c'était le même que celui qu'il avait le jour de ma rencontre avec lui, un manteau de simple soldat ; il nous versa à boire. Nous trouvâmes son vin excellent ; il fut jugé de Hongrie, d'un bon crû, plein de feu.

Je ne sais comment la conversation tomba sur la magie et sur le livre maudit auquel j'ai déjà fait allusion. Le capitaine avait en propre, lorsqu'il avait bu, un ton moqueur qui ne plaisait pas à tout le monde ; c'est sur ce ton-là qu'il se mit à parler des militaires passés maîtres en l'art de la sorcellerie.

— Nous les avons vus, dit-il, mener à fin une foule de jolies entreprises ; il ne nous reste qu'à rendre hommage à leur puissance et à leur dresser des autels.

— De qui voulez-vous parler ? s'écria O'Malley d'une voix de tonnerre ; de qui voulez-vous parler ? Capitaine, s'agirait-il de moi ? Dans ce cas, laissons les apparitions d'esprits ; je pourrais vous prouver que je m'entends à merveille à les faire disparaître, et que je n'emploie pas un vain talisman. Mon épée ou une bonne paire de pistolets me suffisent.

Le capitaine n'était point d'humeur à avoir une affaire avec O'Malley ; il détourna adroitement la conversation. Il avait voulu faire allusion au major, il est vrai, par une plaisanterie peut-être inopportune ; mais il lui demandait sérieusement si lui, O'Malley, ne ferait pas bien de mettre un terme aux sots propos. Son prétendu pouvoir sur les puissances invisibles était une superstition qui ne convenait plus à un siècle éclairé ; il devait donc être le premier à la combattre.

Le major s'accouda sur la table, appuya sa tête entre ses mains, de manière à ce que son nez se trouvât à deux doigts de la figure du capitaine, et dans cette position, tenant attachés sur ce dernier ses gros yeux fixes et brillants, il parla fort tranquillement de la manière suivante :

— Mon honorable ami, quoique le Seigneur ne vous ait pas donné en partage un esprit bien pénétrant, vous reconnaîtrez pourtant, je l'espère, que la plus folle, la plus chimérique, la plus détestable des prétentions serait celle-ci : croire que tout s'arrête au principe spirituel qui réside en nous ; nier l'existence de natures immatérielles douées différemment que nous, qui souvent quittent l'autre monde, se donnent une forme momentanée, se révèlent dans l'espace et le temps, et même, dans la vue d'un effet réciproque, peuvent s'introduire dans ce pâté d'argile que l'on nomme le corps. Je ne veux pas vous reprocher, capitaine, d'être fort ignorant, de n'avoir rien lu de tout ce qui ne s'apprend ni à la revue, ni à la parade. Si vous aviez jeté les yeux sur un bon livre, vous connaîtriez Cardanus, Justin le Martyr, Lactance, Cyprien, Clément d'Alexandrie, Macrobe, Trismégiste, Nollius, Dorneus, Théophraste, Fludd, Guillaume Postel, La Mirandole et les Juifs de la Cabale, Joseph et Philon ; alors peut-être auriez-vous un pressentiment de choses qui pour le moment dépassent votre horizon, et dont vous ne devriez pas parler.

Là-dessus, O'Malley se leva brusquement, et se promena dans la chambre à grands pas, et avec une violence telle, que les fenêtres et les vitres en tremblaient.

Le capitaine, un peu surpris, répliqua que, tout en respectant l'érudition du major, et sans vouloir contester l'existence de natures supérieures et immatérielles, il restait convaincu que tout commerce avec les esprits est contraire aux lois de la nature, par conséquent impossible, et que toutes les preuves du contraire reposent sur l'illusion ou sur l'imposture.

Le capitaine s'était tû. Quelques minutes s'écoulèrent ; le major s'arrêta tout-à coup.

— Capitaine, dit-il, ou bien vous, lieutenant (en se tournant vers moi), faites-moi le plaisir de vous asseoir ici et d'écrire une épopée grande, sublime, divine comme *l'Iliade*.

Nous nous récriâmes l'un et l'autre que nous ne nous en chargions pas ; qu'il nous manquait une chose, à savoir le génie d'Homère.

— Ah ! ah ! s'écria le major, vous voyez donc bien, capitaine, parce que votre intelligence est incapable de concevoir et d'enfanter quelque chose de divin, parce que vous n'êtes pas d'un tempérament à vous enflammer pour le beau et le vrai, devez-vous nier que quelques hommes possèdent ce don ? Moi, je vous dis que ces relations avec des natures supérieures, immatérielles, ont pour condition un organisme psychique tout particulier. De même que la puissance créatrice du poète, cet organisme est un don. Celui qui a gagné la faveur du monde des esprits en est seul doté.

Je lus sur la figure du capitaine l'envie de répliquer par un sarcasme. Pour l'en empêcher, je pris la parole. Je fis remarquer au major que la cabale, autant que j'en savais, présentait des formules et des règles pour arriver à ce commerce avec les esprits inconnus. Sans laisser à O'Malley le temps de répondre, le capitaine, échauffé par les fumées du vin, se leva précipitamment et dit d'un ton amer :

— A quoi sert tout ce verbiage ? Le major se donne pour une nature de choix ; il veut nous faire croire que l'étoffe avec laquelle il est fait vaut mieux que la nôtre, et qu'il commande aux invisibles. Permettez-moi, major, de vous tenir pour un rêveur et un extravagant, jusqu'à ce que vous ayez mis au jour cette puissance psychique ou morale dont vous vous vantez.

Le major se mit à rire d'une façon sauvage.

— Vous me prenez, dit-il au capitaine, pour un nécromancien vulgaire, pour un pitoyable escamoteur ! Cela est digne de la petite portée de votre jugement. Soit, il vous sera donné de jeter un regard dans le sombre empire, dans cet empire dont vous n'avez aucun sentiment; mais prenez garde qu'il ne s'annonce à vous d'une manière funeste. Vous en êtes duement averti. Réfléchissez bien; toute votre énergie est insuffisante, vous êtes incapable de supporter ce qui n'est qu'un jeu pour moi. Craignez qu'il ne vous en arrive malheur.

Le capitaine assura qu'il était prêt à tenir tête à tous les lutins, à tous les fantômes qu'O'Malley pourrait faire apparaître Le major nous fit donc promettre de nous trouver, dans la nuit de l'équinoxe d'automne, au coup de dix heures, à l'auberge qui se trouvait tout près de la porte du ... Là, nous devions apprendre le reste.

Cependant il était grand jour. Le soleil paraissait à travers la fenêtre. Le major se plaça au milieu de la chambre, et cria d'une voix de tonnerre :

— Incube! incube! *Nehmahmihah Scedin!...*

Jettant alors son manteau, il se montra à nous en grand uniforme.

A cet instant, je fus obligé de sortir; la garde se mettait sous les armes. Lorsque je rentrai, le major et le capitaine étaient disparus; je ne trouvai que le jeune officier, un aimable et bon jeune homme.

—Je suis resté en arrière, me dit-il, pour vous engager à vous méfier de ce major, de cet homme redoutable. Loin de moi ses secrets effrayants! Plût à Dieu qu'il fût resté chez lui! Je me repens déjà d'avoir pris l'engagement d'assister à un acte qui peut-être sera préjudiciable à nous tous, et certainement au capitaine. Comme vous pouvez croire, je n'ajoute pas foi aux contes de nourrices; cependant vous avez remarqué que le major a tiré de sa poche huit bouteilles, l'une après l'autre, quand cette poche paraît à peine susceptible d'en contenir une seule; vous avez observé qu'en entrant il était en chemise et n'avait par-dessus que son manteau; puis vous l'avez vu soudainement vêtu par des mains invisibles.

Tout ce que disait le jeune officier était exact. Moi-même, je dois l'avouer, je n'étais pas à mon aise.

Le jour indiqué, le capitaine et mon jeune ami se rendirent chez moi. Au coup de dix heures nous étions à l'auberge, ainsi qu'il avait été convenu. Le lieutenant était silencieux et concentré, le capitaine plus gai et plus bruyant que jamais.

— En vérité, dit ce dernier, comme il était déjà dix heures et demie, et qu'O'Malley ne paraissait pas, en vérité, je crois que notre magicien nous plante là.

— C'est ce qu'il ne fera pas, répondit une voix derrière le capitaine.

O'Malley était au milieu de nous, sans que personne se fût aperçu de quelle manière il était entré. L'éclat de rire qui allait échapper au capitaine mourut sur ses lèvres.

Le major, enveloppé, suivant sa manière, dans son manteau, nous dit qu'avant de nous acheminer vers l'endroit où sa promesse devait s'accomplir, nous avions le temps de boire un ou deux verres de punch; cela ne pouvait que nous être salutaire, la nuit était froide, et nous n'avions pas mal de chemin à faire. Nous nous assîmes donc autour d'une table. Le major y déposa un livre et un paquet de torches.

— Oh! oh! s'écria le capitaine, voici votre livre magique.

— Sans doute, répondit sèchement le major.

Le capitaine prit le livre, l'ouvrit et partit d'un rire démesuré. Nous cherchions en vain à deviner ce qu'il y trouvait de si comique.

— Pour le coup, dit-il en se remettant avec peine, c'est trop fort! De par le diable! major, que signifie cette plaisanterie? Etes-vous fou?... Camarades, jugez-en par vous-mêmes.

Tu peux, mon cher ami, te faire une idée de notre surprise. Le livre que le capitaine mettait sous nos yeux n'était autre que la grammaire française de Peplier. O'Malley l'ôta des mains du capitaine, le plaça dans la poche de son manteau, puis se mit à dire avec un grand sang-froid (jamais nous ne lui avions vu autant de calme et de douceur que ce soir-là):

— Capitaine, que vous importent les moyens dont je me servirai, pourvu que je remplisse ma promesse? Il ne s'agit que de vous prouver matériellement mes intelligences avec le monde invisible. Croyez-vous donc que ma puissance ait besoin de misérables béquilles, telles que certaines formules mystérieuses, le choix d'un moment, d'un lieu solitaire et sinistre? Je les laisse à de pauvres écoliers en cabale; qu'ils s'en servent, s'il leur plaît, pour leurs expériences infructueuses! Quant à moi, sur la place publique, à toute heure, je pourrais vous faire connaître ma puissance. Si à la suite de votre défi téméraire, j'ai choisi ce temps, si j'ai indiqué un lieu qui, ainsi que vous le verrez tout-à-l'heure, n'a pas un aspect bien rassurant, c'était uniquement à cause de vous et par déférence pour celui que j'ai voulu vous montrer, pour celui qui va être, en quelque sorte, votre hôte. Il y a des hôtes qu'on reçoit volontiers dans un boudoir à l'heure opportune.

Onze heures sonnèrent; le major s'empara des flambeaux et nous enjoignit de l'accompagner.

Il prit la grande route, marchant en tête de nous, et si rapidement que nous avions de la peine à le suivre. Arrivé devant la maisonnette du péage, il tourna à droite par un sentier qui s'enfonçait dans une forêt de chênes. Après une heure de marche, ou, pour mieux dire, de course, il s'arrêta et nous avertit de nous tenir derrière lui; autrement il était facile de se perdre dans l'épaisseur de la forêt où nous allions nous engager. Nous passâmes au travers d'un fourré touffu de broussailles; nous restions accrochés tour à tour, l'un par son uniforme, l'autre par son épée; nous avions toutes les peines du monde à nous dégager; enfin, nous atteignîmes une clairière. A la faveur des rayons de la lune qui perçaient la voûte sombre du feuillage, je distinguai les ruines d'un édifice considérable. Le major entra sous ces ruines; nous le suivîmes. A mesure que nous avancions, l'obscurité redoublait.

— Arrêtez-vous, nous cria le major, je vous ferai descendre l'un après l'autre.

Il commença par le capitaine. Quand ce fut mon tour, il m'entraîna dans le souterrain.

— Ne bouge pas de là, me dit-il tout bas ; tiens-toi tranquille jusqu'à ce que j'aie amené le lieutenant. Mon œuvre commence.

Les ténèbres étaient impénétrables ; je sentis quelqu'un près de moi à sa respiration.

— Est-ce toi, capitaine, dis-je à voix basse.

— Moi-même, répondit le capitaine. Fais attention, cousin, tout cela aboutira à quelque tour de passe-passe. N'importe, le major nous a conduits dans un lieu maudit ; je voudrais encore être auprès d'un bol de punch ; je tremble de froid, et je te confesse que je ne suis pas à l'abri d'une inquiétude puérile.

Je n'étais guère plus à l'aise que le capitaine. Le vent d'automne, âpre et piquant, sifflait et mugissait à travers les vieilles murailles. D'étranges soupirs, d'étranges gémissements, se répondaient et semblaient sortir des profondeurs d'un abîme. Des oiseaux de nuit, épouvantés, voltigeaient autour de nous avec fracas. Nous respirions à peine, quand un hurlement doux et plaintif se fit entendre près de nous, comme si quelque animal eût rampé à nos pieds. Le capitaine et moi étions en droit de dire, sans calomnier le lieu où nous étions, ce que Cervantès met dans la bouche de don Quichotte en cette terrible nuit qui précéda l'aventure des foulons : *Un moindre cœur se fût laissé abattre*. Cependant le clapotement des vagues nous indiqua un ruisseau qui ne devait pas être éloigné. Cela et des aboiements de chiens nous avertirent que nous étions près d'une tannerie bien connue de nous, située sur les bords de la rivière, non loin de Potsdam.

Nous n'avions eu que le temps de faire cette remarque, lorsque nous entendîmes des pas sourds ; ils se rapprochèrent de plus en plus, et la voix du major se fit entendre.

— Nous voici réunis, dit-il ; que ce qui est commencé s'accomplisse.

Il alluma, au moyen d'un briquet chimique, les torches qu'il avait apportées : elles étaient au nombre de sept. Il les planta dans le sol. Nous nous trouvions dans un caveau voûté tout en ruines. Alors O'Malley nous disposa en demi-cercle, se débarrassa de son manteau et de sa chemise, et demeura nu jusqu'à la ceinture. Ensuite, ouvrant de nouveau son livre, il lut sur un ton qui ressemblait plutôt aux grognements sourds et lointains d'une bête fauve qu'à des accents humains :

— *Monsieur, prêtez-moi, s'il vous plaît, votre canif.* — *Oui, monsieur, tout de suite ; le voilà.* — *Bien obligé, je vais vous le rendre.*

— Voici qui est violent, dit ici Albert en interrompant son ami. Le dialogue pour écrire de la grammaire de Peplier ! Quelle belle conjuration ! Et vous n'avez pas éclaté ? Vos rires n'ont pas mis fin à cette farce ?...

— J'en suis à un moment critique, continua Victor. Comment t'en donner une idée ? C'est, je crois, impossible. C'est à ton imagination à animer mes froides paroles. Toujours plus effrayante devenait la voix du major, toujours plus impétueux mugissait l'ouragan. La lueur vacillante des torches ondoyait sur les murailles, qui s'animaient de formes singulières, fugitives et changeantes. Une sueur froide, je le sentais, ruisselait de mon front. Je faisais des efforts violents pour rester maître de moi. Tout-à-coup un sifflement aigu et éclatant sembla percer la voûte... Devant moi, sous mes yeux, je vis quelque chose...

— Quoi? s'écria Albert. Quelque chose!.. que veux-tu dire? Etait-ce une figure, un fantôme?

— Ce serait de la démence, continua Victor, que de vouloir parler d'*une forme sans forme*, et pourtant je ne trouve pas une autre expression pour exprimer ce quelque chose affreux que j'aperçus. Il suffit. Dans le même moment l'épouvante infernale enfonça dans mon cœur son dard froid et acéré. Je perdis connaissance... En revenant à la vie, je me trouvai chez moi, déshabillé, étendu sur mon lit. C'était en plein midi. Les terreurs de la nuit s'étant dissipées, je me sentis frais et dispos. A côté de ma couche, mon jeune ami le lieutenant dormait dans un grand fauteuil. Au premier mouvement que je fis, il s'éveilla. En me retrouvant sain et sauf, il témoigna la joie la plus vive. J'appris de lui qu'il avait fermé les yeux dès le commencement de l'opération lugubre du major, et s'était efforcé de ne faire attention qu'au dialogue de la grammaire de Peplier; néanmoins il avait éprouvé une angoisse terrible, inconnue, quoiqu'il n'eût pas perdu tout-à-fait connaissance. L'affreux sifflement, dit-il, fut suivi d'un éclat de rire sauvage, féroce. Alors j'ouvris involontairement les yeux : le major, enveloppé de son manteau, plaçait sur ses épaules le capitaine, qui gisait à terre, évanoui.

— Chargez-vous de votre ami, dit le major au lieutenant, et, lui laissant un de ses flambeaux, il emporta en haut le capitaine.

Le lieutenant, resté seul avec moi, m'adressa en vain la parole, j'étais sans mouvement; seulement mes membres raidis et crispés étaient agités comme par des convulsions. Il eut besoin de toute sa force pour me sortir du souterrain et me mettre en plein air. Le major reparut alors, me jeta sur ses épaules et m'emporta comme il venait de le faire pour le capitaine. Quelle fut la terreur du lieutenant, lorsque, sorti de la forêt, il aperçut sur la grande route un second O'Malley, et, sur les épaules de celui-ci, le capitaine toujours évanoui? Mon jeune ami, stupéfait, n'osa pas dire un mot. Ce ne fut qu'après une courte prière mentale que le courage lui revint. Il me suivit, bien résolu, quoi qu'il pût arriver, de ne pas m'abandonner. Le major me déposa à ma porte, et s'éloigna sans prononcer une seule parole. Le lieutenant me transporta dans ma chambre, et, avec le secours de mon domestique, me mit au lit. (J'avais déjà le fidèle et original Talkebarth.)

Tel fut le récit de mon jeune ami, qui finit en me suppliant, dans les termes les plus forts et les plus touchants, d'éviter la compagnie de ce redoutable major et de me soustraire à son influence perfide.

Le médecin appelé pour le capitaine, qui avait été déposé dans l'auberge où nous nous étions réunis, l'avait trouvé dans un état fort alarmant; il avait eu une attaque d'apoplexie. Néanmoins il se tira de cette crise; mais il ne redevint jamais propre au service, et fut forcé de demander son congé. Quant au major, il avait disparu; les officiers disaient qu'il était en permission. Je fus charmé de le savoir loin de moi. A côté de la crainte que ses sombres imaginations m'avaient inspirée, une amertume profonde s'était emparée de moi. Le fâcheux accident survenu à mon cousin était l'ouvrage d'O'Malley ; en tirer une vengeance sanglante semblait de mon devoir.

Un certain espace de temps s'écoula. Le souvenir de cette nuit fatale s'évanouit ; les exigences du service ne laissaient guère de place à la rêverie. Cependant, à cette époque, il me tomba sous la main un livre qui produisit sur tout mon être une impression telle, que je ne peux encore me l'expliquer ; je veux parler de ces étonnantes nouvelles de Cazotte traduites en allemand sous le titre de *Teufel Amor* (1).

Une timidité naturelle, un certain enfantillage, lorsque je me trouvais en société, m'éloignaient des femmes. Au reste, la tournure propre à mon esprit devait me prémunir contre la révolte des sens. J'avais le droit de parler de mon innocence ; elle était complète. La curiosité ni l'imagination ne m'avaient encore fait soupçonner les rapports de l'homme avec la femme. Quand, pour la première fois, les sens s'éveillèrent chez moi, je ne comprenais rien à ce que j'éprouvais. Mon pouls battait plus fort, un feu dévorant circulait dans mes veines à la lecture de ces scènes d'amour ; elles étaient d'autant plus dangereuses qu'elles étaient plus brûlantes, que le poète les avait revêtues de couleurs plus vives et plus passionnées. Je ne voyais, je n'entendais que la charmante *Biondetta* ; comme *Alvarez*, je succombais à un martyre voluptueux.

— Arrête, dit Albert, en interrompant son ami. Je me souviens confusément du *Diable Amoureux* de Cazotte ; mais, autant que je me le rappelle, l'intrigue repose sur cette donnée : Un jeune officier de la garde du roi de Naples est entraîné par un de ses camarades, un être mystérieux. Ils évoquent le diable dans les ruines de Portici. A peine la formule conjuratoire est-elle prononcée, qu'une laide tête de chameau et un long cou paraissent à une fenêtre, devant le jeune officier. Une voix effrayante lui crie : *Che vuoi ?* Alvarez, c'est le nom de l'officier aux gardes, ordonne à l'apparition fantastique de prendre la forme d'un chien couchant, puis celle d'un page. Le spectre obéit. Mais le page se change en une jeune fille, amoureuse et ravissante créature. Voici notre monsieur qui se laisse prendre dans ses filets, et... ma foi ! j'ai oublié la fin que Cazotte donne à ce joli conte.

— Peu importe, dit Victor. Aussi bien, la conclusion de mon histoire t'en fera souvenir.

Il continua :

— Faut-il s'en prendre à mon goût pour le merveilleux, ou bien à ce qui m'était arrivé ? la nouvelle de Cazotte fut pour moi un miroir ma-

---

(1) *Le Diable Amoureux.*

gique dans lequel se réfléchissait ma propre destinée. O'Malley n'était-il pas pour moi ce mystérieux Hollandais, ce *Soberano* qui, avec ses artifices, attira *Alvarez* dans le piége ?

Je brûlais du désir d'affronter les mêmes dangers qu'*Alvarez*. Ce désir me remplissait d'effroi ; mais cette crainte était mêlée d'un plaisir indicible. Souvent je me prenais à espérer qu'O'Malley reviendrait ; qu'il con duirait dans mes bras cette fille des enfers, à laquelle tout mon être appartenait déjà. Je ne pouvais me débarrasser ni de ce coupable espoir, ni de l'horreur que j'en ressentais par moments, et qui perçait mon cœur de mille coups de poignard.

L'état dans lequel me jetaient ces excitations bizarres demeura une énigme pour tous. On me crut en proie à quelque maladie morale. On chercha à me distraire. Sous le prétexte d'une affaire du service, on m'envoya à la résidence. Là, les cercles les plus brillants me furent ouverts. Si j'étais jadis craintif et timide, à cette heure le monde me causait une répugnance marquée, surtout la société des femmes. Qu'était la plus aimable d'entre elles à côté de l'image de *Biondetta* gravée dans mon cœur ?

De retour à Potsdam, j'évitai la compagnie de mes camarades. La forêt, théâtre de la fantasmagorie qui avait failli coûter la vie à mon pauvre cousin, devint ma retraite favorite. Un jour, je me retrouvai devant les ruines. Poussé par une curiosité indéfinissable, j'allais me frayer un passage à travers les épaisses broussailles, lorsque tout-à-coup je me trouvai en face d'O'Malley. Il sortait à pas lents des décombres, et ne semblait pas m'apercevoir. Ma colère long-temps concentrée fit explosion. Je me précipitai sur lui, je lui rappelai en peu de mots ce qui était arrivé à mon cousin, et je lui déclarai que je voulais me battre avec lui.

— Pas plus tard que maintenant, me répondit le major d'un ton froid et sévère.

Il se débarassa de son manteau, tira son épée, et me désarma à la première passe avec une agilité et une force irrésistibles.

— Nous avons des pistolets ! m'écriai-je avec rage.

Je voulus ramasser mon épée. Le major me retint fortement, en me disant avec douceur et amitié :

— Sois raisonnable, mon fils ; tu vois que je suis plus fort que toi. Sache qu'il te serait plus facile de faire une blessure à l'air que de pouvoir m'atteindre. Et moi, je n'aurais jamais le courage de te tuer, toi à qui je dois la vie, et peut être plus encore.

Le major me prit sous le bras, et, tout en m'entraînant avec une douce violence, il me prouva que le capitaine ne pouvait s'en prendre qu'à lui-même s'il lui était arrivé malheur. N'avait-il pas été suffisamment averti ? Ne s'était-il pas obstiné à tenter une épreuve trop forte pour lui ? Par ses railleries offensantes, il avait forcé le major à agir ainsi qu'il l'avait fait.

Je ne sais quel charme puissant avaient les paroles d'O'Malley, ainsi que toutes ses actions ; non seulement il parvint à me calmer, mais encore à m'arracher mon secret. Je lui avouai l'état de mon âme et les combats terribles qui se livraient au fond de ma conscience.

— La constellation particulière qui préside à ta destinée, dit O'Malley après m'avoir écouté attentivement, a voulu qu'un sot livre attirât ton attention sur ton véritable être intérieur. J'appelle sot cet ouvrage, car l'espèce d'ogre dont il est question est assez déplaisant et manque tout-à-fait de caractère. Ce que tu attribues aux tableaux érotiques du poète n'est autre chose qu'une attraction vers un être immatériel, habitant d'une haute région, vers lequel les heureux éléments de ton organisme t'attirent. Si tu m'avais montré plus de confiance, depuis long-temps tu aurais atteint un échelon plus élevé de la vie spirituelle. Quoi qu'il en soit, à partir de ce jour, tu seras mon élève.

Alors O'Malley se mit à m'expliquer la nature des esprits élémentaires. Il y eut bien des choses que je ne compris pas dans cette première leçon, qui roula sur les sylphes, les ondines, les gnômes et les salamandres. Les *Entretiens du comte de Cabalis* peuvent t'en donner une idée. Il conclut en me prescrivant un genre de vie particulier. Son opinion était que j'obtiendrais les faveurs de ma *Biondetta* dans le courant de l'année. Il me promit qu'elle ne me ferait pas l'affront de se métamorphoser dans mes bras en un démon hideux ; mais moi, avec le même emportement qu'*Alvarez*, j'assurai que d'ici là je serais mort. Le délai était trop long pour mon désir et mon impatience. Je voulais tout hasarder ; j'étais prêt à tout ; je voulais atteindre plus tôt le but.

Après un moment de silence, le major, qui avait tenu ses regards fixés sur la terre comme un homme qui pense profondément, dit :

— Il est positif qu'un esprit élémentaire brigue vos faveurs. Cela peut vous faire obtenir en peu de temps, ce qui coûte aux autres des années d'efforts. Je veux tirer votre horoscope ; peut-être votre amante se laissera-t-elle voir. Dans neuf jours vous saurez à quoi vous en tenir.

Je comptai les heures, tantôt pénétré d'une espérance mystérieuse, divine, tantôt effrayé de m'être laissé entraîner dans une voie dangereuse. Le neuvième jour arriva. La soirée était déjà avancée, lorsque le major entra dans ma chambre et m'engagea à sortir avec lui.

— Nous allons vers les ruines ? demandai-je.

— Pas du tout, me répondit-il en souriant ; l'œuvre que nous allons entreprendre n'exige ni un lieu sinistre ni une de ces redoutables conjurations de la grammaire de Peplier. Mon incube n'aura aucune part à l'expérience d'aujourd'hui. Du reste, c'est vous, et non moi, qui l'entreprenez.

Le major me conduisit à son quartier. Il s'agissait, m'expliqua-t-il en chemin, de créer quelque chose au moyen duquel mon *moi* s'unirait à l'esprit élémentaire, qui acquerrait alors la puissance de se manifester dans le monde visible, et de lier avec moi des relations intimes. Ce quelque chose, les juifs de la cabale l'appelaient *Téraphim*.

Lorsque nous fûmes entrés dans sa chambre, O'Malley poussa une bibliothèque. Une porte secrète était pratiquée dans le mur ; il l'ouvrit, et nous entrâmes dans un petit cabinet voûté. Là, des ustensiles de toutes sortes, bizarres, inconnus, frappèrent mes yeux. Il y avait un appareil complet qui me sembla destiné aux expériences chimiques ou plutôt alchimiques. Sur un petit foyer, des flammes bleues s'élançaient du sein des charbons ardents. Le major me fit asseoir devant ce foyer. Il se mit en face de moi, et me pria de découvrir ma poitrine. A peine l'eus-je fait, qu'O'Malley, sans que j'eusse le temps de m'en apercevoir, me donna un coup de lancette au côté gauche. Quelques gouttes de sang jaillirent de cette blessure légère, à peine sensible; il les reçut dans une petite fiole, puis les versa sur une plaque de métal, brillante et polie comme un miroir, qu'il avait déjà arrosée d'un autre liquide rouge. A l'aide d'une pincette, il plaça le métal au milieu des charbons. Alors j'aperçus, non sans effroi, une langue étroite, pointue et ardente qui serpentait au-dessus du brasier et léchait avec avidité le sang répandu sur la plaque. Le major me commanda de regarder dans le feu avec une volonté ferme. J'obéis, et bientôt je crus voir des formes confuses comme dans un rêve, remuant pêle-mêle et se détachant de la lame métallique que le major tenait toujours sur les charbons. Tout-à coup je sentis une douleur vive et poignante à la poitrine, à l'endroit de l'incision. Je poussai un cri involontaire.

— Victoire ! victoire ! cria au même moment le major en se levant de son siége et en déposant devant moi une petite poupée de deux à trois pouces de hauteur, qui semblait s'être formée de la plaque de métal. Ceci, dit-il, est votre *Téraphim*. L'esprit élémentaire vous favorise d'une manière peu commune; vous pouvez tout oser.

Sur l'ordre du major, je pris la poupée. Quoiqu'elle semblât incandescente, je ne sentis qu'une chaleur agréable. Je la serrai contre ma blessure, et me plaçai devant un miroir ovale qu'O'Malley venait de découvrir.

— Tendez toutes vos pensées, me dit-il à voix basse, vers le but de vos désirs. Tant que le *Téraphim* agit, vous n'avez rien à craindre. Prononcez le mot que je vous ai appris avec l'expression la plus tendre.

J'ai oublié ce mot ; il résonnait étrangement à l'oreille. Je n'eus pas le temps de le prononcer en entier, un laid visage apparut dans la glace avec des grimaces grotesques.

— Enfer et damnation ! qui t'amène ici, chien maudit ? cria derrière moi le major.

Je me retournai. Qui aperçus-je ?... Paul Talkebarth, mon brave Paul Talkebarth ! C'était son gracieux visage que le miroir magique réfléchissait devant moi. Le major, en fureur, se précipita sur lui ; mais avant que j'eusse eu le temps de me jeter entre eux, O'Malley s'arrêta subitement, comme pétrifié. Quant à Paul, il s'excusa avec prolixité, et expliqua comment il était à ma recherche, comment il avait trouvé la porte ouverte, comment il était entré, etc., etc., etc.

— Va-t'en donc, imbécile ! dit enfin O'Malley, qui semblait apaisé comme par miracle.

Et lorsque j'eus ajouté :

— Va, mon bon Paul, retourne à la maison!

Le vieil espiègle abandonna la place avec un air de stupéfaction et de terreur des plus risibles.

Cependant je n'avais pas lâché la poupée. O'Malley m'assura que, malgré ce contre-temps, nos peines ne seraient pas perdues. L'arrivée importune de Talkebarth n'avait fait que retarder l'accomplissement de l'œuvre. Il m'engagea à mettre à la porte ce domestique maladroit qui ne pouvait que m'attirer du désagrément. Il ne savait pas à quel point je tenais à ce fidèle serviteur. Décidément l'esprit élémentaire qui avait jeté les yeux sur moi n'était rien moins qu'une salamandre. Il s'en était douté en tirant mon horoscope : Mars s'était arrêté dans le premier signe.

J'oubliai *le Diable amoureux*, ainsi que *Biondetta*, et toutes mes pensées furent pour mon *Téraphim*. Les heures s'écoulaient dans la contemplation de la poupée posée devant moi sur une table. L'ardeur amoureuse qui me consumait, comme le feu céleste de Prométhée, semblait animer cette image ; malheureusement l'illusion se dissipait aussi vite qu'elle était née. Au martyre inénarrable qui déchirait mon cœur s'associait une espèce de colère ; je voulais briser la poupée, ce colifichet misérable, ridicule ; je la saisissais, mais tout-à-coup je ressentais dans tous mes membres une secousse électrique ; il me semblait qu'en me séparant de ce talisman j'allais me donner le coup de la mort. Faut-il l'avouer? mes désirs, tout en s'adressant à un esprit élémentaire, s'arrêtaient souvent sur des objets sensuels. J'avais des rêves voluptueux dans lesquels mon imagination excitée substituait tantôt une femme, tantôt une autre à la prude salamandre qui se dérobait à mes embrassements. Lorsque je me réveillais, j'étais tout honteux ; je suppliais mon amante inconnue de me pardonner ces infidélités. A la violence décroissante de ces crises, au vide pénible qu'elles laissaient en moi, je comprenais que je m'éloignais du but au lieu de m'en rapprocher. Mais les instincts d'une jeunesse en pleine sève se jouaient de mes serments aussi bien que de ma résistance ; je frissonnais au moindre contact d'une jolie femme, je me sentais confus, et le rouge me montait à la figure.

Le hasard me conduisit de nouveau à la résidence. Je vis la comtesse de L... Elle faisait l'ornement des cercles brillants de Berlin ; c'était la plus aimable, la plus belle, la plus désirable des femmes à la mode. Je ne sais pourquoi elle jeta les yeux sur moi. Il lui fut facile, grâce à la disposition dans laquelle je me trouvais, de m'attirer à elle. Elle ne tarda pas à s'emparer si bien de moi, que, devenu incapable de toute retenue, je lui découvris le secret de mon âme, je lui montrai même la figure mystérieuse que je portais sur la poitrine...

— Et elle ne t'épargna pas les railleries, dit Albert en interrompant son ami ; elle te crut fou, sans doute.

— Pas du tout, répondit Victor. Elle m'écouta très sérieusement, quoique le ton sérieux ne fût pas dans ses habitudes. Elle me conjura, les larmes aux yeux, de renoncer à l'art diabolique qu'exerçait le major O'Malley, homme mal famé, dit-elle. Pressant mes mains dans les siennes, me regardant avec l'expression de la plus vive tendresse, elle parla si sagement, si savamment des pratiques ténébreuses de la cabale, que je restai stupéfait. Elle traita le major comme le plus fourbe et le plus dangereux des misérables. Je lui avais sauvé la vie, et, pour récompense, il cherchait à m'entraîner à ma perte. Sous le poids de l'infamie, ayant rompu avec la société, il allait sans doute se brûler la cervelle lorsque je lui étais apparu; je l'avais sauvé du suicide, et il avait dû plus tard en être bien aise, puisqu'en vivant il pouvait encore faire du mal. Bref, elle dit qu'elle voulait me guérir de ma maladie morale, résultat de noirs artifices; mais, pour cela, la première chose à faire était de livrer ma poupée en ses mains. Je m'y décidai sans trop de peine; je ne voyais pas de meilleure manière de me soustraire à un supplice inutile.

La comtesse aurait dérogé à ses habitudes si elle eût eu le cœur de laisser long-temps soupirer un amant sans lui accorder l'unique apaisement du mal d'amour. Pour moi aussi sonna l'heure fortunée. A minuit une soubrette discrète m'attendait à une porte dérobée du palais. Elle me conduisit, à travers de longs corridors, à une porte que le dieu de l'amour lui-même semblait avoir décorée; elle me laissa en disant que la comtesse allait venir. Enivré par l'émanation des parfums délicats dont la chambre était remplie, tremblant d'émotion, dans cette attente amoureuse, j'étais resté debout, sans trop savoir ce que je faisais. Soudain un regard brilla comme un éclair et me pénétra jusqu'au cœur.

— Comment! s'écria Albert, un regard? Et de quels yeux venait-il? Ne vis-tu rien, pas même *une forme sans forme?*

— Tu peux trouver cela incompréhensible, continua Victor; je ne vis personne, je ne vis rien, et pourtant ce regard me traversa, et je sentis une commotion, une douleur aiguë à la poitrine, à la place du coup de lancette. Au même instant j'aperçus ma poupée sur le rebord de la cheminée. M'en emparer brusquement, me précipiter dehors, ordonner d'un geste menaçant à la soubrette épouvantée que je rencontre de m'indiquer l'issue du palais, tout cela fut l'affaire d'un instant... Je cours chez moi, j'éveille mon Paul, je fais mes paquets; l'aube du jour me trouve sur le chemin de Potsdam.

J'avais passé plusieurs mois à la résidence. Les camarades se réjouirent de mon retour imprévu et me retinrent tout le jour de mon arrivée. Je ne rentrai que fort tard dans mon quartier. Après avoir déposé sur ma table la chère petite figure conquise une seconde fois, je me jetai tout habillé sur mon lit, incapable de résister plus long-temps à la fatigue. Je rêvai... Je me sentais enveloppé d'une lueur brillante... Je me réveille en sursaut, j'ouvre les yeux... Ma chambre est éclairée d'un jour éblouissant, magique... et... Dieu du ciel!... sur cette table où j'avais laissé la poupée, une créature féminine, la tête appuyée dans ses mains, semble sommeiller.

Que te dirai-je?... Jamais je n'avais rêvé quelque chose d'aussi gracieux, d'aussi beau, d'aussi parfait! Un charme mystérieux, inconnu, rayonnait autour de cette image sublime!... Toute expression est impuissante pour la peindre. Cet être radieux portait un vêtement de soie couleur de feu, qui serrait sa poitrine et sa taille, et descendait jusqu'aux pieds, tout en les laissant voir petits et adorables. Ses bras magnifiques, ornés de bracelets, étaient nus jusqu'à l'épaule ; leur forme et l'éclat de la peau eussent inspiré le Titien. Un diamant énorme étincelait dans sa chevelure d'un rouge sombre se jouant sur son cou...

— Fi ! dit Albert en riant, ta salamandre n'avait pas bon goût ; avec des cheveux rouges, porter un vêtement de soie couleur de feu !...

— Ne te moque pas, dit Victor, ne te moque pas.

Saisi par cet enchantement inouï, je ne respirais plus. J'étais immobile comme une statue... Enfin un profond soupir s'échappa de ma poitrine oppressée. Elle ouvrit les yeux. Elle se leva, s'approcha de moi, me prit les mains. Toutes les ardeurs d'un amour et de désirs long-temps contenus se déchaînèrent soudainement au contact de sa main, à la mélodie de cette voix harmonieuse qui murmurait à mon oreille :

—Oui, tu as vaincu ; tu es mon maître, mon seigneur ; je suis à toi, à toi tout entière...

— Fille du ciel ! m'écriai-je, ange divin !

Et, l'entourant de mes bras, je l'attirai sur mon cœur. Mais, ô désespoir, la vision s'était déjà évanouie, comme si cet être aérien se fût fondu dans mon étreinte.

— Pour l'amour du ciel, dit Albert en arrêtant le narrateur , qu'est-ce que cela veut dire? Se fondre dans ton étreinte?...

— Il se fondit dans mon étreinte, répéta Victor; je ne peux te peindre différemment la disparition subite de l'enchanteresse et l'effet que j'en ressentis.

En même temps la clarté s'éteignit, et je tombai dans un sommeil profond et irrésistible.

A mon réveil, je tenais la poupée dans mes mains, la poupée que j'avais laissée la veille sur la table.

Je ne veux pas te fatiguer en te racontant en détail mes rapports singuliers avec cette personne mystérieuse. Pendant plusieurs semaines, je reçus chaque nuit sa visite. Malgré tous mes efforts, je ne pus un seul soir me tenir éveillé. Le rêve se renouvelait, et un baiser de mon amante divine y mettait seul fin. Chaque fois sa visite se prolongeait de plus en plus ; chaque fois je comprenais mieux les choses merveilleuses dont elle m'entretenait, ainsi que la douce mélodie de sa voix, qui était à elle seule tout un concert des célestes phalanges. Elle souffrait mes caresses passionnées et même y répondait. Mais au moment où, dans mon ravissement, je croyais atteindre l'apogée du bonheur, elle s'échappait à mes transports et disparaissait. Je restais seul, et un sommeil léthargique s'emparait de moi.

Dans le jour, je croyais souvent sentir une tiède haleine, comme si quelqu'un eût été tout près de moi. Me trouvais-je en société, j'entendais un chuchotement, des soupirs à mon oreille. Cela arrivait surtout quand je causais avec des dames. Tu comprends qu'alors je ne faisais plus attention à elles. Mes pensées prenaient une tout autre direction, et je devenais insensible à tout ce qui m'environnait. Un jour, dans une réunion, on jouait aux gages touchés; une demoiselle venait en rougissant me donner le baiser que j'avais gagné. Je m'inclinais pour le prendre, mais avant que j'eusse touché ses lèvres un baiser chaud et bruyant fut appliqué sur ma bouche, et une voix me dit à l'oreille :

— A moi seule tes baisers!

La demoiselle et moi nous restâmes étourdis. Tout le monde crut que nous nous étions embrassés. Ce baiser fut pour moi la preuve qu'Aurora (j'avais donné ce nom à mon amante inconnue) ne tarderait pas à revêtir une *forme saisissable*. J'avais la certitude qu'elle allait être à moi pour toujours.

La nuit suivante, comme d'habitude, la bien-aimée m'apparut. Je l'implorai dans les termes les plus pressants que me fournit la passion. Je la suppliai de ne pas retarder plus long-temps mon bonheur, de prendre une *forme sensible*, de se donner enfin à moi. Se dégageant doucement de mes bras, elle me dit avec douceur, mais avec une certaine sévérité :

— Tu sais de quelle manière tu es devenu mon maître. Etre à toi tout entière est mon vœu le plus cher ; mais mes chaînes ne sont pas brisées en entier, ces chaînes qui me lient au trône dont mon peuple relève. Plus la domination que tu exerces sur moi devient irrésistible, plus je me sens dégagée d'un esclavage plein de tourments. Nos rapports deviennent chaque jour plus intimes ; encore une année au plus, et nous atteindrons le but de nos vœux. Cependant, si tu voulais, ô mon bien-aimé! devancer l'heure fixée par le destin tyrannique, il faudrait te soumettre à des sacrifices, tenter des choses devant lesquelles tu reculeras peut-être.

— Non ! m'écriai-je, non ! il n'est point de sacrifices, point de choses au monde devant lesquelles je puisse reculer, lorsqu'il s'agit de te posséder, toi sans qui je ne puis vivre plus long-temps. Ne vois-tu pas que je meurs d'impatience? ne vois-tu pas que je succombe à une torture sans nom ?

Aurore m'entoura de ses bras, et murmura quelques paroles entrecoupées, à peine saisissables.

— Te trouves-tu heureux? semblait-elle dire.

— Bonheur divin! m'écriai-je. Pour moi en est-il d'autre au ciel?

Et j'attirai sur mon sein l'enchanteresse. J'étais fou ; une attente si prolongée avait mis le feu dans mes veines. A travers ses baisers de flamme, ses baisers qui résonnaient comme des accords échappés à la harpe des archanges, j'entendis, ou plutôt je saisis ces mots :

— Auras-tu le courage, pour prix de ma possession, de renoncer au bonheur de la vie future ?

A cette demande, un frisson glacé parcourut tout mon être. Mais le désir était plus fort que la terreur. Je m'écriai dans un accès de frénésie :

— Sans toi point de bonheur ; je renonce...

Je m'arrêtai ; je n'en dis pas davantage... je le crois fermement aujourd'hui. Aurora, après m'avoir dit d'espérer que la nuit prochaine scellerait notre alliance, cherchait à s'échapper. J'usai de ma *force* ; je l'enlaçai avec rage. En vain elle voulut se défendre ; malgré ses angoisses, je crus atteindre le moment fortuné.

La tête pleine des images du *Diable amoureux* et de la perfide *Bion-*

detta, je m'éveillai. Le souvenir de ce qui s'était passé dans cette nuit pesait sur ma conscience; je me rappelais la conjuration de l'impie O'Malley, les avertissements de mon jeune et prudent ami; je me voyais déjà dans les griffes du démon. Bourrelé de remords et d'angoisses, je sortis de chez moi. J'étouffais, j'avais besoin du grand air. La première personne que je trouvai dans la rue fut le major. Il m'arrêta en me disant :

— Lieutenant, je vous souhaite bonne chance. Sur ma parole, je ne vous aurais pas cru si entreprenant. Savez vous bien que l'écolier va dépasser le maître ?

Pénétré de honte et de colère, j'étais incapable de répondre un seul mot. Je me dégageai et poursuivis mon chemin. J'entendis rire derrière moi; je crus reconnaître le rire amer de Satan. J'atteignis la forêt, je m'avançai vers les ruines fatales. J'aperçus une femme voilée, appuyée contre un arbre, dans une pose rêveuse. Plein d'appréhension, poussé par un pressentiment irrésistible, je m'approchai d'elle sur la pointe des pieds, et je l'entendis se parler à elle-même.

— Il est à moi! il est à moi! disait-elle. Bonheur divin! il a surmonté la dernière épreuve. Quand les hommes sont capables d'un tel amour, que serait sans eux notre triste existence?

Tu devines que cette femme n'était autre qu'Aurora. Elle leva son voile. Vénus elle-même n'a pas plus de grâces. La légère pâleur qui régnait sur son visage, son regard baigné d'une douce mélancolie, tous ces charmes mystérieux m'inondaient d'un sentiment de bonheur ineffable. J'allais me jeter à ses pieds, mais, ô désespoir! elle disparut comme un fantôme aérien.

Au même moment, un bruit, une toux, se firent entendre dans les broussailles; un grotesque personnage en sortit : c'était mon Paul.

— Qui diable t'amène ici? lui dis-je.

— Hé! hé! répondit-il avec cet air niais que tu lui connais, hé! hé! ce n'est pas positivement le diable qui m'amène ici, bien qu'on puisse l'y rencontrer. Monsieur est sorti de si bonne heure! Il a oublié sa pipe et son tabac. Je me suis dit : De si grand matin à l'humidité! Car ma tante de Gand avait l'habitude de dire...

Je lui coupai la parole.

— Retiens ta langue, bavard, et allume ma pipe! m'écriai-je impatienté.

Et j'abandonnai cet endroit. A peine avions-nous fait quelques pas, qu'il recommença à grommeler entre ses dents :

— Ma tante de Gand avait l'habitude de dire : « Ne vous fiez pas à ce petit homme de terre cuite. Au bout du compte, le coquin n'est autre qu'un *incube* ou un *chézim*; il finit toujours par vous déchirer le cœur. » Et puis, la vieille Lise, qui demeure dans le faubourg... Ah! Monsieur, si vous saviez ce qu'elle fait voir en versant le café... des bêtes... des figures... de belles fleurs... « L'homme se tire d'affaire comme il peut », avait l'habitude de dire ma tante de Gand. Hier, je suis allé chez la Lise, et lui ai porté un quart de fin moka... Ma foi, Monsieur, nous avons tous un cœur... La petite Dorothée, la fille du boulanger, est un friand morceau; mais elle a quelque chose de drôle dans les yeux, quelque chose d'une salamandre...

— Que dis-tu? que veux-tu dire? m'écriai je avec précipitation.

Paul se tut quelques minutes, puis il reprit :

— Oui, la vieille Lise est une brave femme. Après avoir regardé dans le marc de café, elle m'assura qu'il n'y avait rien à dire sur le compte de Dorothée. Si elle avait tant soit peu des yeux de salamandre, cela venait de ce qu'elle aimait beaucoup les beignets et fréquentait trop souvent la salle de bal. Voilà tout. Néanmoins, ce que j'avais de mieux à faire était de rester garçon. Là-dessus, la vieille Lise ajouta : « Savez-vous bien qu'il y a un jeune monsieur qui court les plus grands dangers du monde? Et ces salamandres sont une peste, le diable s'en sert pour perdre les pauvres âmes; elles savent par certaines tentations, certains... Il suffit, on doit rester ferme et conserver son cœur à Dieu... » Enfin, je regardai moi-même dans le marc de café, et je vis, à ne pas m'y méprendre... vous ne devineriez jamais qui?... Le major O'Malley!!!

Je ne voulus pas qu'il en dît davantage. J'imposai brusquement silence au pauvre garçon; mais tu peux te figurer ce que j'éprouvai en entendant ce discours bizarre, en voyant Paul, initié tout-à-coup à mes funestes secrets, déployer une connaissance inattendue des mystères de la cabale. Sans doute, la devineresse au café était pour beaucoup là-dedans; n'importe, j'étais confondu. De ma vie je n'ai passé de jour plus agité que celui-là. Le soir, il me fut fort difficile de congédier Paul; il ne voulait pas quitter ma chambre, ou bien il trouvait toujours quelque prétexte pour y rentrer. Cependant, à minuit, je lui ordonnai de me laisser. Forcé de m'obéir, il murmura tout bas, en s'en allant, comme s'il eût fait sa prière :

— Porte Dieu dans ton cœur, pense au salut de ton âme, et tu résisteras aux embûches de Satan.

Je ne saurais exprimer quelle révolution produisit en moi cette simple prière de mon serviteur, combien elle me fut salutaire. J'aurais voulu rester éveillé, mais mes efforts furent vains. Je tombai, comme à l'ordinaire, dans cet état de rêve confus qui, je le reconnais aujourd'hui, n'était point naturel, et tenait probablement à l'influence d'un principe étranger. Comme toujours, la clarté magique m'éveilla. Aurora, dans tout l'éclat de sa beauté surnaturelle, était devant moi, et me tendait les bras avec un mouvement entraînant, passionné. Les vertueuses recommandations de mon bon Paul se présentèrent à mon esprit; je les voyais gravées en traits de flamme. Je fis un dernier, un violent effort.

— Loin de moi, tentatrice! loin de moi, fille des enfers! m'écriai-je.

Aussitôt l'image du major se dressa devant moi avec des proportions gigantesques. Ses yeux lançaient des éclairs. C'était le feu de l'enfer. Ses regards me foudroyaient, il se mit à hurler :

— Ne regimbe pas, pauvre être chétif; tu es à nous, tu es notre proie...

J'aurais eu le courage, je crois, d'affronter sans pâlir les plus affreux dangers; mais je ne pus supporter l'aspect de cet O'Malley. Je perdis connaissance, et tombai à la renverse sur le plancher.

La détonation d'une arme à feu me rappela à la vie. Je me sentis saisi par le bras; je cherchais, avec l'énergie du désespoir, à me dégager, quand une voix connue me dit à l'oreille :

— Mon digne maître, ne craignez rien, ce n'est que moi.

Effectivement, c'était ce brave Paul qui cherchait à me relever.

Paul ne voulut pas s'expliquer de suite sur l'événement qui venait de se passer. Cependant, à force de le presser, il m'avoua à la fin, en souriant avec mystère, qu'il savait mieux que je ne le croyais quelle abominable connaissance le major m'avait fait faire. La vieille Lise lui avait tout découvert. Donc, cette fameuse nuit, au lieu d'aller se coucher, il avait chargé son fusil à balle et fait le guet à la porte. En entendant des cris et le bruit d'une chute, malgré sa frayeur, il avait enfoncé la porte fermée en dedans, et était entré bravement. Voici à peu près le tableau qu'il fit de cette scène, qui, dans sa bouche, d'effrayante devenait grotesque. Le major O'Malley était devant moi. (Et il ne faisait pas bon le regarder, remarqua Talkebarth.) Il faisait une grimace affreuse, comme dans la tasse de café; il grinçait des dents et vomissait les plus épouvantables menaces.

— Je ne me laissai pas troubler (c'est Paul qui parle), et je dis : « Monsieur le major, si vous êtes le diable, souffrez que j'aille hardiment à vous comme un bon chrétien. Je vous dirai donc, si vous le permettez : Arrière, Satan maudit, major indigne ! Je te conjure, au nom du Seigneur, de te retirer, sinon je fais feu sur toi. » Le major ne reculait pas; il ricanait toujours, et m'accablait d'injures. « Je fais feu ! je fais feu ! » lui criai-je encore une fois. Et, comme le major ne voulait toujours pas reculer, je lâchai la détente; le coup partit... Mais tout se dispersa comme de la poussière; ils disparurent en un clin d'œil à travers la muraille, tous deux, le major et mademoiselle Belzebuth.

La tension extrême du moral, les excitations du cerveau, les terreurs de cette dernière scène, me jetèrent dans une maladie douloureuse; je gardai assez long-temps le lit. Je ne fus pas plus tôt guéri que j'abandonnai Potsdam sans chercher à revoir O'Malley. Je ne sais ce qu'il est devenu.

Cependant mes souvenirs s'effacèrent peu à peu. Bientôt ils ne se présentèrent plus à moi que dans le vague du lointain. Je finis par retrouver la liberté de l'âme. J'avais à peu près oublié, lorsqu'ici...

— Serait-il possible? dit Albert d'un air qui indiquait autant de curiosité que de surprise. Cette liberté t'aurait été de nouveau ravie, et ce serait ici...

— Oh ! dit Victor, et son ton prit quelque chose de solennel, avec deux mots tu vas comprendre. Dans les nuits sans sommeil que je passai après ma chute, les rêves d'amour se réveillèrent, ces songes du plus beau et tout à la fois du plus affreux temps de ma vie. De nouveaux désirs m'enflammèrent. Aurora m'apparut transfigurée, épurée par le feu du ciel. L'infernal O'Malley n'avait plus de pouvoir sur elle. La baronne, c'est-à-dire Aurora...

— Que dis-tu? que dis-tu? s'écria Albert en reculant d'étonnement. La petite ménagère obèse et trapue, au volumineux trousseau de clefs, est maintenant un esprit élémentaire... une salamandre?...

Et il se mordit les lèvres pour ne pas rire.

— J'avoue, continua Victor, que sous cette forme elle ne semble plus la même, je veux dire dans la vie de tous les jours. Mais le feu mystérieux qui brille dans ses yeux, l'étreinte de sa main...

— Tu as été bien malade, mon pauvre ami, dit Albert avec sérieux et avec tendresse. Ta blessure à la tête a été assez grave pour mettre ta vie en danger; mais aujourd'hui tu me sembles en état de supporter le voyage. Partons ensemble, le veux-tu?... Cher et bon ami! je te prie instamment de m'accompagner à Aix. Dès demain, si tu le trouves bon, nous nous mettrons en route.

— Aussi bien, dit Victor, je ne dois pas rester plus long-temps ici. C'est entendu, je partirai avec toi; mais, avant, des éclaircissements! des éclaircissements!...

Le lendemain, à la pointe du jour, Victor fut trouver son ami qui dormait encore.

Victor avait passé une mauvaise nuit; des songes fantastiques l'avaient tourmenté. Un de ces songes lui avait rappelé le mot fatal, le mot qu'O'Malley lui avait appris le jour où ils préparèrent le *Teraphim*. Il voulait en faire un dernier usage, et tout serait fini.

En entendant cette confidence, Albert secoua la tête d'un air soucieux. Il fit tout préparer pour un prompt départ.

Paul Talkebarth ne fut pas moins empressé et actif; il témoignait sa joie par les discours les plus extravagants.

— Sacrement! grommelait-il dans sa barbe, il est heureux que le diable *bere* (père) ait emporté le diable *fous* (fils) (1); sans cela, tout était manqué!...

Victor trouva, comme il le désirait, la baronne seule dans sa chambre, occupée à quelque ouvrage domestique. Il lui fit part de ses intentions; il venait prendre congé d'elle; il n'oublierait pas, dit-il, en quittant ces lieux, la noble hospitalité qu'il y avait trouvée.

La baronne, surprise et troublée, assura que jamais hospitalité ne fut accordée à un ami plus cher.

Victor lui prit la main et lui dit :

— N'avez-vous jamais été à Potsdam? N'avez-vous pas connu un certain major irlandais?

— Victor! dit la baronne en l'interrompant précipitamment, à quoi bon cette question? Nous nous séparons aujourd'hui, sans doute pour ne jamais nous revoir... Un sombre voile recouvre ma vie... Qu'il vous suffise de savoir qu'un destin sévère m'a condamnée à paraître tout autre que je

---

(1) Il existe dans le texte un jeu de mots dont on ne peut rendre le sens dans la traduction.

ne suis en réalité. Dans la condition odieuse où vous me voyez, déchirée par mille tourments intérieurs, quoique l'état propère de ma santé semble une amère raillerie, j'expie une grande faute... Mais brisons là-dessus, et disons-nous adieu, puisque vous le voulez...

Victor, pour toute réponse, lui cria d'une voix forte : *Nehelmiahmiheal !* et à ces mots la baronne tomba a la renverse en poussant un cri perçant.

Victor, bouleversé, hors de lui-même, assailli par les émotions les plus diverses, eut à peine assez de présence d'esprit pour tirer un cordon de sonnette et appeler les domestiques. Il courut comme un fou jusqu'à ce qu'il eut rencontré Albert

— En route ! en route ! lui dit-il, en route à l'instant ! et en quelques mots il lui expliqua ce qui venait d'arriver.

Les chevaux étaient sellés et attendaient à la porte. Les deux amis sautèrent sur leurs montures, sans s'occuper du baron qui n'était pas de retour de la chasse.

Les réflexions d'Albert sur le chemin de Liége à Aix-la-Chapelle ont montré avec quels nobles sentiments et avec quelle profondeur d'esprit il avait compris son époque. Il réussit dans ce voyage (les deux amis se rendaient ensemble à Berlin) à tirer Victor de son état d'absorption et de marasme. Celui-ci, en entendant souvent le récit chaud et coloré de toutes les grandes actions de la dernière campagne, finit par se sentir ranimé et pénétré du même esprit que son ami. Sans qu'Albert eût besoin de beaucoup le raisonner, de beaucoup exciter ses doutes, bientôt Victor ne sembla plus regarder ses aventures mystérieuses que comme le produit d'un long et mauvais rêve.

Les dames de la résidence, ainsi que cela ne pouvait manquer, firent un accueil flatteur au colonel. Il occupait un rang élevé, était riche, bel homme, jeune encore, et d'une sensibilité parfaite. Albert le trouvait bien heureux de n'avoir qu'à choisir; il le lui dit en plaisantant, mais Victor répondit avec le plus grand sérieux :

— Ai-je été le jouet d'une mystification, l'instrument coupable d'une machination inconnue, ou bien est-il vrai qu'une puissance infernale m'ait tendu des piéges ?.....

Quoi qu'il en soit, si je n'ai pas renoncé au bonheur de la vie éternelle, en celle-ci le paradis de l'amour m'est fermé pour jamais. Le temps où j'ai ressenti les joies les plus vives qu'on puisse éprouver sur cette terre, le temps où le plus doux, le plus enivrant idéal, où la divinité de l'amour elle-même reposait dans mes bras, ce temps a fui sans retour ; il n'y a plus pour moi de joies ni d'amours en ce monde depuis qu'un mystère effroyable m'a enlevé cette créature céleste, cet être supérieur que je ne dois pas compter retrouver sur la terre.

...... Le colonel ne se maria jamais.

FIN.

LES BRIGANDS,

CONTE D'HOFFMANN TRADUIT POUR LA PREMIÈRE FOIS.

AVANT-PROPOS.

Hoffmann est l'homme aux idées bizarres, on le sait. En France, on permet à peine aux artistes de s'éloigner de la route battue; si eux seuls ont le droit de dire des choses qui ne circulent pas partout, de vivre à leur guise, de se vêtir selon leur goût et leur commodité, toutes ces licences sont sévèrement défendues au *profanum vulgus*. En Allemagne, il n'en est point de même : chacun, quelle que soit sa position dans le monde, est libre d'être *lui*; il n'existe pas de *psychomètre*, s'il est permis de se servir de ce terme, pour niveler les intelligences et leurs produits. A plus forte raison, dans ce pays où l'imagination populaire plane libre comme l'aigle dans le ciel des rêves, les artistes, les poètes, les écrivains jouissent-ils d'un privilége d'excentricité complet. Hoffmann en a largement usé pour sa part; dans tout ce qu'il a écrit l'originalité perce à chaque endroit; si ce n'est pas dans la création même, c'est dans le mode d'exposition qu'il a suivi; le moindre détail, sous sa main ou plutôt sous sa griffe puissante, revêt une couleur, une sauvagerie, une étrangeté qui frappe vivement. La velléité de choisir pour matière d'un de ses contes le fameux drame de Schiller, et de lui donner ce même titre : *les Brigands*, en conservant les mêmes personnages, mais en retournant les caractères, comme on ferait pour un vieil habit trop connu à l'endroit et dont l'envers, à la rigueur, serait encore de mise, cette velléité est la chose du monde la plus bizarre. Comment est-elle venue à notre humoristique conteur? Les biographes d'Hoffmann sont, à cet égard, en défaut. Hitzig lui-même, cet ami qui connaissait si bien les moindres particularités de la vie de son ami, avoue qu'il ignore cette circonstance. Dans une des plus complètes et des plus récentes éditions des œuvres d'Hoffmann, *les Brigands* figurent parmi ses derniers écrits : *Spætere Werke*; il y a donc lieu de croire que ce conte n'est point le fruit de sa jeunesse, d'autant plus que rarement un écrivain, à son début, s'avise de greffer son imagination sur un arbre étranger; ce n'est que dans la maturité qu'on tente ces curieuses expériences.

L'œuvre que nous traduisons ne pouvant offrir que peu de sens aux personnes qui ne connaîtraient pas ou auraient oublié le beau et romantique drame de Schiller, nous jugeons indispensable d'indiquer sommairement les rapports et les dissemblances qui existent entre cette œuvre célèbre et la nouvelle que nous faisons passer dans notre langue. La scène, dans l'une comme dans l'autre, a pour témoins les forêts antiques de la Bohême et l'intérieur d'un vieux château. Le Charles et le Franz de Schiller ont des caractères diamétralement opposés à ceux que leur a donnés Hoffmann. Dans le drame, Charles est une nature héroïque et généreuse, si puissante qu'elle devait, suivant les circonstances, en faire ou un Brutus ou un Catilina, ainsi que l'a observé Schiller dans ses réflexions sur son propre ouvrage. Charles, réduit au désespoir par les trames odieuses de Franz, sera un Catilina et non un Brutus. Il se met à la tête de quelques jeunes libertins qui l'entraînent au fond des bois ; là, il consent à se faire chef de brigands par misanthropie, dans l'intention de se venger sur la société corrompue des maux qu'elle fait souffrir au petit nombre d'âmes restées pures. Ce sophisme, car c'est un sophisme, ne manque pas de grandeur. Quant à Franz, c'est le cœur le plus noir qu'on puisse imaginer ; le poète a voulu montrer en lui l'image du vice dans toute sa laideur. Franz, jaloux de son frère, qui, en vertu du droit d'aînesse, possédera après la mort de son père, le vieux comte de Moor, le titre et la seigneurie, invente d'horribles calomnies, force le malheureux vieillard à repousser de son sein Charles, son fils chéri; ensuite, trouvant que le remords et le chagrin ne font pas descendre assez vite son père dans la tombe , Franz le jette dans un cachot. Quand Charles de Moor, le brigand , revient en secret visiter les lieux où il passa ses premières années, il arrive devant une vieille tour ; le hibou crie, et une voix sépulcrale gémit : « Est-ce toi, Hermann, mon corbeau? » Cette voix est celle du vieux comte de Moor, qui de sa fosse attend la nourriture grossière que lui apporte chaque nuit Hermann, un misérable, digne créature de Franz.

Dans le conte que nous traduisons, Hartmann , l'un des personnages, fait allusion à cette scène, lorsqu'il dit en plaisantant, frappé par le souvenir du drame : « Jouerons-nous le rôle d'un chœur complaisant? Permettrons-nous au comte Franz d'ensevelir son père dans le souterrain de la vieille tour, lorsqu'il ne se trouve pas là un Hermann-le-Corbeau pour le nourrir ? »

L'Amélie de Schiller, comme celle d'Hoffmann, est une jeune orpheline élevée avec les deux enfants. Elle aime Charles et en est aimée ; mais la première est plus intéressante que la seconde, parce que celui qu'elle aime, après tout, est digne de cet amour, tandis que le Charles du conteur fantastique n'est qu'un être vicieux et pervers. Dans le drame, Franz aussi aime Amélie, ou plutôt la trouve belle et veut la posséder, car l'amour ne fleurit pas dans un terrain aussi ingrat. On assiste à une scène de violence à laquelle Hoffmann a donné un pendant ; seulement son Franz est un être noble et infortuné qui rougit, plus tard, d'un moment d'égarement, de l'extrémité où le portaient une passion malheureuse et la révolte des sens.

Dans le drame paraît un vieux serviteur tout dévoué à ses maîtres et qui adore Charles parce qu'il l'a vu élever. Lorsque Charles, que Franz a fait passer pour mort, vient, sous un déguisement, errer dans le jardin du château, il rencontre Amélie. Celle-ci, sans le reconnaître, le conduit devant les portraits de ses aïeux. Arrivée devant celui de Charles lui-même, Amélie laisse couler quelques larmes; son amant les aperçoit et lui dit le fameux *Tu pleures, Amélie?* auquel Hartmann, dans le conte, fait aussi allusion.

Le vieux Daniel rencontre son jeune maître, et le reconnaît bien. Plus tard, ce cœur fidèle, pressentant toute l'horreur de la conduite de Franz, devenu comte de Moor, n'ayant plus rien qui l'attache au service de cette maison déchue, puisque le vieillard et son fils aîné ont disparu tous deux, veut fuir; mais il en est empêché par Franz; et à cet endroit se trouve une scène nocturne dont Hoffmann a tracé un contraste frappant en faisant rentrer son Daniel à lui furtivement dans le château pour concourir à un acte criminel et perfide.

La catastrophe de ce drame a ce point de rapport avec celle du conte, qu'elle amène la prise du château par les brigands, sa ruine et un tableau de désolation et de carnage; mais, dans la tragédie romantique du poëte wurtembergeois, Charles de Moor ne périt point. Ses compagnons, pour venger leur chef, tuent l'infâme Franz et ravagent les lieux témoins de ses forfaits. Le vieux comte de Moor, rendu à la liberté, expire en reconnaissant son fils dans le capitaine de cette bande farouche. Charles, lié à ses compagnons par un vœu téméraire, tue Amélie de sa propre main, car il a juré de ne jamais abandonner ses camarades, et Amélie ne veut pas vivre puisqu'elle doit vivre sans son Charles. Mais après cet acte empreint d'une exaltation frénétique et barbare, Schiller fait pardonner l'invraisemblance de ce dénouement en montrant Charles de Moor dégagé de son serment, qui abandonne avec horreur les bandits sanguinaires. Il se rappelle, dit-il, avoir entendu parler d'un pauvre diable, père de onze enfants, qui travaille à la journée; on a promis mille louis d'or à celui qui livrerait en vie le chef des brigands. « Je peux lui rendre service ! » telles sont les dernières paroles du héros du drame, qui laissent le lecteur ou le spectateur dans l'indécision. Voilà pourquoi Hartmann, au commencement de notre conte, fait remarquer à son ami que les événements qui se passent autour d'eux semblant être le drame même des *Brigands*, ils sauront peut être cette fois, si Charles de Moor se livre lui-même aux mains de la justice, ou bien s'il est assassiné par Spiegelberg. Il faut dire que ce Spiegelberg est, dans la susdite pièce, un des compagnons de Charles, mais un être ignoble, qui est devenu brigand pour le plaisir de faire le mal. Charles le connaît et le méprise. De son côté, Spiegelberg a pour le capitaine une haine profonde et depuis long-temps médite sa mort, tandis que d'autres brigands sont représentés comme des caractères généreux, réduits à cet état par le malheur ou par l'injustice des hommes. Ceux-là comprennent leur chef et lui sont dévoués à la vie et à la mort : tels sont, par exemple, Schweitzer et Kosinsky.

On verra plus tard, dans la nouvelle que nous offrons à nos lecteurs, qu'Amélie, devenue folle, dit : « Schweitzer et Kosinsky, ces nobles cœurs, m'ont sauvée ; dire que Charles m'a tuée de ses propres mains, c'est la plus noire des calomnies, etc. »

Le drame des *Brigands*, joué pour la première fois à Mannheim en 1782, eut un grand retentissement en Allemagne. La représentation en fut quelque temps défendue. Cependant l'intention de l'auteur était bonne : il avait voulu montrer dans le personnage de Charles un caractère susceptible de toutes les grandes actions, mais qui, jeté dans une mauvaise voie, était susceptible aussi des plus énormes forfaits ; dans celui de Franz, l'énormité des crimes que peut tenter une nature intelligente et perverse, lorsqu'elle a étouffé la voix de la conscience. Mais tout le monde ne comprit pas ainsi cette pièce célèbre, dont, au reste, l'effet fut désastreux, puisque des jeunes gens abandonnèrent l'université et coururent les grands chemins, attaquant les voyageurs, et se livrant aux plus répréhensibles excès, qu'ils poétisaient en récitant les tirades brillantes et les beaux sophismes que Schiller avait mis dans la bouche de ses héros.

Qu'Hoffmann ait été, quoique à bien des années de distance, frappé des péripéties de ce drame, cela peut se comprendre ; mais il fallait un esprit original comme le sien, une plume aussi vigoureuse pour venir, après l'auteur dramatique si chéri et si connu au-delà du Rhin, ranimer les cadavres ensevelis dans les ruines du château des comtes de Moor, les faire mouvoir et palpiter de nouveau. Le récit que cette plume ardente a écrit se trouve en résultat d'un effet plus sûrement moral que le drame ; les méchants y sont punis, tout rentre dans l'ordre, et le chapelain du comte Maximilien, comme le pasteur Moser dans l'œuvre dramatique, représente la parole divine d'espérance et de consolation. La conduite irréprochable et prudente de Willibald, la force avec laquelle il résiste aux séductions de l'enchanteresse Amélie, font honneur à la probité allemande et au respect que les descendants des races germaniques ont toujours porté à la femme ou à la fille de leur hôte. Un destin inexorable plane au-dessus des personnages mis en scène par Hoffmann, surtout sur la tête du comte Maximilien et de son fils Franz. Hoffmann était un peu fataliste, parce qu'il croyait à un monde invisible et à un génie du mal, parce que, dans les crises d'une exaltation maladive et bizarre, il en apercevait à chaque instant les effrayantes visions. C'est l'aile de feu du méchant esprit qui renverse l'édifice séculaire, théâtre des principaux événements de la nouvelle qu'on va lire.

Ces quelques observations suffiront-elles pour éclaircir ce qui pourrait paraître obscur dans notre conte ? N'eût-il pas été plus à propos de leur donner la forme de notes et de les joindre au texte à mesure que les rapprochements avec le drame se seraient présentés ? Voilà des questions que nous aurions peut-être dû nous faire plus tôt.

LE TRADUCTEUR.

LES BRIGANDS,

AVENTURES DE DEUX AMIS

DANS UN CHATEAU EN BOHÊME.

Deux jeunes gens que nous nommerons Hartmann et Willibald étaient intimement liés; leur amitié datait de l'enfance et était basée sur une grande conformité de caractère. Tous deux habitaient Berlin. Chaque année ils quittaient pour un certain temps cette résidence, trop heureux d'échapper un instant aux affaires et de jouir en liberté de leur jeunesse et du plaisir qu'offre une excursion en pays étranger faite à deux. Suivant les habitudes des Allemands du nord, ils aspiraient toujours à aller au midi. Ils avaient déjà parcouru en diverses directions l'Allemagne du sud, remonté le Rhin, navigation délicieuse! et visité les principales villes qui décorent ses rives. Cette fois, ils avaient pu secouer le joug du service pour un peu plus de temps qu'à l'ordinaire; rien ne les empêchait donc de mettre à exécution un plan formé depuis plusieurs années. Ils voulaient respirer l'air de l'Italie, pousser au moins jusqu'à Milan. Ils firent choix de la route qui passe par Dresde, Prague et Vienne. Ils allaient donc voir enfin cette contrée enchanteresse qui fait rêver tant d'imaginations, dont le nom seul éveille notre fantaisie comme un tableau romantique et varié. Le cœur de nos jeunes gens battit plus librement lorsqu'ils eurent dépassé les portes de la résidence; ils se sentirent heureux d'être au monde. Cela est naturel: on n'entrevoit bien le but désiré d'un voyage qu'au moment où la voiture nous emporte à travers champs; nous laissons derrière nous les mille embarras de la vie; notre imagination joyeuse s'élance en avant, notre poitrine s'élargit, des pressentiments mystérieux s'éveillent aux sons joyeux que le postillon tire de son cor et qui se perdent dans le lointain.

Nos deux amis atteignirent Prague sans mésaventure; de là, ils devaient d'un seul trait, en voyageant la nuit comme le jour, se rendre à Vienne, où ils comptaient séjourner quelque temps. Ils ne s'arrêtèrent pas à Prague. Au relais de poste suivant, ils entendirent parler de malfaiteurs qui s'étaient répandus dans le pays; la route n'était pas sûre, disait-on. Comme ces bruits n'avaient rien de positif, nos voyageurs n'y prirent pas garde. Ils arrivèrent à la tombée de la nuit à Sudonieschitz. Le maître de poste leur conseilla de ne pas continuer leur voyage. Depuis quelques jours il était arrivé des choses inouïes dans cette contrée : entre Wesseli et Wittingau, la malle-poste avait été arrêtée par des brigands, le postillon tué, deux voyageurs grièvement blessés, voyageurs et malle-poste pillés. Des troupes avaient reçu l'ordre de faire une battue dans les bois. Le maître de poste espérait en recevoir le lendemain des nouvelles, et il conseillait aux jeunes gens d'attendre jusque là.

Willibald était assez disposé à suivre ce conseil, mais Hartmann, dont le caractère était plus déterminé, n'en tint pas compte et insista pour qu'on se remît en route. Ils pouvaient, disait-il, atteindre avant la grande nuit Tabor, qui ne se trouvait qu'à trois petites lieues de là. Du reste, il n'était pas probable que les malfaiteurs, poursuivis par les militaires, eussent le cœur de se montrer dans les environs. N'y avait-il pas lieu de croire qu'ils se tenaient cachés dans leurs retraites?

En voyant Willibald mettre en état ses pistolets à deux coups, Hartmann ne put s'empêcher de rire : son ami lui semblait peu propre à un voyage en Italie, cette terre classique des brigands, où pas un voyageur ne peut manquer d'avoir une aventure de ce genre, où, bien plus, cela est de toute nécessité, sans quoi il n'est pas de description possible, pas d'impression de voyage, pas de couleur locale. Ces moqueries n'empêchèrent pas Willibald d'examiner aussi les pistolets d'Hartmann que ce dernier avait soigneusement fermés dans sa malle sans prendre la peine de les charger. Willibald s'acquitta de ce soin en disant que, fût-on à la rencontre des aventures, il était bon d'être prêt à s'en bien tirer.

Ils continuèrent donc leur route. Peu à peu la nuit enveloppa la terre de ses voiles sombres. Les deux amis, tout en causant, avaient oublié les dangers dont on les avait menacés, quand un coup de feu partit d'un taillis de bois; quelques hommes de mauvaise mine s'en élancèrent ; l'un d'eux arrêta les chevaux par la bride, un autre se jeta sur le postillon en cherchant à lui faire perdre selle ; mais celui-ci, en appliquant au milieu du visage de son agresseur un coup de fouet vigoureux, parvint à se dégager. De son côté, Willibald fit un si bon usage de ses pistolets à deux coups que l'autre tomba mortellement blessé. Hartmann visait un troisième assaillant qui était en devoir de monter sur la chaise de poste lorsqu'il se sentit blessé par un second coup de feu partit du même taillis. Willibald déchargea son arme sur l'homme en question; le postillon fouetta à tour de bras ses chevaux et les lança au triple galop. Les voyageurs entendirent derrière eux une espèce de fusillade qui s'engageait; des cris sauvages, un grand tumulte...

— Oh ! oh ! s'écria le postillon lorsqu'ils étaient déjà loin, oh ! oh ! la bonne affaire ! les chasseurs du comte sont sur leurs talons !

Tout cela fut l'affaire d'un instant ; les voyageurs, surpris par le danger, s'attendant à une seconde attaque, n'eurent le temps de réfléchir qu'au moment où le postillon s'arrêta; ils étaient déjà arrivés à une autre station. La balle qui avait frappé Hartmann n'avait atteint que le bras, mais la blessure était douloureuse, le sang en jaillissait, il ne fallait pas songer à continuer le voyage. La misérable auberge de l'endroit pouvait à peine suffire à leurs plus pressants besoins; dans les environs il était impossible de trouver un bon chirurgien. Nos amis étaient fort embarrassés; Willibald en particulier devint sérieusement inquiet en voyant que son camarade prenait la fièvre après le pansement de sa blessure, fait tant bien que mal par un pauvre diable de barbier. Il maudissait l'intrépidité ou plutôt l'étourderie d'Hartmann, qui les confinait dans ce trou de malheur. Un séjour forcé dans un lieu semblable pouvait mettre en danger les jours d'Hartmann. En tout cas, le voyage était bien compromis.

Le lendemain matin, Hartmann déclara qu'il pouvait, au besoin, se remettre en route. Comme Willibald, fort embarrassé, se demandait lequel des deux était le plus prudent, de rester ou de partir, une circonstance imprévue vint changer la face des choses.

A quelque distance de là, traversée par le fleuve le Moldau, se trouvait la riche et vaste seigneurie du comte Maximilien de C... Un domestique de ce seigneur se présenta devant nos amis. Son maître les priait instamment de vouloir bien se rendre au château, qui n'était éloigné que de quelques heures. Le comte avait appris, ajouta le domestique, que des voyageurs avaient été attaqués sur ses terres par des brigands, et qu'un d'eux avait été blessé en se défendant vaillamment. Les chasseurs du comte étaient arrivés trop tard. Ce seigneur se faisait donc un devoir sacré de donner l'hospitalité aux voyageurs, de les garder dans son château jusqu'à ce que le blessé fût entièrement rétabli et qu'il pût se remettre en route.

Nos amis regardèrent cette invitation comme une grâce particulière de la Providence et ne firent aucune difficulté pour l'accepter.

Le domestique était venu à cheval et s'était fait suivre d'une excellente voiture bien rembourrée, pourvue de coussins moelleux et attelée de quatre beaux chevaux. Avec l'aide d'autres domestiques qui l'accompagnaient, il plaça Hartmann sur les coussins avec autant de précautions que si chaque secousse eût dû coûter la vie au blessé. Celui-ci, qui aurait parfaitement eu la force de se tenir sur ses jambes, se laissa faire avec une mine piteuse et un air tout pénétré du danger de sa situation, si bien que Willibald ne pouvait s'empêcher de rire. On se mit en marche au petit pas.

Le comte Maximilien reçut les voyageurs sous le portail du château. Il semblait n'avoir pas eu la patience de les attendre plus long-temps.

Ce seigneur avait une tournure noble et imposante. Sa chevelure de neige, les rides profondes de son visage, indiquaient un âge avancé, soixante-dix ans environ. Mais, en dépit de l'âge, ses mouvements conservaient une vivacité printanière, sa parole était forte et sonore; un feu juvénile, adouci par une expression de bonté, brillait dans ses yeux. Cette expression ne pouvait manquer de lui gagner tous les cœurs.

Il fit aux deux amis la réception la plus hospitalière. Ceux-ci furent tout étonnés de se voir accueillis avec tant d'empressement. Le comte voulut soutenir lui-même Hartmann pour lui aider à monter l'escalier; il fit appeler le chirurgien du château, qui dut, en sa présence, panser de sa main habile la blessure de ce dernier. Cette blessure, au dire de l'homme de l'art, ne présentait aucune gravité; le premier appareil, maladroitement posé, avait causé un peu de fièvre, qui disparaîtrait après une nuit tranquille. Quant à la blessure en elle-même, sous peu sa guérison serait complète.

Tandis que, sur l'ordre du comte, on offrait des rafraîchissements aux nouveaux arrivés, Willibald se livrait à part lui à toute la joie que lui causait ce dénouement imprévu, la réception cordiale qui leur était faite et la perspective de passer avec sécurité et agrément le temps nécessaire pour le rétablissement de son compagnon. Celui-ci, de son côté, en faisait de même; il dit en plaisantant qu'en ce moment il éprouvait une vive douleur, douleur toute morale, qui consistait à ne pouvoir goûter au tokai généreux qui pétillait dans les verres de cristal de Bohême.

— Ne trouverait-on pas un soulagement à cette douleur? dit le vieux comte en souriant.

Et il demanda au chirurgien si, en conscience, le blessé ne pouvait boire quelques gouttes de cette vieille liqueur. Le chirurgien, tout en branlant la tête, accorda la permission. Le comte éleva son verre, et dit, en forme de badinage :

— A la santé des brigands, s'ils ne sont pas tous fusillés ou sabrés par mes chasseurs et par les hussards qui rôdent aux environs! Ils me procurent un grand bonheur, oui, mes jeunes amis, car vos manières m'inspirent une telle confiance et ont su si bien gagner mon cœur qu'il me semble que nous nous connaissons depuis long-temps, et avons déjà passé d'heureux jours dans une douce intimité. C'est pour moi un bonheur véritable que le hasard vous ait conduits dans mon château.

La conversation fut joyeuse et mêlée de plaisanteries; le maître de la maison y prenait part tout le premier. A entendre les rires, on aurait cru assister à une réunion composée uniquement de jeunes gens. Au bout d'un certain temps, le chirurgien pensa que le malade devait avoir besoin de repos. Willibald demanda la permission de ne pas quitter son ami, mais ce fut sous la promesse de dîner le lendemain avec le comte, qui ne se séparait qu'à regret de ses deux hôtes.

— Le temps me paraîtra long jusque-là, dit-il, et j'enverrai certainement plus d'une sommation au cuisinier à l'effet de hâter le repas.

Les amis, en présence du domestique qui les servait, s'étonnèrent de la vivacité juvénile du vieux comte et vantèrent l'accueil hospitalier et aimable qu'il faisait à des étrangers.

— Oh! mes jeunes seigneurs, s'écria le domestique d'un ton pénétré, il n'en est pas toujours ainsi. Notre digne maître, lorsqu'il est gai, est la bonté, l'affabilité même; mais il n'est content que lorsqu'il reçoit compagnie, et cela n'arrive pas souvent, car personne n'ose venir. C'est la première fois que je vois ici d'aimables et joyeux hôtes comme vous. Ah ! si ce n'était...

Le jeune homme se tut. Nos amis le regardèrent en silence ; le mystère que semblaient contenir ses paroles excitait leur curiosité.

Au bout d'un moment, il continua :

— Pourquoi ne le dirais-je pas? Tout ne va pas dans ce château comme cela devrait aller; il y a bien des soucis, bien des chagrins sous jeu, et, autant que nous pouvons le comprendre avec le pauvre grain d'intelligence que Dieu a départi à chacun de nous, les raisons ne manquent pas. Vous passerez sans doute quelque temps ici, mes jeunes messieurs ; notre digne maître ne vous laissera pas partir si vite. Vous remarquerez bien vous-mêmes où gît le lièvre.

— Je parie, dit Hartmann, lorsque le domestique se fut éloigné, que ce lièvre dont il parle est une méchante bête !

Le lendemain, à l'heure du dîner, le comte présenta aux amis un jeune homme d'une tournure noble et élégante.

— C'est mon fils Franz, dit-il.

Le comte Franz venait de faire un long voyage ; nos deux amis attribuèrent au séjour de Paris la pâleur et l'abattement qui régnaient sur son visage, dont les traits, du reste, étaient virils et purs. Ce jeune homme devait avoir joui largement de la vie. On semblait attendre une autre personne ; à ce moment la porte s'ouvrit, et une jeune femme d'une beauté remarquable entra dans le salon : c'était la nièce du comte Maximilien, la comtesse Amélie de T... On se mit à table. La société se composait des deux voyageurs, des maîtres de la maison et, en outre, du chirurgien et du chapelain, religieux à la figure austère, qui prirent place avec eux.

Le maître du château se montra d'aussi belle humeur que la veille; il réitéra ses félicitations relativement au hasard qui lui avait procuré une visite si inattendue. Les jeunes gens ne se firent pas scrupule de s'abandonner à leur gaîté ; le religieux lui-même se montrait fort sociable. Quant au chirurgien, il était de ces gens qui se réjouissent facilement, mais qui sont peu réjouissants pour les autres; il parlait à peine, se contentant de rire aux éclats à chaque plaisanterie faite par quelqu'un des convives, de s'incliner profondément en demandant pardon de la liberté qu'il prenait. Le comte Franz seul ne se déridait pas; il conservait un air sombre et sévère tout en laissant échapper de temps à autre quelque parole insignifiante. Quant à la comtesse Amélie, elle ne semblait pas être à table ; on eût dit que le langage qu'on parlait lui fût étranger ; elle n'ouvrait pas la bouche. Willibald, qui se trouvait placé à côté d'elle, avait un talent particulier pour faire causer, ou au moins rendre attentives les dames les plus réservées; il lui prit envie d'en faire l'essai avec sa belle voisine ; il attaqua donc toutes les cordes qui ont ordinairement du retentissement dans le cœur féminin. Mais ses efforts furent vains : la comtesse le considérait avec ses beaux yeux languissants, détournait la tête sans daigner lui répondre, et les fixait ailleurs comme une personne qui se perd dans les espaces. Hartmann regarda Willibald d'un air qui voulait dire : Quelle folie! ne te donne donc pas tant de peine avec cette petite précieuse ; tu ne vois donc pas qu'elle ne se trouve pas à sa place au milieu de nous? On but à la santé de l'empereur; la comtesse, qui n'avait pas encore porté à son verre ses lèvres, ne put faire autrement que de le présenter à son voisin qui lui tendait le sien, mais ce ne fut pas sans une répugnance évidente qu'elle s'y résigna.

Willibald n'abandonnait pas la partie; il fit, mais avec une politesse exquise, la remarque que certaines dispositions fâcheuses de l'âme cèdent, même chez les dames, à la puissance de l'esprit qui se dégage d'un vin généreux ; souvent l'accord intérieur se rétablit ainsi, et à la tristesse succède une aimable gaîté. Il osait donc prier la comtesse de vider son verre pour éprouver la vérité de cette proposition. Celle-ci lui lança un regard singulier. Avait-il enfin touché la corde sensible ? Elle se décida à répondre, quoique ce ne fût qu'à voix basse, et avec une expression profondément douloureuse.

— Qui parle d'accord ? dit-elle. Grand Dieu ! est-il possible qu'un instrument brisé soit d'accord ? Comme vous le croirez facilement, Monsieur, le vin me fatigue, et je ne trouve rien de plus sot que ces santés portées légèrement, auxquelles le cœur ne prend aucune part. Ce n'est là qu'une formule de politesse dont on s'acquitte comme d'un tribut.

— Eh bien ! repartit Willibald, permettez-moi de porter la santé de ce qui peut intéresser le cœur. Je bois donc aux sentiments les plus intimes !...

A ces mots, dits en plaisantant, les joues de la comtesse se colorèrent d'un vif incarnat, un feu sombre brilla dans ses yeux, elle saisit son verre, le choqua contre celui de Willibald et le vida d'un seul trait.

Le comte Franz, qui n'avait pas cessé de tenir attaché sur eux son regard perçant, porta également son verre à ses lèvres, et, après l'avoir vidé, le replaça sur la table avec une telle violence que le cristal vola en éclats.

Chacun fut surpris et se tut. Le vieux comte baissa les yeux et resta un moment plongé dans de tristes réflexions. Les deux amis échangèrent entre eux des regards significatifs ; ils n'étaient pas du tout disposés à réparer la faute que l'un d'eux avait commise en attaquant involontairement une corde délicate : il y avait évidemment là-dessous quelque mystère. Le religieux rompit le silence, et, après quelques paroles sérieuses, il eut l'art de ramener la conversation sur le terrain de la plaisanterie. Le chirurgien, qui n'avait rien compris et qui regardait tour-à-tour les convives d'un air inquiet et interrogateur, partit d'un éclat de rire, et s'écria en faisant de profondes révérences :

— Votre excellence pardonnera, mais il est impossible de se retenir ; ce serait préjudiciable aux poumons, aux entrailles même.

Le vieux comte parut se réveiller d'un songe, considéra un instant le visage bruni du chirurgien et se mit à rire lui-même. La conversation se ranima, mais on sentait que chacun faisait des efforts pour paraître gai comme avant. Les deux amis ne furent donc pas fâchés de voir arriver la fin du repas. La comtesse Amélie se retira, et tous, le chirurgien excepté, se trouvèrent soulagés d'un grand poids.

Le comte Franz lui-même avait repris sa sérénité ; il se promena avec les deux jeunes gens dans le parc, tandis que le vieux comte rentrait, selon son habitude, dans ses appartements.

— En vérité, dit-il à Willibald, mon père ne m'avait pas trop vanté votre aimable caractère. Vous avez réussi dans une entreprise dont vous n'appréciez pas sans doute la difficulté, et qui pourtant m'avait paru impossible jusqu'à présent. Vous avez pu déterminer la comtesse à vous répondre, vous qu'elle voit pour la première fois ; vous l'avez même forcée à vider son verre, en dépit de sa réserve de jeune fille. Si vous connaissiez tous les caprices et toutes les bizarreries de notre chère comtesse, vous ne vous étonneriez pas de ce que je vous considère maintenant comme un sorcier.

— Soit, dit Willibald en souriant ; mais j'espère que je me servirai d'une façon tout innocente de ma baguette magique et qu'elle m'aidera à accomplir quelque miracle réjouissant.

Persuadés qu'il était prudent, soupçonnant la jalousie du jeune comte, de ne pas insister davantage sur ce chapitre, nos amis changèrent de conversation, et il ne fut plus question de la comtesse ni de ses excentricités.

Le soir, lorsqu'ils se trouvèrent seuls dans leur chambre, enchantés de la manière dont ils avaient employé la journée, Hartmann dit à son camarade :

— Eh bien ! Willibald, ne trouves-tu pas qu'il se passe dans ce château quelque chose d'extraordinaire ?

— Mais, non, répondit celui-ci, tout me semble au contraire fort naturel ; je ne vois point de mystère dans ce que nous disait hier ce domestique. Le jeune comte est amoureux de la comtesse, qui ne le peut souffrir ; le vieux seigneur, qui désire ce mariage, est fort contrarié et ne sait comment s'y prendre pour y arriver. Voilà tout.

— Ho! ho ! s'écria Hartmann, ce n'est pas tout. Tu ne t'aperçois donc pas que nous nous trouvons au beau milieu des brigands de Schiller ? Au premier acte, la scène se passe dans un vieux château de la Bohême. Tu vois que la décoration est exacte. Les personnages sont : Maximilien, comte régnant ; Franz, son fils ; Amélie, sa nièce. Remarque cette coïncidence de noms. Le chef des brigands qui nous ont attaqués ne pourrait-il pas être Charles ? Du reste, je me réjouis d'assister à la scène qui donna occasion à Schiller d'écrire son magnifique drame. Je me réjouis de penser qu'elle se passe cette fois dans le monde réel, et que nous connaîtrons enfin le sort de Charles Moor. Nous saurons s'il est assassiné par Spiegelberg, ou s'il se livre lui-même à la justice. Quant à nous, jouerons-nous le rôle d'un chœur complaisant, et permettrons nous au comte Franz de jeter son père dans le cachot de la vieille tour ? Tu as remarqué qu'il en existe justement une au bout du parc. C'est là la question. Je ne crois pas que nous puissions le permettre, surtout lorsqu'il ne se trouve pas là sous la main Hermann-le-Corbeau pour porter la nourriture au vieux comte.

Willibald rit beaucoup de l'idée folle d'Hartmann, en convenant néanmoins de ce jeu singulier du hasard qui réunissait dans ce château les personnages principaux du drame de Schiller. Le premier rôle, celui du chef de brigands, étant même rempli, sinon au château même, du moins tout près, il ne manquait donc qu'un Hermann et un vieux Daniel.

—Qui sait, dit Hartmann, si tous deux ne nous apparaîtront pas demain? Quant au héros de la pièce, s'il n'est pas devant nos yeux aujourd'hui, je ne serais pas surpris qu'incessamment un homme vêtu d'une manière bizarre se présentât avec un visage farouche, brûlé par le soleil, et s'écriât sentimentalement : *Tu pleures, Amélie ?*

Nos amis, à l'envi l'un de l'autre, se mirent en frais d'imagination, et se figurèrent d'avance comment les choses allaient se passer. Ils se couchèrent en parodiant ce grand, sublime mais terrible drame, si bien que le jour commençait à pénétrer lorsqu'ils s'endormirent.

Le lendemain, la comtesse Amélie fit dire qu'elle avait un grand mal de tête et ne quitterait pas sa chambre. Franz en parut charmé. Il n'était plus le même que la veille. Son père lui-même semblait soulagé d'un grand poids.

La conversation pendant le dîner fut donc libre et dégagée de toute préoccupation; rien n'en dérangea le cours. On servit au dessert un vin étranger d'une qualité exquise. Le vieux comte demanda à ses hôtes si à Berlin on en buvait de pareil. Hartmann répondit que tout ce dont il se souvenait, c'était, dans une fête, d'avoir goûté d'un vin du Rhin si vieux, qu'à son avis ce dernier l'emportait sur toutes les productions de l'étranger.

— Eh bien! dit le comte Maximilien, sur la figure duquel brilla une expression de joie, nous allons voir ce que mon caveau contient en ce genre. Holà! Daniel! cria-t-il à un domestique qui se trouvait placé dans l'ombre et que nos amis ne pouvaient voir, Daniel! va chercher quelques bouteilles de ce vin du Rhin qui a cent ans, et n'oublie pas d'apporter la coupe de cristal.

Quelle fut la surprise des deux amis en entendant prononcer ce nom de Daniel? Le domestique ne tarda pas à rentrer avec le vin et la coupe. C'était un vieillard voûté, à la chevelure blanche; nos jeunes gens ne pouvaient détacher leurs regards de cette apparition inattendue.

Hartmann fit un signe à son ami qui voulait dire : N'avais-je pas raison? et Willibald laissa échapper ces paroles :

— C'est vraiment prodigieux!...

Après le repas, ceux-ci restèrent seuls avec le comte Franz. Ce dernier leur demanda avec brusquerie, et en les regardant d'un air de méfiance, pourquoi ils avaient été surpris en apercevant Daniel.

— Sans doute, ajouta-t-il en voyant qu'ils se taisaient, le vieux et fidèle serviteur de notre maison vous a rappelé quelque événement mémorable de votre existence; il ressemble peut-être à une personne que vous avez connue. Si ce n'était pas une indiscrétion, je vous prierais de me donner occasion d'admirer de nouveau le talent que vous possédez tous deux au plus haut degré, car nous savons déjà que vous racontez d'une manière fort spirituelle.

Hartmann, assez embarrassé, répondit qu'en effet l'arrivée du vieillard leur avait rappelé une idée extravagante qu'ils s'étaient communiquée la veille, et qui ne valait pas la peine qu'on en parlât.

Franz insistant, Willibald lui dit :

— De quelle importance peuvent être pour vous les pensées intimes d'étrangers que le hasard seul a conduits ici ? Cependant, puisque vous tenez à connaître l'impression qu'a produite sur nous la présence de cet homme, nous ne vous en ferons point un secret ; mais auparavant veuillez nous dire si vous consentiriez à prendre part à l'exécution d'une œuvre dramatique, lors même que vous représenteriez un méchant personnage.

— Pourquoi pas, répondit Franz en plaisantant, si, du reste, le rôle est intéressant et donne l'occasion de montrer son talent ? D'ordinaire, les rôles de scélérats sont confiés à de bons acteurs.

Willibald continua :

— Alors je vous avouerai que mon ami Hartmann remarquait hier en plaisantant qu'ici, de même que dans le château dont il est question dans le drame, se trouvent réunis les personnages principaux des *Brigands* de Schiller, et qu'il ne manquait qu'Hermann et le vieux Daniel. Vous comprenez que lorsqu'à dîner un vieux serviteur, du nom de Daniel, a paru...

Ici Willibald s'arrêta court en s'apercevant de la pâleur mortelle qui se répandait sur les traits du comte. Ce dernier chancela, et fut obligé de s'appuyer pour ne pas tomber.

— Pardonnez-moi, Messieurs, balbutia-t-il en tremblant, pardonnez-moi... une espèce d'étourdissement... Je suis un peu fatigué...

Et il eut peine à rassembler ses forces pour sortir de l'appartement, tout en refusant le bras que lui offrait Willibald.

— Qu'est-ce que cela veut dire ? qu'y a-t-il là-dessous ? fit Hartmann.

— Hum ! répliqua Willibald, il y a quelque diablerie sous jeu. On dirait que nous sommes entourés de fantômes. Tu avais raison, le lièvre dont nous parlait ce garçon pourrait bien être une méchante bête ; ou le comte Franz est sous le poids de quelque crime, ou ce rapprochement de situations que j'ai imprudemment remarqué a produit sur lui une impression douloureuse et funeste. J'aurais mieux fait de me taire ; mais qui eût pu deviner ?

— En tout cas, dit Hartmann en interrompant son ami, le comte ne pouvait manquer de se trouver blessé. Se voir chargé du rôle de cet exécrable bâtard imaginé par Schiller, tu m'avoueras que ce n'était point flatteur. Il ne fallait pas être si sincère; tu devais prétexter une autre raison de notre surprise. Au reste, je tiens peu à pénétrer ce mystère ; ma blessure est à peu près guérie ; le plus prudent, crois-moi, serait de prier le vieux comte de nous faire conduire demain jusqu'au premier relais de poste, et, de là, nous continuerions notre route.

Willibald pensa qu'il était mieux d'attendre encore un ou deux jours, afin qu'Hartmann eût le temps de se remettre tout-à-fait, et que leur voyage ne risquât pas d'être dérangé par une rechute.

Les amis sortirent et se dirigèrent vers le parc. Comme ils passaient devant un pavillon isolé, ils entendirent des voix ; il semblait, à en juger par le timbre, qu'un homme se mettait en colère et qu'une femme poussait des cris de détresse. Ils crurent reconnaître la voix du jeune comte ; ils s'approchèrent et écoutèrent à la porte :

— Insensée ! disait la voix d'homme, tu me hais, je ne l'ignore pas, et sans doute parce que je t'adore, parce que je ne respire que pour toi !... Ton cœur brûle d'amour ; l'objet de ta flamme, c'est ce monstre qui couvre de honte notre famille ! Fuis donc, femme insensée, fuis ! Va rejoindre ton idole qui t'attend dans quelque caverne, si un cachot n'est pas déjà son unique demeure... Mais, non ! non ! je braverai ce scélérat exécrable; malgré lui, malgré toi, tu seras à moi !...

— Audacieux ! perfide ! oserais-tu !... Au secours ! criait la voix de femme d'un ton perçant et lamentable.

Willibald n'attendit pas davantage et poussa violemment la porte. La comtesse Amélie s'arracha des bras de Franz et s'enfuit légère comme une biche effrayée.

— Vraiment, dit le comte aux deux amis d'une voix menaçante, tandis que ses yeux lançaient des regards ardents et sauvages, vous venez à propos. Oui, je suis Franz ! Je veux... je dois l'être... je...

Ici les paroles expirèrent sur ses lèvres, et il tomba évanoui.

Quelque étrange que dût leur sembler cette scène, quoiqu'ils fussent bien persuadés que la conduite du comte était en tout point semblable à celle du Franz Moor des *Brigands* de Schiller, nos deux amis regardèrent comme de leur devoir de ne pas l'abandonner en ce moment. Ils le relevèrent, le placèrent dans un fauteuil, et Hertmann lui frotta les tempes avec une essence spiritueuse.

Le comte, ayant repris connaissance, serra la main aux jeunes gens, et leur dit avec un accent de profonde douleur :

—Vous aviez bien raison. Un drame peut-être aussi lugubre que celui dont une bizarre similitude de noms vous a rappelé le souvenir va probablement se dérouler ici. Oui, je suis le Franz qu'Amélie abhorre, mais je ne suis point, je le jure devant Dieu, je ne suis point cet être misérable, diabolique, que le poète a rêvé. Non, je ne suis qu'un infortuné qu'un noir destin accable, auquel il ne reste d'autre ressource qu'une mort douloureuse ; car ma destinée c'est moi qui me la suis faite, et mon mal ne guérira que lorsque mon cœur aura cessé de battre... Laissez-moi seul un instant, je vous en prie... Bientôt j'irai vous rejoindre...

Les amis regagnèrent leur appartement, où le comte Franz ne tarda pas à les suivre. Il semblait entièrement remis et maître de lui-même. Il leur parla en ces termes avec calme et douceur :

— Le hasard vous a fait apercevoir l'abîme dans lequel je suis entraîné ; ce hasard n'est point fortuit. La fatalité qui plane sur ma tête vous engagea à m'avertir d'une étrange coïncidence. Je reçois de vos mains la clef de ce mystère redoutable. J'en entrevois maintenant toute la profondeur. Ce n'est donc point le hasard, mais bien la Providence qui vous a conduits ici pour m'ouvrir les portes du temple fatal. L'étonnement que vous avez manifesté à table, l'explication que vous m'en avez donnée, tout cela, vous avez dû vous en apercevoir, a bouleversé mon être. Vous n'avez pas fini de vous étonner; admirez encore un des jeux de ce mauvais génie qui poursuit notre famille. Sachez que j'ai un frère aîné et que ce frère s'appelle justement Charles ! N'allez pas croire cependant que ce soit le farouche mais héroïque chef de brigands du drame de Schiller ; vous vous tromperiez. Hélas ! qu'il m'est pénible de parler de la tache qui souille notre maison ! mais ce qui se passe sous vos yeux m'en fait un devoir. D'ailleurs, j'ai toute confiance en votre délicatesse ; je ne doute pas que vous ne gardiez le plus profond secret sur ce que vous allez entendre.

Charles, doué d'une charmante figure, annonçait les plus heureuses dispositions. Il avait une aptitude remarquable dans tout ce qu'il entreprenait. Ce fut donc pour nous d'autant plus cruel de le voir dès l'enfance porté naturellement vers toute espèce de déréglements et de mauvaises passions. Il ressemblait si peu en cela à nos glorieux ancêtres, que mon père ne put s'empêcher de reconnaître dans ce fait la punition d'une grande faute. Hélas ! cette punition est bien cruelle pour nous ! On disait tout bas que Charles, le premier né de la famille, était le fruit d'une tentative violente, dont ma mère fut l'innocente victime.

Hélas ! Amélie aussi est l'enfant de l'adultère. Sa mère fut assez faible pour revoir un homme qu'elle avait aimé dans sa jeunesse avant d'être mariée.

Vous voyez qu'il y a dans tout cela bien des sujets de réflexion pour un moraliste ; mais comme je ne vous tiens pas absolument pour tels, — soit dit sans vous fâcher, — je passerai sous silence toutes les méchancetés et toutes les mauvaises actions dont Charles, au grand désespoir de mon père et de nous tous, se rendit coupable tant qu'il resta à l'université étrangère où il avait été envoyé.

Mon père parvint à le faire entrer dans la carrière militaire et à le pousser jusqu'au grade de capitaine. Mais au moment où son corps se mettait en campagne, le malheureux déroba la caisse, fut honteusement cassé de son grade et enfermé dans une forteresse. Il réussit à s'en échapper, et depuis lors nous n'avions plus entendu parler de lui, quand dernièrement nous reçûmes une lettre par laquelle on nous annonçait tenir de source certaine que le comte Charles de C..., ex-capitaine au régiment de ..., évadé de la prison de ..., avait été repris en Alsace à la tête d'une bande de brigands dont il s'était fait le chef, et allait être incessamment exécuté. Je n'ai négligé aucune des précautions nécessaires pour que cette fatale nouvelle ne parvienne jamais jusqu'à mon pauvre père, car elle lui donnerait le coup de la mort.

Eh bien! c'est ce misérable que la comtesse aime de toute la force d'un amour insensé. Cependant elle n'avait que quinze ans lorsque Charles quitta la maison paternelle, dans laquelle avait été élevée avec lui l'orpheline. Concevez vous que dans le cœur d'une enfant comme elle l'était alors se soit allumée une flamme que rien n'a pu éteindre? Combien est navrant pour nous le spectacle de sa douleur, de la passion qui la consume! Il semble que le démon lui-même se soit plu à attiser ce feu coupable, à détruire en elle le germe des vertus qui font la parure d'une jeune fille.

Maintenant je vais vous parler de moi-même.

Je n'étais aussi qu'un enfant, et j'aimais Amélie aussi ardemment qu'elle aimait elle-même mon malheureux frère. En avançant en âge, me voyant repoussé par elle, je crus triompher d'une inclination malheureuse en me jetant tête baissée dans toutes les joies du monde. Je parcourus la France et l'Italie, mais l'image d'Amélie me poursuivit partout; mes efforts pour l'effacer de mon âme ne servirent qu'à la faire rayonner d'un éclat nouveau. Je portais dans mon sein le poison qui me rongeait! Nulle part je ne pus trouver le repos et l'oubli. Comme l'oiseau de nuit, poussé par une aspiration aveugle, voltige autour de la flamme et resserre de plus en plus le cercle que décrit son vol jusqu'à ce qu'il trouve la mort dans l'apaisement de ses désirs, ainsi, malgré la résolution que j'avais prise de ne plus revoir Amélie, je me rapprochai d'elle; et enfin, sous prétexte de condescendre à la volonté de mon père, je revins au château. Il comprit les tourments que j'endurais, il avait horreur de l'indigne penchant que nourrissait Amélie, il espérait qu'elle reviendrait à des sentiments plus raisonnables et ne méconnaîtrait pas éternellement mon amour. Fol espoir!... Moi-même, qui ne me faisais pas d'illusion et sentais toute la démence de ma conduite, je ne pouvais m'arracher d'auprès de cette dangereuse sirène.

Vous dirai-je quel désespoir m'a saisi à l'instant où vous avez présenté à mes yeux la fiction terrible de Schiller?

Sur ces entrefaites, le hasard a voulu que j'aie surpris dans le pavillon solitaire Amélie, que je croyais dans sa chambre. Toutes les ardeurs d'une passion long-temps contenue se réveillèrent... la colère... le désespoir... ma tête s'égara... Heureusement le ciel vous fit intervenir... Ma raison est revenue; je veux tenter un dernier effort et m'arracher de ces lieux. On parle d'une nouvelle guerre; je suis décidé à prendre du service. —

Eh bien! dit Willibald lorsque le comte les eut quittés, que penses-tu de tout cela?

— Ce que je pense? répondit Hartmann, c'est que ce comte Franz ne m'inspire pas une grande confiance. La passion en fait un homme féroce. Je plains de tout mon cœur la charmante comtesse Amélie. N'est-il pas inconvenant ou du moins étrange que le comte, pour se justifier de la scène du pavillon, nous initie à tous les secrets de sa famille, et traîne dans la boue devant des étrangers le nom de son frère ?

A ce moment, il se fit un grand tumulte dans la cour du château. Les chasseurs du comte et des hussards qui s'étaient réunis à eux amenaient plusieurs brigands prisonniers, dont quelques-uns étaient blessés. Ces gens avaient un air sauvage ; ils semblaient pour la plupart étrangers et peu disposés à parler. Lorsqu'ils ne gardaient pas un silence obstiné aux questions qu'on leur adressait, ils répondaient en un si mauvais allemand ou en un italien si corrompu qu'il était difficile de les comprendre. Deux ou trois se servaient avec facilité du dialecte des Zingarelli ; ceux-là ne pouvaient pas nier leur origine : d'où l'on devait conclure que cette bande venait d'Italie et s'était accrue en deçà des frontières de quelque troupe de ces enfants de la Bohême errante.

On demanda aux prisonniers où était leur capitaine; ils se mirent à rire, disant pour toute réponse: « Il est en lieu sûr, soyez tranquilles; on ne le prendra pas aussi facilement que vous le croyez. »

Un certain nombre de bandits, ainsi que le racontèrent les chasseurs, étaient parvenus à se faire jour, et, à l'aide de la nuit, avaient gagné l'épaisseur de la forêt.

— C'est une raison de plus, dit le comte avec amabilité aux amis, pour que je ne vous laisse pas partir. Il faut auparavant qu'il n'existe plus de danger.

Dans la soirée, Willibald s'échappa du cercle que formaient, comme à l'ordinaire, les deux comtes, le religieux et le chirurgien, Amélie n'ayant pas paru ce jour-là. Lorsqu'il rentra, assez long-temps après, Hartmann s'aperçut de suite que quelque chose d'étrange lui était arrivé. Il ne se trompait pas. Dès qu'ils furent sans témoins, Willibald, sans attendre que son ami l'interrogeât, lui dit avec vivacité :

— Il est temps ou jamais de quitter ces lieux; les événements se succèdent avec rapidité. Je crains que nous ne nous approchions trop près des rouages qu'un mauvais génie semble mettre en mouvement. Je tremble qu'ils ne nous atteignent et ne nous lancent dans l'abîme. Tu sais que j'avais promis au vieux comte de lui montrer quelques-unes de mes productions littéraires. J'avais été chercher un manuscrit, je l'apportais, lorsqu'en descendant, je me dirigeai par distraction à gauche au lieu de prendre à droite. Je me trouvai dans cette vaste salle décorée de grands tableaux ; le Rubens que nous admirâmes dernièrement ensemble attira de nouveau mon attention. Je m'étais arrêté devant lui et le contemplais curieusement, quand une porte latérale s'ouvrit et la comtesse Amélie parut. Tu crois peut-être qu'elle était troublée, hors d'elle, après ce qui s'était passé quelques heures auparavant ? Tu te tromperais. Elle vint à moi avec un sang-froid, un calme imperturbable, et la voilà qui se mit à parler des tableaux des différents maîtres dont se compose cette collection, tout en saisissant mon bras et me conduisant à pas lents à travers la salle.

— Après tout, rien n'est plus fastidieux, s'écria-t-elle au moment où nous arrivions au bout de la pièce, rien n'est plus fastidieux que de s'occuper autant de toiles mortes. La beauté fraîche, vivante et charmante n'a-t-elle pas plutôt droit à nos hommages ?

En disant ces mots elle ouvrit la porte. Nous traversâmes deux ou trois appartements, et nous nous trouvâmes dans une pièce décorée avec un goût exquis.

— Je vous fais mes honneurs, vous êtes chez moi, dit Amélie en m'invitant à prendre place près d'elle sur le sopha.

Imagine-toi ce que je dus éprouver dans ce tête-à-tête avec cette ravissante personne. Si elle avait été pour moi jusque-là froide et dédaigneuse, elle était bien changée à cette heure ; la grâce la plus séduisante, l'affabilité la plus coquette accompagnaient chacun de ses gestes, chacune de ses paroles. Je m'apprêtais à faire preuve d'esprit et d'amabilité, lorsque la comtesse m'arrêta d'un regard qui me pénétra jusqu'au cœur ; je devins muet.

Elle me prit la main, et me dit :

— Me trouvez-vous belle ?

Je voulais répondre, mais je n'en eus pas le temps. Elle continua :

— Sans flatterie, car toute flatterie en ce moment me serait désagréable ; il suffit d'un oui ou d'un non.

— Oui ! répondis-je.

Je ne sais avec quel ton je prononçai ce oui ; il dut s'échapper tout naturellement de mes lèvres. Cependant j'étais singulièrement bouleversé.

— Pourriez-vous m'aimer ? me demanda la comtesse.

Et dans ses yeux il était facile de lire qu'elle ne voulait encore de mo ; qu'un oui ou un non.

Ma foi, mon sang n'est pas de glace; je ne suis ni un saint ni un philistin insensible.

— Oui ! m'écriai-je avec transport.

Et je pressai sa main contre mon cœur, et je la couvris de baisers ardents, qui ne devaient lui laisser aucun doute sur la sincérité de ma réponse.

— Dans ce cas, s'écria-t-elle transportée de joie, tirez-moi de l'affreuse position dans laquelle je me trouve ; sauvez-moi des tourments que j'endure chaque jour, à toute heure, et qui sont pires que la mort. Vous êtes étranger, vous allez en Italie, emmenez-moi loin d'un homme que je hais, permettez-moi de vous suivre, sauvez-moi une seconde fois.

Je frémis quand je pense avec quelle irréflexion je m'abandonnais à l'impression enivrante que produisait sur mes sens la beauté de la comtesse. Je tressaillais malgré moi ; elle ne semblait pas y prendre garde, et continua avec plus de calme :

— Je ne veux pas vous cacher que mon cœur appartient à un autre. Je compte sur votre générosité, sur votre désintéressement, sur une grandeur d'âme peu commune. Il est possible que je vous récompense autant qu'il dépendra de moi ; cela tiendra à certaines circonstances... Alors, moi aussi, je serai généreuse, et tout ce que l'amour d'une femme peut donner de bonheur à un homme !... Celui dont mon cœur est épris depuis mon enfance n'est peut-être plus de ce monde ; du moment où j'en aurai acquis la certitude, je vous appartiendrai tout entière. Remarquez que, dès que je trouve la force de parler ainsi, j'ai dû sonder les plus profonds replis de mon âme ; ma résolution n'est donc pas le fruit d'une exaltation passagère. Je sais que vous et votre ami avez comparé ce qui se passe dans ce château aux événements d'un drame pathétique. Ainsi, vous avez compris que quelque chose de fatal plane sur nous ; il faut donc nous incliner devant le destin.

Que devais-je répondre à la comtesse? je te le demande. J'hésitais à parler ; elle-même me tira d'embarras en me disant avec douceur :

— Arrêtons-nous là... laissez-moi... nous reprendrons cette conversation quand le temps en sera venu.

Je baisai en silence la main d'Amélie et me dirigeai vers la porte. Au moment où j'allais sortir, elle courut à moi, se jeta dans mes bras avec un mouvement de désespoir ; s'abandonnant à mes baisers, elle s'écria d'un ton à fendre le cœur :

— Sauvez-moi ! sauvez-moi !...

Etourdi, en proie à mille sentiments contradictoires, il m'était impossible d'aller rejoindre la société réunie dans le salon. Je descendis dans le parc. L'amour que m'offrait la belle comtesse me semblait réaliser tous les vœux que peut former un mortel. Je n'avais donc plus qu'à me dévouer, qu'à obéir sans réflexion à ses ordres. Mais plus tard, lorsque je redevins calme, j'entrevis la folie et le danger d'une telle conduite... Tu as remarqué qu'avant de quitter le salon, le comte Franz m'a pris à part et m'a parlé à l'oreille ; il m'a donné à entendre qu'il était informé de l'inclination que la comtesse avait conçue pour moi.

— Votre manière d'être, a-t-il ajouté, m'inspire toute confiance ; j'en sais plus que vous ne croyez. Je n'ignore pas que vous avez causé avec elle ; mais prenez garde aux enchantements voluptueux de la perfide Armide... Cet avis doit vous paraître étrange dans ma bouche... Telle est la malédiction qui me poursuit : j'ai la conscience de ma démence, et je ne puis m'arracher de cet état funeste ; je connais mes chaînes sans avoir la force de les briser.

Tu vois, mon ami, que j'ai fait un pas d'écolier. Un départ précipité est indispensable ; rien autre ne peut me tirer de cette position périlleuse.

Hartmann n'en revenait pas ; du reste, il convenait que l'abîme semblait se creuser de plus en plus sous leurs pieds.

Le lendemain matin, ils se réveillèrent avec le premier rayon de soleil. Les parfums de mille fleurs se répandaient dans leur chambre à travers la fenêtre ouverte. Tout était déjà animé dans les champs et les bois. Les deux amis prirent envie de faire avant le déjeûner un tour dans le parc, dans la partie la plus reculée qui touchait à la forêt. Ils aperçurent le vieux Daniel arrêté avec un homme d'une haute stature, richement vêtu ;

qui causait avec vivacité et semblait traiter des affaires importantes. L'étranger remit à Daniel un papier, puis ils se dirigèrent ensemble du côté de la forêt. A une petite distance un chasseur attendait avec des chevaux de main. Tous deux, le chasseur et l'étranger, sautèrent en selle et s'éloignèrent au galop. Daniel, en revenant, se trouva face à face avec les deux jeunes gens. Il fit un geste d'effroi; puis, s'étant remis aussitôt, il leur dit en riant :

— Très bien, très bien, mes jeunes messieurs; vous êtes matineux... J'étais là avec ce comte étranger qui veut devenir notre voisin. Il désirait voir un peu les lieux, et je l'ai accompagné partout. Aussitôt qu'il sera établi dans son château, il compte rendre visite à notre maître. Il ne désire rien tant que de se lier avec lui.

Cette rencontre, le mouvement de Daniel lorsqu'il les avait aperçus, tout cela parut suspect aux amis, qui étaient devenus méfiants.

Ce ne fut pas sans peine qu'ils obtinrent du vieux comte la permission de partir le lendemain. Aussi ne voulut-il pas les quitter d'un instant ce jour-là. C'était tout ce que pouvait désirer Willibald qui redoutait comme un enfant la présence d'Amélie. La matinée se passa gaîment; aucun nuage n'assombrit l'horizon. A l'heure où l'on se mettait à table, la comtesse n'avait pas encore paru.

— Elle a sans doute la migraine, dit le vieux comte d'un air chagrin.

Mais en ce moment la porte s'ouvrit, et la jeune fille entra. Quelle fut la surprise de nos amis! Elle était vêtue avec une recherche extrême. Sa robe de satin d'un rose foncé, la ceinture élégante qui entourait sa taille svelte, le collier de pierreries qui rehaussait l'éclat de son col de neige, les riches dentelles qui cachaient mal son sein ému, les perles et les branches de myrte qui se mêlaient aux boucles noires de sa chevelure, toute cette toilette splendide, que complétaient des gants blancs et un éventail, donnait un tel relief à ses charmes qu'un silence profond témoigna l'admiration de personnes accoutumées cependant à la voir souvent ainsi parée.

— Au nom du ciel, balbutia le vieux comte, que signifie cela, Amélie? Te voilà parée comme une fiancée qui va monter à l'autel.

— Ne suis-je pas une heureuse fiancée? dit-elle avec une expression indéfinissable, en s'agenouillant devant le vieillard, et en ployant sa tête comme pour lui demander sa bénédiction.

Le comte, transporté de joie, la releva, l'embrassa sur le front, en disant :

— O Amélie! serait-il possible? Franz! heureux Franz!

Le comte Franz s'approcha en chancelant; on lisait sur son visage les angoisses du doute pénible auquel il était en proie. Amélie frissonna tout en lui abandonnant sa main, qu'il couvrit de baisers brûlants.

A table, elle fut silencieuse et grave, prenant peu de part à ce qui se disait. Elle était cependant visiblement moins froide, moins insensible qu'à l'ordinaire, et semblait n'éprouver de plaisir qu'à écouter Willibald, placé près d'elle. Franz les regardait tous deux d'un air singulier. Quant à Willibald, il était assis sur des charbons ardents: la conduite inconcevable d'Amélie, sa toilette de fiancée, ses attentions pour lui, tout, en un mot, le mettait dans une position fâcheuse et pouvait lui attirer quelque méchante affaire avec le comte.

Au moment où l'on se levait de table, Amélie s'empara du bras de Willibald et l'entraîna rapidement tandis que les convives étaient occupés à causer. Ils se trouvèrent bientôt dans un appartement reculé, seuls vis-à-vis l'un de l'autre.

Amélie semblait prête à se trouver mal; elle allait tomber. Willibald la retint dans ses bras, la serra contre sa poitrine, et, hors de lui, emporté par la fougue de la passion, couvrit ses lèvres de baisers ardents, tandis que la comtesse murmurait d'une voix mourante :

— Laisse-moi, laisse-moi! ma destinée est accomplie; il est trop tard. Pourquoi n'es-tu pas venu plus tôt? Et pourtant maintenant... ô mon Dieu!...

Un torrent de larmes s'échappa de ses yeux. Elle sortit précipitamment.

Au même instant le comte Franz entra.

Willibald, prévoyant une scène violente, était décidé à se conduire en homme de cœur et à donner au comte toutes les satisfactions que sa jalousie désirerait. Quelle fut donc sa surprise lorsque celui-ci, qui était venu à lui avec emportement, lui adressa cette question d'une manière qui ne laissait aucun doute sur ses intentions pacifiques et témoignait seulement un accablement profond :

— On me dit que vous voulez partir. Est-il bien vrai que vous et votre ami nous quittiez demain?

— Comme vous le dites, monsieur le comte, répondit Willibald en faisant tous ses efforts pour paraître calme. Nous ne sommes restés que trop long-temps ici. Un fâcheux hasard pourrait bien, malgré nos bonnes intentions, nous mêler à des événements pénibles pour tous.

— Vous avez raison, répliqua le comte profondément ému, et des larmes roulaient dans ses yeux. Vous avez raison, Monsieur; je n'ai donc plus besoin de vous prémunir contre les charmes perfides d'Amélie. Renaud s'arrache de ses bras avec un mâle courage! Il suffit, vous me comprenez. Je vous ai observé avec toute l'attention de la jalousie inquiète. Je le sais, vous êtes innocent. Et lors même! serait-ce votre faute?... Mais assez, ne parlons plus de cela. Ce qu'il y a de certain, c'est que l'avenir est gros de tempêtes; il faudrait posséder un tact surhumain pour deviner ce qu'il nous réserve.

A peine avaient-ils regagné le salon, qu'un domestique vint appeler le chapelain. Celui-ci, en rentrant, fut parler à l'oreille du vieux comte, qui lui répondit à mi-voix :

— Laissez-la faire, c'est une extravagante.

Les amis apprirent du religieux qu'Amélie l'avait fait venir auprès d'elle pour lui demander ses conseils. Elle lui avait exposé mille scrupules bizarres, l'avait interrogé sur la gravité des péchés et des peines éternelles.

Il avait apaisé de son mieux le trouble et les remords de sa conscience.

On se mit à table. En l'honneur du départ de Willibald et d'Hartmann, les vins exquis circulèrent avec encore plus d'abondance que les autres jours. On oublia l'absence de l'originale comtesse, qui ne parut pas de la soirée. Le vieux comte s'inquiétait médiocrement de l'indisposition imaginaire qu'elle avait prétextée. Chacun rivalisait de belle humeur; Willibald, que l'approche du départ délivrait de tout souci, se sentait léger et joyeux comme un oiseau échappé de cage. La gaîté devint quelque peu folle, et le chirurgien avait assez à faire de s'excuser de ses fréquents accès d'hilarité. Cependant une ou deux fois il fit allusion aux fiançailles prochaines de la comtesse; il semblait fort désireux de savoir si vraiment on allait les célébrer. Le chapelain s'empressait de lui couper la parole, et le pauvre chirurgien restait tout ébahi; il faisait une plaisante figure; on voyait qu'il ne comprenait rien à ce mystère, et que, quoi qu'il en fût, il était prêt à faire les noces avec ou sans fiancée. Le comte Frantz seul avait un air inquiet; il sortait, il rentrait, tantôt regardant à la fenêtre, tantôt s'arrêtant devant la porte qui donnait dans le jardin: on eût dit qu'il était agité par de sombres pressentiments. Lorsqu'on se sépara, la nuit était déjà avancée.

Le lendemain, dès l'aurore, les deux amis entendirent des bruits inaccoutumés, un cliquetis d'armes; tout le monde était en mouvement dans le château, on courait, on parlait. Ils se levèrent et s'approchèrent de la fenêtre. Le comte Franz, armé jusqu'aux dents, partait au galop, à la tête de sa petite troupe de chasseurs. Le domestique qui chaque jour apportait le déjeûner de nos jeunes gens ne vint pas à l'heure habituelle. Soupçonnant quelque catastrophe, ils descendirent pour s'informer de ce qui se passait, mais les gens qu'ils trouvèrent étaient incapables de les satisfaire; ils avaient des figures blêmes et consternées, et pouvaient à peine leur répondre.

Ils aperçurent le chapelain, qui sortait de la chambre du vieux comte; ils coururent à lui et l'interrogèrent avec empressement.

La comtesse Amélie avait disparu; on ne savait pas ce qu'elle était devenue. Sa femme de chambre, n'entendant pas la sonnette à l'heure où elle avait l'habitude d'être appelée, avait voulu entrer dans son appartement, mais elle avait trouvé la porte fermée. Après avoir frappé long-temps et appelé de toutes ses forces, voyant que personne ne répondait, elle s'était effrayée; elle était descendue précipitamment en criant que la comtesse Amélie était morte ou tout au moins tombée en défaillance. Là-dessus, tous les gens du château étaient accourus. On avait enfoncé la porte, mais la comtesse n'était pas dans sa chambre... Qu'était-elle donc devenue? Elle s'était enfuie sans doute parée comme la veille, car sa femme de chambre ne l'avait pas déshabillée, et l'on ne voyait aucuns vêtements qui indiquassent que la comtesse eût changé de costume; seulement, devant un miroir, sur une table de marbre, était un billet ne contenant que ces quelques mots tracés de sa main: « La fiancée est allée rejoindre son fiancé. »

Comment se faisait-il que personne ne se fût aperçu de sa disparition ? Si elle s'était échappée en plein jour du château, où il y avait toujours du monde en mouvement, sa riche et singulière parure n'eût pas manqué d'attirer l'attention. Etait-elle donc partie dans la nuit? Mais alors comment avait-elle fait pour sortir, les portes restant fermées jusqu'au matin ? La pensée qu'elle était descendue par sa fenêtre ne pouvait se présenter à l'esprit, la chambre qu'elle habitait étant placée à l'étage le plus élevé. Il fallait donc que quelqu'un eût facilité sa fuite.

Hartmann crut devoir parler de la rencontre qu'il avait faite la veille dans le parc, de la conversation animée de Daniel à une heure si matinale et de cet étranger qui, à leur approche, s'était enfui dans l'épaisseur de la forêt de toute la vitesse de sa monture.

Le chapelain lui prêta la plus grande attention. Il se fit décrire minutieusement la tournure qu'avait cet inconnu, sa démarche, toute sa personne enfin. Tout en écoutant, il devint rêveur, et disait à voix basse en se parlant à lui-même :

— Quel soupçon ! Est-ce que ce vieux Daniel, jusqu'ici la probité même ?... Et l'autre serait-il le misérable qui?... Je voudrais pouvoir en douter, mais tout semble le prouver... Patience, tout s'éclaircira bientôt, si le comte Franz est assez heureux pour trouver la comtesse et nous la ramener.

— Que Dieu l'en préserve ! s'écria Willibald avec vivacité. Ne vaudrait-il pas cent fois mieux qu'elle fût morte et restât éternellement perdue pour lui ? Le temps apaise les chagrins les plus cuisants. La mort elle-même, qui met une fin à des peines sans remède, est un bienfait pour celui dont le cœur est déchiré par une des formes charmantes mais perfides que prend la vie pour le séduire. Puisse ce destin redoutable cesser de le poursuivre et mettre un terme au combat terrible que se livrent une passion violente et une conscience qui sent combien est méprisable l'objet de cette passion ! Dans une pareille lutte, les mauvais désirs ont souvent le dessus, et la plus noble créature peut finir par succomber Ah ! souhaitons plutôt ce qui doit ramener la paix dans cette famille infortunée.

— Hélas ! dit le religieux en levant les yeux au ciel, il n'est que trop vrai, la disparition de la comtesse Amélie est peut-être un bienfait de la Providence.

Les amis se décidèrent à partir sur-le champ sans attendre l'issue de cet événement. Le chapelain se chargea de faire préparer les chevaux, car, dans le trouble qui régnait au château, son intervention était nécessaire. Il tint parole : au bout d'une demi-heure, une voiture chargée de leur bagage les attendait devant la porte.

Le vieux comte pria le chapelain de transmettre ses adieux aux voyageurs et de les assurer de son amitié. Il n'était pas en état d'aller le faire lui-même.

Cependant, au moment où les amis allaient monter en voiture, le vieux seigneur vint jusques à la porte. Il se tenait droit comme aux jours de sa jeunesse et relevait la tête avec un mouvement de noble fierté. Ses traits avaient une expression de dignité plus prononcée encore qu'à l'ordinaire. Il avait surmonté le vif chagrin qui dans le premier moment l'avait abattu. Cette douleur ne donnait que plus d'énergie à son héroïque caractère.

Il serra affectueusement les deux jeunes gens sur son cœur et leur parla avec le calme de l'homme fort qui renferme en lui-même ses souffrances.

— Mes amis, dit-il, votre présence ici a marqué mes derniers beaux jours; la fuite d'Amélie sera le dernier coup de foudre. La tempête qui a éclaté sur ma maison va l'anéantir. A l'âge où l'imagination s'éteint, les pressentiments deviennent des avertissements sérieux. Je ne me fais pas illusion. Merci donc, mes jeunes amis, des instants sereins que m'a fait passer votre esprit juvénile, empreint de toute la fraîcheur, de toute la gaieté de cet âge heureux que toujours on regrette. Il m'est difficile de ne pas m'attendrir un peu en vous quittant, car je sais que nous ne nous reverrons plus dans ce monde; ma destinée va bientôt s'accomplir : puisse-t-elle ne pas trop se faire attendre !

Le comte essuya furtivement une larme en se séparant des deux amis, qui ne quittèrent pas le château sans une émotion profonde.

Au milieu de la nuit, ils rencontrèrent un détachement de chasseurs qui rapportaient le comte Franz évanoui, étendu sur un brancard fait de feuillages. Un coup de feu parti à l'improviste d'un fourré épais l'avait atteint en pleine poitrine. On ne pensait pas qu'il y eût quelque espoir de le sauver.

—Fuyons bien vite ce lieu de malheur, s'écrièrent les jeunes gens, vivement affligés, et ils s'éloignèrent rapidement.

DEUX LETTRES.

Plusieurs années s'étaient écoulées. Hartmann avait fait son chemin dans la carrière diplomatique. Il fut envoyé comme chargé d'affaires, d'abord à Rome, ensuite à Naples. Un jour Willibald, resté à Berlin, reçut de lui la lettre suivante :

Hartmann à Willibald.

« Naples, le ...

» Je t'écris, mon cher Willibald, pour épancher en ton sein l'agitation de mon âme... Une circonstance fortuite de vient faire renaître en moi le souvenir d'un épisode de notre vie que tu n'as pas dû oublier, d'événements qui t'ont laissé long-temps sous l'empire de sentiments bizarres, d'un plaisir mélangé de tristesse, d'un amour plein de mépris pour celle qui en était l'objet... Mais trêve aux préambules ; écoute mon récit.

» Hier, j'ai visité le lieu le plus romantique, le plus délicieux de ce pays : le cloître des Camaldules, qui est situé non loin du Pausilippe.

» Le prieur eut l'obligeance de me mettre en rapport avec un moine allemand qu'il releva de son vœu de silence.

» A mesure que ce dernier me parlait, il me semblait reconnaître le son de sa voix, ainsi que les traits de son visage vénérable. Je me demandais où j'avais pu le rencontrer ; c'était sans doute sa longue barbe qui me le rendait méconnaissable. De son côté, le moine m'examinait avec attention, comme s'il eût cherché à se rappeler mon nom. Il voulut savoir si je venais pour la première fois en Italie. Je lui dis que j'avais déjà fait une fois le voyage de Milan avec un de mes amis, en passant par Prague et Vienne. « Ainsi donc, s'écria le moine, ma mémoire ne me trompait point, » nous nous sommes rencontrés alors en Bohême, dans le château du » comte Maximilien de C... ! » (Le moine n'était autre que ce respectable ecclésiastique, le chapelain du comte.) A ces mots, comme par enchantement, l'image des moments agréables et terribles que nous avons passés dans ce château se retraça vivement à mon souvenir. Je m'empressai de demander au bon frère ce qui était arrivé après notre départ. « J'ai l'in- » tention, lui dis-je, si je traverse la Bohême à mon retour, de réclamer » une seconde fois l'hospitalité de l'aimable seigneur. — Hélas ! dit le » moine en élevant au ciel ses yeux qui se remplirent de larmes, il n'est » plus ! Rien n'est demeuré debout de cette maison ; richesses et pompes, » tout s'est englouti ! Le château somptueux ne recevra plus de joyeux » hôtes; il ne reste de lui que des ruines, et les oiseaux de nuit seuls vien- » nent y nicher ! »

» Tous deux, tu t'en souviens, mon ami, nous avons pressenti la chute de cette famille malheureuse poursuivie par la fatalité. Néanmoins tu seras curieux de savoir comment les choses se sont passées. Voici le récit que me fit le moine.

» Le comte Maximilien conserva un courage stoïque au moment où son fils fut rapporté au château dangereusement blessé. Ce sang-froid était d'autant plus convenable que la blessure, quoique grave, ne fut point jugée mortelle par le chirurgien habile qui fit l'extraction de la balle. Il y avait tout lieu de croire qu'on sauverait les jours du comte Franz, s'il ne survenait point d'accidents. Le projectile n'avait pas traversé la poitrine, et, d'après la direction du coup, c'était presque un miracle. Le chirurgien pensait que le meurtrier avait dû décharger son arme à une grande distance. Voilà pourquoi, sans doute, il avait pu s'échapper. Les chasseurs, qui avaient battu avec soin la forêt, n'avaient trouvé personne. La bande de brigands qui infestait les contrées environnantes semblait s'être retirée au-delà de la frontière après la défaite qu'elle avait essuyée. Il n'était plus question d'aucun coup de main, tandis qu'auparavant chaque jour amenait quelque tentative audacieuse.

» Le chirurgien avait sainement jugé l'état du comte Franz ; bientôt celui-ci fut hors de danger. L'abattement, la mélancolie qui s'emparèrent de son âme étouffèrent les ardeurs impétueuses de sa passion. Cette disposition nouvelle était très favorable à son rétablissement. De même que le vieux comte, il ne conservait aucune espérance de revoir Amélie ; mais la disparition de celle-ci n'en tenait pas moins du prodige ; toutes les suppositions qu'on pouvait faire s'évanouissaient comme des chimères dès qu'elles subissaient l'examen; on ne trouvait pas le moindre fil propre à diriger les recherches et à mettre sur la trace de la fugitive.

» Un silence de mort régnait dans le château; le père et le fils étaient constamment plongés dans une profonde tristesse, et n'avaient d'autre distraction que la conversation du chapelain. Les consolations que fournit la religion adoucirent seules la douleur du vieux comte, lorsqu'il reçut enfin le coup terrible que Franz s'était si long-temps efforcé de détourner de lui. Un hasard fatal apprit au vieillard que son fils Charles s'était fait chef de brigands, avait été pris en Alsace et condamné à mort. Ses compagnons, il est vrai, avaient forcé la prison où il était retenu et l'avaient délivré, mais son nom (il n'avait pas même caché sa naissance), le nom vénérable de la maison de C... avait été livré au déshonneur.

» Une nuit où le comte ne pouvait trouver du repos, agité comme il l'était par de pénibles pensées; le souvenir de la honte que son fils coupable faisait rejaillir sur une famille qui comptait des princes parmi ses ancêtres, de la fuite insensée d'Amélie qui avait enlevé au malheureux père tout espoir de bonheur, ne cessait de se présenter à son esprit, il crut entendre des pas sous sa fenêtre. On sembla ouvrir avec précaution la grande porte du château, puis tout retomba dans le silence; mais, au bout de quelques minutes, un nouveau bruit se fit entendre, il paraissait sortir des profondeurs de la terre, l'on eût dit qu'on remuait des chaînes.

» Le comte tira vivement le cordon de la sonnette qui correspondait à la chambre de Daniel, voisine de la sienne; mais il eut beau sonner, Daniel ne vint pas. Il se jeta à bas du lit, s'habilla à la hâte, alluma une bougie et descendit pour découvrir lui-même la cause de ce bruit insolite. En passant devant la chambre de Daniel, un coup d'œil rapide le convainquit que celui-ci ne s'était pas couché; son lit n'avait pas été dérangé. En traversant le vestibule vaste et sombre, il crut apercevoir un homme qui se glissait derrière les colonnes qui décoraient cette pièce et gagnait la porte. Le vestibule desservait une file d'appartements au bout desquels se trouvait un petit cabinet voûté; sa porte était en fer, des barres solides du même métal protégeaient son unique fenêtre, et, au milieu, une trappe fermée par de fortes bandes également de fer donnait accès dans un caveau qui contenait les richesses de la famille de C..., une somme considérable en pièces d'or, une nombreuse et riche argenterie, des bijoux, des diamants, etc. Le comte parcourut le vestibule en passant devant toutes les chambres; il resta atterré lorsqu'il se trouva en face du petit cabinet: la porte, cette énorme porte était ouverte, sans qu'il découvrît aucune trace de violence. Il s'avança sur la pointe des pieds, et aperçut un homme agenouillé sur la trappe, qui s'occupait à limer activement les bandes de métal.

» — Encore un peu de patience, dit celui-ci sans se retourner; c'est un de travail, mais j'aurai bientôt fini.

» — Halte-là! dit le comte d'une voix tonnante.

» L'homme tressaillit et se retourna épouvanté. C'était Daniel, Daniel pâle comme la mort, Daniel pétrifié, qui regardait le comte sans pouvoir articuler une parole. Quant à ce dernier, il avait peine à en croire ses yeux, et sa surprise le rendait également muet.

» —Malheureux ! s'écria-t-il enfin, que fais-tu là ?

» Daniel se releva par un mouvement convulsif, et balbutia d'une voix tremblante :

» —C'est un légiti...me hé...ri...tage...

Et comme le comte s'avançait vers lui, il ramassa une des barres de fer déjà détachées et en menaça son maître.

» —Scélérat ! s'écria le vieux seigneur transporté de colère, hypocrite qui m'as si long-temps trompé !

»Et, avec une vigueur extraordinaire pour son âge, d'une main il terrassa cet infidèle serviteur, le saisit à la gorge et le traîna jusqu'au vestibule, tandis que de l'autre il agita la cloche d'alarme. Les gens du château, arrachés inopinément au sommeil, accoururent à la hâte.

» Chargez de chaînes ce scélérat, jetez-le dans la tour, leur commanda leur maître.

» Puis, au moment où les domestiques s'emparaient du vieillard, immobile, défiguré, presque sans connaissance, et qui serait tombé si le bras vigoureux du comte l'avait lâché, un signe de ce dernier les retint. Il réfléchit un instant, puis dit avec calme et majesté :

» — Je lui fais grâce; qu'il sorte sur-le-champ du château et qu'il ne reparaisse jamais devant moi.

»Cet ordre fut exécuté. Le comte n'eut pas besoin d'entrer dans de grandes explications, on devinait aisément ce qui était arrivé. Lorsque le calme fut rétabli, on s'aperçut que deux des chasseurs manquaient ; c'étaient pourtant des hommes sûrs. On commençait déjà à les soupçonner eux aussi de trahison, de complicité avec le misérable Daniel, lorsqu'au point du jour ils rentrèrent au château, couverts de sueur et de poussière.

»Tandis que les gens du comte étaient accourus au son de la cloche, les deux chasseurs, qui avaient cru entendre trotter des chevaux, s'étaient dirigés précipitamment vers la cour, d'où ils avaient aperçu, à la clarté de la lune, une voiture accompagnée de deux cavaliers qui cheminait lentement. Elle n'était pas encore à une grande distance ; seller leurs chevaux, saisir leurs carabines et leurs couteaux de chasse, courir après la voiture, fut l'affaire d'un instant. Mais dès que les cavaliers qui la suivaient s'aperçurent qu'on les avait vus, ils piquèrent des deux, le conducteur de l'équipage en fit autant, et ils s'éloignèrent au grand galop.

» Les deux chasseurs, sans lâcher pied, les poursuivirent long-temps. Au moment où ils allaient les atteindre, voiture et cavaliers, tout disparut subitement dans un profond ravin. Plusieurs coups de fusils partirent du taillis qui bordait le précipice; les chasseurs, craignant de tomber dans une bande nombreuse, tournèrent bride et revinrent en toute hâte au château. Il devenait évident que Daniel était en intelligence avec les brigands qui avaient dû, de concert avec lui, former le dessein d'enlever le trésor des comtes de C..; mais l'énigme n'était pas éclaircie pour cela

Comment un vieux serviteur, qui s'était toujours montré si dévoué à cette famille, avait-il pu se laisser entraîner à une tentative pareille? Le chapelain seul ne montrait qu'un médiocre étonnement; il avait souvent observé en secret Daniel, disait-il, et avait reconnu en lui tous les signes d'une conscience agitée, mécontente d'elle-même et des autres. Dernièrement il avait surpris le vieillard s'emportant contre un domestique et disant, dans sa colère, que son maître lui avait fait des promesses mensongères, qu'il ne récompensait pas ses longs services, qu'il était sévère et dur, que cette dureté avait été la cause des malheurs de son fils aîné.

» — L'ingrat! s'écria le vieux comte en entendant ce récit, l'ingrat! je l'ai comblé de bienfaits; je l'ai traité, non comme un serviteur, mais comme un ami. Hélas! les bons procédés perdent les natures viles, en leur inspirant de l'orgueil et mille exigences, on les éloigne de soi au lieu de vous les attacher. Il n'était pas si simple que je le croyais, et lorsqu'il semblait aimer le monstre que j'ai dû repousser loin de moi quoi qu'il en coûtât à mon cœur, ce n'était pas de la tendresse; il se sentait naturellement attiré vers un caractère méchant et ingénieux pour le mal.

» Daniel était le complice de toutes les malices que Charles encore enfant imaginait lorsqu'il était ici. Je le regardais à tort comme une bonne créature qui se laissait dominer par l'ascendant inconcevable qu'exerçait déjà cet enfant sur des hommes faits et qui m'épouvantait pour l'avenir. Souvent Daniel avait peine à contenir sa mauvaise humeur lorsque j'étais forcé de mettre des bornes aux coupables dissipations de l'enfant prodigue, et si le vieillard redoublait alors envers moi de témoignages de respect et de dévouement, tout cela n'était que feinte, hypocrisie et noire trahison!

» Le chapelain fit remarquer que probablement Daniel avait aidé à la fuite d'Amélie; il avait pu facilement se procurer la clef de la poterne, éloigner sous quelque prétexte les domestiques du chemin qu'avait dû suivre Amélie. Par ce moyen, la fuite de celle-ci devenait explicable. Le chapelain fit part également de la rencontre dans le parc, à une heure indue, de Daniel causant avec un étranger, des soupçons que cette circonstance lui avait inspirés.

» — Il eût mieux valu, dit-il, s'assurer du misérable et chercher à obtenir de lui des révélations qui eussent jeté du jour sur toutes ces choses.

» — Puisse le Tout-Puissant, dit le comte d'un ton ferme, laisser ce mystère enseveli dans l'ombre! Une voix intérieure m'avertit que toute lumière serait l'éclair qui frapperait la vieille souche de ma race, le coup de foudre qui m'écraserait.

» On pouvait supposer, après l'aventure des deux chasseurs, que la forêt était de nouveau infestée par les brigands. Des étrangers s'étaient montrés dans les villages situés aux alentours du château; ils se faisaient passer pour des soldats en congé, des ouvriers ou des marchands forains; ils exhibaient même des passeports; mais leur mine et leurs allures suspectes annonçaient une tout autre industrie.

» Cependant la tranquillité ne fut pas troublée sur-le-champ; ce ne fut que quelque temps après qu'il fut question de vols et d'assassinats commis dans le canton de Potschatek. On reçut l'avis qu'une bande nombreuse de zingarelli avait traversé les frontières de la Moravie et s'était répandue dans la Bohême.

» André, un des deux chasseurs qui avaient poursuivi la voiture et les cavaliers, confirma cette nouvelle. En passant près du ravin où justement ceux-ci s'étaient dérobés à leurs yeux, il avait aperçu une troupe de zingarelli, composée d'hommes, de femmes et d'enfants; cette troupe n'était pas très considérable, mais elle devait probablement s'accroître de jour en jour. Evidemment, la prudence commandait de la détruire avant qu'elle eût le temps de s'organiser. En conséquence, les chasseurs du district voisin, qui dépendait de la seigneurie, furent mandés, et la nuit suivante le comte Franz, poussé par une force irrésistible, ayant réuni ses gens, se mit en marche avec l'espérance de surprendre ces brigands et de les anéantir d'un seul coup.

» Nos cavaliers aperçurent de loin une flamme claire qui s'élevait sur le bord du ravin; ils mirent pied à terre et s'approchèrent sans faire de bruit. Une douzaine de femmes, de jeunes filles et d'enfants entouraient un grand feu devant lequel on voyait des marmites et des broches. La bande mangeait, chantait et dansait gaîment, tandis que cinq ou six hommes, appuyés sur leurs carabines, semblaient veiller sur elle. Les chasseurs les attaquèrent en poussant un hourra guerrier. Quoique pris à l'improviste, les femmes et les jeunes filles elles-mêmes se jetèrent sur les armes qui se trouvaient là, et, se joignant aux hommes, répondirent bravement à la fusillade; mais la partie n'était pas égale, d'autant plus que les chasseurs se trouvaient protégés par un taillis, au lieu que les zingarelli étaient à découvert. Aussi ces derniers perdirent-ils quatre hommes et plusieurs femmes, tandis que pas un seul des gens du comte ne fut atteint. Le reste de la bande chercha son salut dans la fuite et disparut.

» Les chasseurs, maîtres de la victoire, visitèrent le camp des brigands, et cherchèrent si, parmi ceux restés sur la place, il ne se trouvait pas quelques blessés. A leur approche, une femme voilée se relève tout-à-coup et cherche à s'enfuir. Le comte l'arrête comme elle passait près de lui; mais, en la regardant, il pousse un cri et chancelle. Un de ses gens le retient, un autre arrache le voile qui cachait le visage de la bohémienne. Franz reste pétrifié. Qu'a-t-il donc vu? Est-ce un spectre? Non, c'est Amélie, Amélie elle-même. Celle-ci parvient à s'échapper. Elle tire un couteau de sa ceinture et va se précipiter sur le comte. C'en était fait de lui, si on n'eût désarmé à temps cette furieuse. Les chasseurs embarrassés demandèrent ce qu'il fallait faire de la prisonnière. Le comte Franz sembla s'éveiller d'un songe pénible.

» — Garrottez-la, répondit-il d'un ton sombre et farouche, et conduisez-la au château.

» La petite troupe rejoignit ses chevaux laissés à quelque distance et rentra au logis.

» — Vile créature, c'est donc pour te souiller de rapines et de meurtres que tu as fui la maison paternelle, que tu as méprisé l'amour le plus vrai et le plus fidèle? Tu ne couvriras pas plus long-temps d'infamie ma vieille tête grise; un cloître muet et désert cachera aux yeux du monde ta folie et ton crime.

» Telles furent les premières paroles que prononça le vieux comte transporté de courroux au moment où Amélie lui fut amenée; mais celle-ci n'entendait rien, et paraissait insensible à ce qui se passait autour d'elle. Sa pâleur, ses traits inanimés, ses yeux éteints lui donnaient l'apparence de la mort, et, ainsi qu'une automate, elle se laissait conduire ou restait immobile dès qu'on s'arrêtait. Le comte la fit enfermer dans une pièce à l'écart et garder à vue, en attendant qu'on la reléguât dans quelque monastère éloigné. Le chapelain s'efforça, mais en vain, de lui arracher quelques paroles; elle se refusa avec la même opiniâtreté à prendre toute espèce de nourriture : elle semblait vouloir se laisser mourir d'inanition. Le chirurgien jugea que cet état d'exaltation devait moins tenir à des souffrances physiques qu'à une maladie morale.

» Le comte Franz se montra plus calme qu'on n'eût pu l'attendre. Résigné aux décrets du destin qui le poursuivait, n'espérant plus rien, il n'avait plus rien à craindre.

Quelques jours s'écoulèrent; la catastrophe qui devait détruire la maison des comte de C... éclata. Une nuit où tout le monde était plongé dans le sommeil, les brigands attaquèrent le château en poussant des hurlements sauvages. Enfoncer les portes avec un tumulte effroyable, diriger sur les gens qui paraissaient aux fenêtres une fusillade meurtrière, pénétrer dans les appartements, égorger les domestiques isolés qui accouraient pour se défendre, tout cela fut l'affaire d'un moment. Le comte Franz n'avait pas eu le temps de charger ses pistolets que déjà les brigands assiégeaient sa porte et l'appelaient à grands cris. Que faire? Toute résistance était impossible. Ne valait-il pas mieux s'échapper et tâcher de réunir son monde? La fenêtre de la chambre donnait sur le jardin; un arbre étendait ses rameaux jusqu'à elle. Franz descendit en s'accrochant aux branches, et, malgré l'obscurité de la nuit, il courut jusqu'à la maisonnette du forestier, une lumière qui brillait à travers le volet servant à le diriger; il trouva les chasseurs qui se réunissaient déjà, tandis que la cloche d'alarme donnait l'éveil aux villages voisins. Le forestier avait entendu, du côté du château, le bruit de la fusillade, et aperçu la lueur des torches; ne doutant pas que les brigands n'en fissent le siége, il s'était dirigé en toute hâte vers le bourg le plus proche, et avait fait sonner le tocsin. Franz et ses gens volèrent au secours du château.

» Pendant ce temps, le chef des brigands, homme de haute taille, à la mine farouche, avait pénétré dans la chambre du vieux comte. Celui-ci, réveillé en sursaut, saisit ses pistolets, fait feu sur le brigand et le manque; il le mettait en joue une seconde fois, quand Amélie parut tout-à-coup et se jeta dans les bras de cet homme en criant avec égarement :

» — Charles ! Charles ! me voici ! voici ton Amélie, ta femme !

» Le vieux seigneur laissa tomber son pistolet et balbutia avec un mouvement d'horreur :

» — Charles ! mon fils !

» Le brigand fit un pas en avant, puis, s'arrêtant avec une attitude fière et méprisante :

» — C'est ton fils, dit-il, ton fils que tu as repoussé, et qui vient demander sa part d'héritage à un père injuste.

» — Malheureux ! s'écria le comte transporté d'indignation.

» — Paix ! dit le scélérat. Je sais qui je suis, mais je sais aussi ce qui m'a rendu tel. Mon cœur, comme celui de tous les hommes, était ouvert à la corruption. Pourquoi as-tu semé de l'ivraie ? et pourquoi t'étonnes-tu que l'ivraie ne produise pas du bon grain ? N'as-tu pas trompé ma mère ? Ne l'as-tu pas enlevée à celui qu'elle aimait ? Ne te donna-t-elle pas sa main avec horreur ? Sois-en puni. Quant à moi, je vivrai plus heureux qu'un roi dans mes forêts inaccessibles, au milieu de mes braves compagnons, à côté de celle qui m'aime comme jamais ta femme ne t'a aimé, de celle que tu voulais livrer à un homme qu'elle haïssait, sans avoir pitié de ses larmes.

»— Mais qui es-tu donc ? Un monstre sorti des enfers ! dit le malheureux père en cherchant à arracher Amélie des bras de Charles.

»—Ne touche pas à celle que j'ai choisie pour ma compagne, répondit le brigand en furie, et il leva son sabre nu sur la tête grise du vieillard.

» A ce moment, Franz arrivait avec ses chasseurs ; il se précipita dans la chambre, vit le danger que courait son père, ajusta le brigand, le coup partit, et Charles tomba raide mort.

»— Tu viens de tuer ton frère ! s'écria avec désespoir le père infortuné, et il perdit connaissance.

» Franz, comme frappé par la foudre, c[illegible]ait avec égarement le cadavre de son frère, sur lequel était tombé [illegible] comte évanoui.

» Le sang inondait les avenues du château. Un grand nombre des gens du comte étaient morts, la plupart de ceux qui restaient étaient blessés. On trouva parmi les morts le brave chirurgien criblé de blessures, et à quelques pas de lui le misérable Daniel, qui avait la tête fendue par un coup de sabre. Quant aux brigands, pas un seul n'échappa. Ceux qui ne succombèrent pas sous les coups des chasseurs furent massacrés en s'enfuyant par les paysans qui s'étaient armés et levés en masse pendant le combat.

» Les brigands, se voyant perdus, avaient mis le feu aux quatre coins du château. On eut peine à sauver des flammes le comte Maximilien, toujours évanoui, et Franz, qui, dans l'état d'accablement où il se trouvait, n'aurait pas fait un pas pour s'éloigner. Comme on n'avait pas le temps d'arrêter les progrès de l'incendie, il dévora en peu d'heures le somptueux bâtiment, qui fut ainsi détruit de fond en comble. Quant à Amélie, on ne put la trouver ; on pensa qu'elle avait péri dans les flammes. Peu de jours après, le vieux comte rendit le dernier soupir dans les bras du chapelain. Après la mort du chef de cette malheureuse famille, celui-ci se hâta de quitter les lieux témoins d'un événement aussi fatal. Il se rendit à Naples et entra dans le cloître des Camaldules. Enfin, le comte Franz transmit la seigneurie de C..., au moyen d'une donation en forme, à un jeune homme pauvre et estimable qui descendait d'une des branches de sa famille. Il ne conserva qu'une modique somme d'argent et quitta le pays. On n'entendit plus parler de lui; probablement il avait changé de nom. Le nouveau seigneur, par une délicatesse de sentiments honorable, ne voulut pas demeurer dans un endroit attristé par une si terrible catastrophe. Il fit bâtir une nouvelle habitation sur l'autre rive du Moldau.

» Il m'est impossible, mon cher Willibald, après le récit du moine, de te parler de moi ou de tout autre chose, c'est ce que tu comprendras facilement; ainsi donc, j'en resterai là pour aujourd'hui. »

Willibald à Hartmann.

« Tœplitz, le ...

» Je ne peux et n'ose te dire l'impression que ta lettre a faite sur moi... La rencontre de ce moine est vraiment extraordinaire; mais la destinée m'en réservait une plus étonnante encore... Voici en peu de mots ce qui m'est arrivé :

» Hier matin, je fis une excursion... Mais tu me demanderas peut-être pourquoi je suis ici... J'y suis parce que j'étais souffrant de mes douleurs de rhumatisme et surtout de cette noire hypocondrie qui m'ôte tout courage... puisque c'est ainsi que les médecins appellent ce mal, bien que ce nom ne me semble pas celui qu'il devrait porter... Ainsi donc, hier matin, je fis une excursion plus longue qu'à l'ordinaire; je me sentais aussi plus fort et plus alerte que les autres jours. Je suivais un chemin creux et profond, encaissé entre les sinuosités de deux montagnes, quand j'aperçus une femme qui marchait à quelque distance devant moi; sa taille était fine et élancée; son costume rappelait les anciennes modes allemandes. La rencontre d'une dame seule en cet endroit sauvage, sa toilette singulière et recherchée... — elle avait une robe noire bordée de satin rose et de riches dentelles... — tout cela était fait pour me surprendre.

»Pensant qu'à la campagne, il n'était point défendu d'adresser la parole à une personne qu'on rencontre sur son chemin, je hâtai le pas; mais elle se retourna avant que je l'eusse atteinte. En m'apercevant, elle fit un geste d'effroi, poussa un cri, s'enfuit à toutes jambes et disparut bientôt derrière d'épaisses broussailles. J'avais remarqué le regard sinistre de l'inconnue, le feu sombre qui brillait dans ses yeux, l'expression de sa figure, belle encore malgré l'âge, mais flétrie et portant les traces du ravage des passions ou du malheur. Je me dis : Si cette personne est privée de sa raison, je n'ai que faire de la poursuivre; dans le cas contraire, elle ne doit pas être seule en ces lieux. Je jugeai prudent d'éviter sa compagnie, et je revins sur mes pas.

»De retour à mon hôtel, lorsque je racontai le soir à table cette aventure, mon voisin, qui depuis maintes années passait les étés à Tœplitz, me dit que cette femme était effectivement une folle bien connue de tous les habitants de la petite ville.

» Il y avait déjà bien des années qu'elle s'était montrée pour la première fois dans les environs de Tœplitz, sans qu'on pût savoir d'où cette jeune fille venait, car elle était jeune alors ; tantôt, couverte de haillons, elle demandait l'aumône aux paysans; tantôt, vêtue avec recherche, elle venait jusqu'à la ville vendre des bijoux de prix, après quoi elle regagnait la montagne et restait long-temps sans reparaître. Le peuple superstitieux la regarda comme une sorcière, et alla même jusqu'à demander à un prêtre de Tœplitz de vouloir bien exorciser le mauvais esprit qui devait résider en elle. Le prêtre, qui avait son dessein arrêté, fit semblant d'y consentir. Un jour donc il dirigea ses pas vers le lieu où cette personne avait l'habitude de se promener ; il la rencontra en effet, et elle s'approcha de lui en tendant la main ainsi qu'une mendiante. Le prêtre lui fit l'aumône, et comme il connaissait à fond le cœur humain et ne manquait pas d'adresse, il parvint à la faire causer et à captiver sa confiance. Il vit de suite qu'il avait affaire à une insensée ; cependant il parvint à démêler la vérité au milieu de l'incohérence de ses discours, à connaître à peu près sa naissance et les événements qui l'avaient mise en cet état.

» Les consolations que lui donna ce saint homme semblèrent lui faire du bien ; elle promit de se trouver un autre jour au même endroit et tint parole. Bref, après quelques entrevues, elle consentit à le suivre et à demeurer dans une ferme voisine où il lui avait trouvé un logement ; elle se décida même à déposer entre les mains de son protecteur une cassette pleine de bijoux qu'elle avait cachée au pied d'un arbre. Le prêtre, muni de tous les renseignements qu'il avait pu obtenir d'elle, donna avis aux parents de cette infortunée de son existence et du lieu de sa retraite, en leur transmettant le signalement de la jeune fille et la description des objets précieux dont il était le dépositaire. Le jeune comte Bogislaw de F... ne tarda pas à répondre à cet appel ; il vint à Tœplitz, et, après avoir eu un long entretien avec la pauvre insensée, il déclara qu'elle était, en effet, sa parente. Il fit tout son possible pour la décider à le suivre ; mais tous ses efforts ayant été vains, il lui assura une rente annuelle plus que suffisante pour ses besoins et en rapport avec sa naissance illustre, tout en regrettant de ne pouvoir faire plus pour elle.

» Mon voisin de la table conclut en me conseillant de faire la connaissance de la folle.

» — Elle est un peu craintive, me dit-il, lorsqu'on la surprend dans ses promenades solitaires ; mais, le reste du temps, son humeur est douce et sociable.

» Je me dirigeai donc ce matin vers la ferme. Le fermier et sa femme semblaient accoutumés à de pareilles visites ; ils me dirent que celle que je demandais était sortie, mais qu'elle ne tarderait pas à rentrer. Effectivement, bientôt après, la dame parut avec le même costume qu'elle portait la veille lorsque je l'avais rencontrée dans le chemin creux. Sans s'étonner de me voir, sans montrer le moindre embarras, elle me fit un salut plein d'aisance et de distinction, et m'invita à m'asseoir auprès d'elle. Tant que nous causâmes de choses indifférentes, elle ne donna aucun signe d'aliénation; mais lorsque je me hasardai à lui parler de sa famille, à lui demander son nom, elle me regarda fixement, et me dit avec l'expression d'un profond chagrin :

» — Comment ! monsieur, vous ne me reconnaissez pas ? Vous ne vous souvenez pas de m'avoir vue dans de tristes circonstances ? La destinée fatale qui m'a brisée ne vous a-t-elle pas vous-même atteint un instant ? Vous savez bien que je suis cette malheureuse Amélie, comtesse de Moor... Mais, dire que mon Charles m'a tuée de ses propres mains, c'est la plus noire des calomnies. Ce ne fut qu'une feinte pour apaiser sa horde farouche. (Ici elle sourit avec douceur.) Le poignard dont il me frappa était un poignard de comédie. Puis, reprenant son air sombre, elle ajouta : Schweizer et Kosinsky, ces nobles cœurs, m'ont sauvée. Vous voyez, monsieur, que je vis; pourquoi donc, je vous le demande, perdre toute espérance ? L'empereur fera grâce à Charles de Moor, il le doit, mais il ne le peut tant que le comte Franz comptera parmi les vivants. Moi-même (la comtesse se pencha vers moi et me parla à l'oreille), moi-même je l'ai tué une fois. Maintenant il en est à sa troisième existence; lorsque celle-ci sera terminée, — elle le sera bientôt et violemment, — tout ira bien. Charles reviendra, il rentrera en possession de la seigneurie de Bohême, et mes peines amères seront finies. Lorsque mon oncle mourut, je touchai son œil gauche avec cette main. C'était justement celle qui avait enlevé à son fils sa seconde vie. Cet œil gauche est resté ouvert depuis ce moment, et tous mes efforts pour le fermer ont été vains. Tenez, le voyez-vous ? il me regarde encore avec ce même œil.

» La comtesse se tut et tomba dans une profonde rêverie. Tout-à-coup sa figure s'anima d'une expression extraordinaire, ses yeux égarés lancèrent des éclairs; elle se leva en s'écriant :

» — Me trouvez-vous belle ? pouvez-vous m'aimer ? Alors, moi aussi, je serai généreuse, et tout ce qu'une femme peut donner...

» Ici l'exaltation de la comtesse ne connut plus de bornes.

» — Sauve-moi d'un homme que je hais ! sauve-moi ! sauve-moi ! me cria-t-elle avec un geste passionné.

» L'infortunée voulait se jeter dans mes bras; mais le fermier la retint et lui dit à voix basse :

» — Chère comtesse ! chère comtesse ! voici l'heure... le moment est arrivé... il faut partir.

» — Tu as raison, bon Daniel, répondit-elle aussi à voix basse. C'est bien... partons ! partons !

» Et, en prononçant ces derniers mots, elle s'éloigna précipitamment.

» Je restai consterné, sans avoir la force de dire une parole.

» — Cette scène vous impressionne ? me dit en souriant le fermier; mais tout cela ne signifie rien. Jadis elle tombait dans une sorte de fureur après avoir crié : « Sauve-moi ! sauve-moi ! » Mais alors je ne savais quels moyens je devais employer pour la calmer ; depuis, j'ai deviné dans ses propres discours la conduite que j'avais à tenir. Je n'ai qu'à lui dire ce que vous avez entendu ; elle s'empare alors de ses bijoux, s'enfuit en tenant toutes sortes de propos bizarres, erre quelque temps dans la campagne, rentre et tombe dans un profond sommeil. Lorsqu'elle s'éveille, elle a recouvré toute sa tranquillité.

» En revenant chez moi, j'ai trouvé ta lettre. Mon cher Hartmann, tu comprends ce que j'ai ressenti. Pas un mot de plus ! « Mon ami, me dis-» tu un jour, tu ne t'aperçois donc pas que nous sommes au beau milieu » des brigands de Schiller ? » Cette idée, qui ne semblait alors qu'une simple plaisanterie, fut la force inconnue qui mit en mouvement les rouages mystérieux de la destinée, et moi, imprudent que j'étais ! je n'ai pas su m'éloigner à temps et échapper à leur étreinte fatale. Hélas ! j'en souffre encore. »

Lorsque Hartmann, de retour à Berlin, revit son ami, ce dernier était à peu près guéri de sa maladie douloureuse, plus morale que physique.

Tous deux, Willibald et Hartmann, quand le soir ils se retrouvent seuls et causent paisiblement au coin du feu, se rappellent encore avec émotion et tristesse le drame lugubre qui se passa dans le vieux château en Bohême, et dont ils furent eux-mêmes les acteurs, au moins au premier acte.

FIN.

LES MÉPRISES,

CONTE D'HOFFMANN TRADUIT POUR LA PREMIÈRE FOIS.

AVANT-PROPOS.

« *Les Méprises* et *les Mystères*, dit Julius Edouard Hitzig dans une courte notice sur Hoffmann écrite en janvier 1823, doivent na ssance aux premières nouvelles qu'on reçut du soulèvement de la Grèce. » Cette assertion du biographe si bien renseigné et si exact d'Hoffmann ne s'accorde guère avec ce que ce dernier déclare lui-même dans le *supplément* qui sert de conclusion à son conte intitulé *les Mystères*, que nous donnerons à nos lecteurs à la suite des *Méprises*, dont il est le nécessaire appendice. Dans ce supplément, Hoffmann s'étonne d'avoir, en écrivant *les Méprises*, deviné, pour ainsi dire, le soulèvement de la Grèce. « Ce présage dans le *bleu*, dit-il, a trouvé l'année suivante une base dans les événements du jour. » Quoi qu'il en soit, que le conteur berlinois ait, oui ou non, réellement possédé ce don de seconde vue qu'il s'arroge, il n'en est pas moins certain qu'on se tromperait fort si l'on s'attendait à trouver dans ces deux contes le retentissement, même le plus éloigné, du canon de Navarin ou de Missolonghi. Les péripéties de l'histoire de l'humanité n'avaient pas pour le fantastique Hoffmann l'attrait des péripéties de l'âme humaine considérée individuellement, dans ses souffrances, ses joies, ses aspirations brûlantes vers l'idéal, dans ses efforts pour se dégager des chaines terrestres. C'est là un crime à notre point de vue actuel; nous n'en ferons pas trop fort le reproche au *bon Hoffmann*, comme il s'appelle lui-même. Il vivait à Berlin, on pourrait même dire « à la taverne de Luther. » C'était en 1821; et au fond de son récit, si l'on ne trouve pas dans le conteur un homme prêt à s'enrôler sous les drapeaux de l'indépendance grecque, on y sent cependant une sympathie généreuse pour « la belle princesse et son vaillant fiancé Théodoros au glaive sanglant. »

Voulons-nous saisir le sens d'un conte d'Hoffmann, n'y cherchons pas la réalité historique : il est des miroirs qui font d'une mouche un éléphant ou d'un éléphant une mouche; tel serait l'esprit de notre écrivain s'il tentait de reproduire le monde extérieur des faits sociaux.

Ce que nous trouvons de sérieux dans *les Méprises* et *les Mystères*, c'est une satire originale, mordante des gens du monde en général, d'un élégant de Berlin dans les années de grâce 1820 et 1821 en particulier. Pour reconnaître ce qu'il y a d'immuable dans les ridicules de l'homme, le lecteur devra tenir compte de l'époque et du lieu où se passe la scène. Le baron Théodore de S... n'est pas un *gant-jaune* français. Autant ce dernier doit, au nom de l'élégance et du bon ton, vivre impassible au milieu de ses gants jaunes, de ses conquêtes de lion et de ses habitudes du jockey-club, autant l'élégant Berlinois de l'année 1820 était obligé de se montrer romanesque, enthousiaste et *dilettante*. Rien de pire que l'exaltation à froid et le sentiment à faux. Hoffmann, ce cœur bouillant d'artiste aux impressions aussi sincères qu'elles étaient fortes, avait en horreur ces prétendus poëtes, prétendus musiciens, prétendus amoureux du grand monde. Pour ceux-ci, le distillateur prépare l'essence de fleurs d'oranger ; pour celui-là, il faut le suc des vignobles généreux du Rhin, sinon ce mélange sacré des « quatre éléments formant la base du monde » qu'a chanté Schiller ; cette boisson qui flambe comme une salamandre (*Salamander soll glühen*), qui infuse dans le corps du vrai artiste « l'esprit de feu »; cette boisson que nous appelons *punch* en notre langue vulgaire.

La satire ne se borne pas à mordre à belles dents le merveilleux de Berlin, le fantasque; mais elle donne par-ci par-là de bons coups de patte aux « écrivains aqueux », aux demoiselles poëtes, aux raoûts du bel-air, aux critiques châtrés et pleins de fiel, incapables de comprendre ce qu'ils ne pourraient créer, vrais eunuques littéraires qui défendent l'entrée du sérail esthétique.

Nous comprenons parfaitement pourquoi les deux contes que nous faisons connaître aujourd'hui n'avaient pas été traduits; aucun, en effet, n'est aussi bizarre, aussi décousu dans la forme, quoique au fond le lecteur, avec un peu d'attention, puisse parfaitement suivre le fil du récit. Dans la série des portraits excentriques dessinés par Hoffmann, pas un n'est aussi grotesque, aussi *à la manière de Callot*, que celui du petit assistant de chancellerie bossu, se promenant au *Thiergarten* avec sa queue électrophore et son énorme bouquet de fleurs, donnant le bras à sa mystérieuse pupille dont la haute et majestueuse stature, qui décèle, sous les voiles dont elle est enveloppée, des formes dignes de la Vénus de Milo, fait ressortir encore le plaisant du personnage. Quelle caricature humoristique! Que nous regrettons de ne pas trouver un dessinateur aussi frappé que nous de ce portrait, qui puisse le présenter à nos lecteurs vivant, gravé sur cuivre!

Les Méprises et *les Mystères*, faisant partie des *dernières œuvres* d'Hoffmann, participent plus que toutes ses autres nouvelles des défauts qu'on a reprochés à cet auteur. Les personnes qui l'ont connu dans les derniers temps de sa vie disent qu'à la suite des excitations produites par les veilles, le vin, le travail, la maladie et le souvenir d'anciens chagrins, il ne retrouvait son activité qu'en abandonnant son esprit aux impressions comiques, aux points de vue ironiques, à une jovialité fantasque. Il n'était pas fou, comme on a bien voulu le dire ; mais du mélange de sa verve artistique et d'une hypocondrie incurable il était résulté une espèce de monomanie de bouffonneries et de charges. Quand le savant, mais souvent trop sérieux, trop froid professeur Gervinus, dans son histoire littéraire (*National Litteratur der Deutschen*), dit qu'Hoffmann était « trop jovial pour être hypocondre et trop hypocondre pour être jovial», nous croyons qu'il se trompe. Dans une âme d'artiste, mobile et très active, l'un peut exister avec l'autre. Quelle que soit l'autorité de Gervinus en Allemagne, ses jugements sur le « bon Hoffmann » sont, à notre avis, d'une raideur glaciale. Son antipathie pour Jean-Paul Richter, le maître et le point de départ de tous les fantastiques, Hoffmann, Chamisso, Arnim, Apel, Kruse, Weisflog, etc., rejaillit sur ses disciples, quelqu'indépendants et originaux qu'ils se soient montrés. C'est un peu le critique (*der Recensent*) qui, au moment où Pégase part à tire d'ailes vers les régions aériennes de la fantaisie et de l'*humour*, le rappelle pour lui demander s'il ne manque pas un clou à son sabot. La seule concession que nous ferons sera de convenir qu'Hoffmann a peut-être abusé de la caricature, mais cela seulement dans les derniers moments de sa carrière littéraire.

En admettant que cet excès se fasse *sentir* dans les deux contes qu'on va lire, le lecteur pardonnera, surtout s'il est un peu artiste, s'il a plus d'une fois feuilleté avec plaisir les *grotesques* du célèbre graveur lorrain. Après tout, la vie humaine n'est-elle pas symbolisée par ce masque antique à deux faces, comme l'image de Janus, dont l'une riait et l'autre pleurait ? Tout poète, tout écrivain, tout artiste doit tenir à la fois un peu de Démocrite et d'Héraclite. La caricature n'a-t-elle pas son côté philosophique et moral ?

Au nom de Shakspeare, de Cervantès et de Molière, soyez indulgents pour le bon Hoffmann.

LE TRADUCTEUR.

LES MÉPRISES,

FRAGMENTS DE LA VIE D'UN FANTASQUE.

PERDU ET RETROUVÉ.

Dans le quatre-vingt-deuxième numéro du journal de Haude et Spener pour l'année18.., on lisait l'avis suivant :

« Le jeune homme dont voici le signalement : yeux bruns, cheveux bruns, favoris mal taillés, vêtements noirs, qui a trouvé dernièrement sur un banc du Jardin-des-Plantes, près de la statue d'Apollon, un petit portefeuille bleu à fermoir d'or, qu'il a sans doute ouvert, est prié (comme on sait qu'il n'est pas résidant à Berlin) de se trouver, le vingt-quatre juillet de l'année prochaine, à Berlin, à l'hôtel du Soleil-d'Or, chez Mme Obermann. On lui donnera sur le contenu de ce portefeuille de plus amples renseignements qui sans doute l'intéresseront. Dans le cas où ledit jeune homme mettrait à exécution le projet qu'il a formé de faire un voyage en Grèce, on l'engage instamment à s'arrêter à Patras, chez le consul prussien, Andreas Condoguri, et à lui représenter le portefeuille en question. Un doux mystère lui sera révélé. »

Le baron Théodore de S..., lisant ce journal au Casino, fut saisi d'étonnement et de joie. Cet avis ne pouvait concerner personne autre que lui, puisque c'était lui-même qui, un an auparavant, avait trouvé dans le Jardin-des-Plantes, à la place désignée, le petit portefeuille bleu au fermoir d'or. Le baron était un de ces hommes dont la vie n'offre rien d'extraordinaire, mais qui voient de l'extraordinaire dans tout ce qui se rencontre sur leur chemin, et qui croient que la destinée leur réserve des événements merveilleux. Au moment où il trouva ce portefeuille, qui semblait appartenir à une dame, il rêva une aventure ; mais, depuis, des choses plus importantes (nous les connaîtrons plus tard) lui avaient fait oublier tout cela. Sa surprise fut donc extrême en voyant dans cet avis comme un commencement d'aventure.

Deux choses pourtant le contrariaient : la première, qu'on appelât bruns ses yeux qu'il avait toujours cru bleus ; la seconde, que ses favoris fussent désignés comme mal taillés. Ce dernier point lui fut d'autant plus sensible, que c'était lui-même qui se chargeait de leur façon, prenait ce soin important devant une excellente glace à toilette venant de Paris, et que le coiffeur du théâtre Warnick, ce fin connaisseur, l'avait déclaré passé maître en cet art.

Le baron, s'étant suffisamment chagriné, fit les réflexions suivantes :

— En premier lieu, pourquoi a-t-on attendu presqu'un an pour m'adresser cette invitation? Serait-ce pour avoir le temps de prendre des informations sur moi? Mais était-il nécessaire, dès qu'on me connaissait assez pour me confier un secret, de me faire voyager en Grèce? Dans ce *doux mystère* n'y a-t-il pas évidemment quelque chose de féminin? En quatrième lieu, on ne peut douter qu'entre moi et cette créature angélique qui oublia le portefeuille sur le banc, tout près de la statue d'Apollon, il n'existe de secrets et mystérieux rapports, qui s'expliqueront chez Mme Obermann, au Soleil-d'Or, à Berlin, ou à Patras en Morée. Qui sait si des songes ravissants, de charmants pressentiments ne se transformeront pas alors en une réalité vivante? Un tendre secret me sera révélé, et, comme dans un conte de fées, me remplira d'un bonheur céleste. De plus, et en cinquième lieu... Mais où diable ai-je mis le mystérieux portefeuille?

Ce cinquième point était critique; d'un seul coup il pouvait détruire ces beaux rêves. Le baron chercha en vain l'objet en question; il finit par se rappeler qu'il avait eu une grande contrariété le jour même où il l'avait trouvé, et que cette contrariété l'avait tellement mis hors de lui, qu'il n'avait plus du tout songé au portefeuille.

Ce jour-là il portait, pour la première fois, un des plus délicieux costumes que le coup d'œil si juste et si habile du tailleur Freitag eut jamais combinés; neuf barons, cinq comtes et une multitude de jeunes nobles sans titre avaient juré sur leur foi de nobles que le frac était divin, le pantalon délicieux. Cependant le comte E...., le Radamanthe du monde moderne, n'avait pas encore prononcé son jugement. Le hasard voulut que le baron de S... rencontrât le comte sous les Tilleuls au moment où il sortait du Jardin-des-Plantes et venait de trouver le portefeuille.

— Bonsoir, baron, lui cria le comte, qui le lorgna un instant, puis dit d'un ton sec et péremptoire en le plantant là : La taille trop large d'un huitième de pouce.

Le baron, en ce qui concernait sa toilette, tenait trop à la régularité et aux convenances pour ne pas s'irriter à l'excès de l'énorme bévue dont après tout il devait s'accuser lui-même. La pensée qu'il s'était promené tout un jour dans Berlin avec une taille trop large avait pour lui quelque chose d'insupportable. Il rentra brusquement, se déshabilla et ordonna à son valet de chambre d'éloigner de ses yeux ce malencontreux vêtement. Il ne se consola que lorsque, quelques jours après, un habit noir, sortant également des ateliers du tailleur Freitag, fut déclaré irréprochable par le comte E...

Cette explication est suffisante pour faire comprendre que cette taille trop large fut cause de la perte du portefeuille, perte dont le baron était inconsolable.

Plusieurs jours s'étaient écoulés, quand il eut l'idée de visiter sa garde-robe. Comme le valet de chambre ouvrait l'armoire où il mettait les habits que son maître ne portait plus, une odeur pénétrante d'essence de roses s'en échappa. Interrogé par le baron, le domestique dit que ce parfum provenait d'un certain habit noir dont la taille était trop large et qu'il avait suspendu là quelques jours avant, son maître ayant défendu de le lui représenter.

Ces mots furent un trait de lumière pour le baron. Ce portefeuille, sa précieuse trouvaille, il se rappela l'avoir serré dans la poche de son frac et l'y avoir oublié; il se rappela aussi que ce portefeuille avait une odeur bien prononcée d'essence de roses.

L'habit examiné, le fait se vérifia.

On peut se figurer avec quel empressement le baron ouvrit le petit fermoir d'or pour prendre connaissance de ce que contenait le portefeuille. C'était passablement bizarre.

Le premier objet qui frappa les yeux du baron fut un tout petit couteau d'une forme étrange, ressemblant assez à un instrument de chirurgie. Un ruban de soie de couleur paille attira ensuite son attention. Des caractères étrangers se dessinaient en noir sur le tissu; ils avaient quelques rapports avec l'écriture des Chinois. Puis, enfin, une fleur inconnue et desséchée était renfermée dans une enveloppe de papier de soie. Mais le plus important de tout, aux yeux du baron, ce fut deux feuillets écrits : l'un contenait des vers, malheureusement c'était pour le baron lettre close ; ils étaient composés en une langue étrangère même à plus d'un habile diplomate, en grec moderne. L'écriture de l'autre feuillet ne semblait pas lisible sans le secours d'un microscope ; cependant le baron, à sa grande joie, parvint à reconnaître que c'était de l'italien, langue qu'il possédait à fond.

Dans une poche imperceptible du portefeuille était relégué le parfum dont celui-ci et l'habit lui-même étaient imprégnés, un petit flacon d'essence de roses plié dans un fin papier et scellé hermétiquement, suivant l'usage. Sur le papier un mot était écrit en caractères grecs : Σχνουσπελπολδ.

Disons de suite que le baron, ayant rencontré le jour suivant, chez le restaurateur Jagorsch, le conseiller privé Wolf, lui demanda la signification de ce mot.

A peine le conseiller privé Wolf eut-il jeté les yeux sur l'adresse que le baron lui montrait, qu'il partit d'un éclat de rire et affirma qu'il ne lisait là pour tout mot grec que celui-ci : *Schnuspelpold*, nom qui ne se trouvait point dans Homère, et cela par la bonne raison qu'il était d'origine allemande et point du tout grecque.

Bien que le baron connût l'italien, il n'en eut pas moins beaucoup de peine à déchiffrer le feuillet dont il vient d'être parlé. Outre que l'écriture ressemblait à cette impalpable poudre qui s'insuffle dans les yeux malades, plusieurs endroits étaient en partie effacés ; puis, celle à qui appartenait le portefeuille (que ce fût une femme; on n'en pouvait douter) semblait n'avoir tracé que des pensées détachées, quelque brouillon de lettre adressée à une amie intime, une sorte de journal. Bref, le baron se cassa la tête et s'abîma les yeux.

—

LE FEUILLET DU PORTEFEUILLE.

« En somme, la ville est bien bâtie. Des rues tirées au cordeau et de vastes places. Çà et là on rencontre des allées plantées d'arbres à moitié desséchés; lorsqu'un vent incommode pousse en murmurant devant lui des tourbillons de poussière, on les voit agiter tristement leur chevelure d'un gris cendré. Pas une seule fontaine d'où jaillisse une eau fraiche et vive, et qui offre une saine boisson; aussi les marchés sont-ils peu fréquentés. Le bazar, situé à côté de moulins bruyants, est petit et caché; quelle différence avec celui de Constantinople! Absence de somptueuses étoffes, de riches bijoux, qui ne se vendent que dans des maisons particulières. La plupart des marchands se couvrent la chevelure de poudre, sans doute pour gagner la confiance par un extérieur plus respectable; aussi ils sont fort chers. Il y a peu de palais qui soient bâtis en marbre; il faut que les carrières manquent dans les environs. Les matériaux pour la construction consistent en petites pierres cuites, de forme oblongue, d'un rouge désagréable, connues sous le nom de briques. J'ai remarqué quelques pierres de taille, tout au plus du granit ou du porphyre.

Cependant je désirerais bien que tu pusses voir, chère Chariton, la très belle porte qui est ornée d'un quadrige et de la statue de la déesse de la Victoire. Elle rappelle le style simple et noble de nos ancêtres. Mais pourquoi te parler si longuement de blocs de pierre froids et morts, qui pèsent sur ce cœur brûlant et menacent de l'étouffer? Loin, loin de ce désert! Avec toi, mon amie, avec toi... Mais non... Mon Magus a été aujourd'hui plus fantasque et plus méchant que jamais; il avait trop dansé après son dîner, et s'était foulé le pied. En pouvais-je davantage, et était-il juste de me tourmenter, de m'accabler de reproches? Quand parviendrai-je à briser les chaînes que me fait porter ce monstre exécrable? Il me réduit au désespoir; il me... Je lui ai frotté le pied avec du baume de la Mecque, et je l'ai couché; aussitôt il est devenu tranquille. Mais il n'est pas resté long-temps au lit; il s'est levé, a fait son chocolat et m'en a offert une tasse. Je ne l'ai pas bue, de crainte qu'il n'y eût glissé de l'opium pour m'endormir et me métamorphoser, comme il l'a déjà fait souvent.

Affreux soupçons!... préventions injustes et fatales! Aujourd'hui mon Magus a été la douceur, la bonté même. Du bout de mes doigts je grattais doucement sa tête chauve; ses grands yeux noirs et brillants s'enflammaient; il paraissait ravi.

— Tout-à-l'heure! tout-à-l'heure! s'écria-t-il.

Et sur-le-champ il fut chercher ses outils, et appliqua sur un châle à fond rouge sombre la plus magnifique bordure d'or qu'on puisse souhaiter. Je l'enveloppai dans le châle, et après que, selon son habitude, il se fut vissé l'électrophore à l'occiput, nous nous dirigeâmes vers l'agréable bois qu'on rencontre en sortant par la porte de la Victoire. Il n'est besoin que de faire quelques pas pour se trouver sous ces belles allées couvertes et sombres.

Arrivé au bois, mon Magus retomba dans son humeur fantasque. Je vantai la promenade, il me tança vertement. A l'en croire, je ne devais pas sottement m'imaginer que j'avais sous les yeux des arbres, des bosquets, des gazons, de l'eau et des campagnes véritables. La couleur détrempée de ces objets prouvait bien que ce n'étaient là que des décors fabriqués avec un art trompeur. A l'approche de l'hiver, assurait-il, le tout est emballé, transporté à la ville et loué aux confiseurs, qui s'en servent pour leur étalage. Si je voulais apercevoir un échantillon de la nature, il me conduirait, disait-il, au théâtre; ce n'est que là, dans ce pays, où l'on voit des choses sérieuses en ce genre; d'habiles faiseurs attachés à cet établissement manipulent hardiment vallons et montagnes, bocages et grands arbres, les eaux et le feu.

Combien ces propos me contrariaient!

Je voulus m'asseoir à la place qui me rappelle le temps si doux où je t'avais pour compagne, ô ma bien-aimée Chariton, ce rond-point entouré d'un taillis épais, et au milieu la statue d'Apollon. La mauvaise humeur de mon Magus redoubla. Cette maudite poupée, disait-il, lui était un objet d'inquiétude et d'épouvante. Le mieux à faire était de lui casser le nez, et de lui administrer une volée de coups de bâton, afin qu'elle ne pût pas s'animer. Il levait déjà sur la statue sa longue et solide canne de jonc. Figure-toi l'état dans lequel j'étais en voyant mon Magus se conduire d'après les principes de ce peuple odieux qui, dans son superstitieux égarement, brise le nez à toutes les statues, de crainte qu'elles ne deviennent vivantes. Je me précipitai sur lui, arrachai la canne de ses mains, et l'emportai lui-même sur un banc. Là, il se mit à rire ironiquement, et dit qu'il ne fallait pas avoir la simplicité de croire que la statue qui était devant moi fût taillée dans la pierre. Je n'avais qu'à regarder avec attention ce corps informe, gonflé comme un ballon, et qui, suivant une expression de Benvenuto Cellini, ressemblait à un sac plein de citrouilles.

— Ici, ajouta-t-il, tel est le procédé dont on se sert pour confectionner ces statues : on amasse un tas de sable, puis on souffle adroitement au beau milieu jusqu'à ce que la figure soit modelée.

Mon Magus me pria de lui permettre de s'écarter un peu; il désirait aller jusqu'au bord de la pièce d'eau pour écouter les grenouilles. Je le lui permis volontiers, et lorsqu'il eut.....

Le ciel s'empourpra des rayons du soleil couchant. Des étincelles de feu se glissèrent de feuille en feuille sous la sombre ramure. Quelque chose remua dans les branches du bosquet au-dessus de ma tête. Un rossignol fit entendre des sons plaintifs; mon cœur fut pénétré d'une tristesse voluptueuse. Poussé par une aspiration irrésistible, par un désir ardent, je fis ce que je n'aurais pas dû faire... Tu connais, ô ma Chariton, le ruban magique, ce présent séducteur de notre ancêtre; je le tirai de ma poche et le roulai autour de l'artère de mon bras gauche. Aussitôt l'oiseau voltigea à mes pieds, et se mit à me chanter dans la langue de mon pays :

« Pauvrette, pourquoi t'enfuir ici? Peux-tu échapper à la mélancolie, aux regrets cuisants? Ici comme là-bas ils t'enlaceront dans leurs liens, et, loin de ta patrie hospitalière, la douleur qui suit les espérances trompées ne te fera-t-elle pas de plus profondes blessures? Celui qui te poursuit est derrière toi. Fuis, fuis, pauvrette! Mais tu veux le tuer! La mort dans l'amour! Donne-la-moi, donne-la-moi, et toi, vis dans la félicité; le sang qui coulera de mon cœur en éveillera le pressentiment dans ton sein. »

Le rossignol vola sur mes genoux. En proie à une sorte de fascination, d'ivresse, je tirai mon petit instrument de meurtre... Heureusement le Magus parut; le rossignol s'envola. J'arrachai le ruban de mon bras, et...

Un frisson parcourut tout mon être. Même chevelure, mêmes yeux, même démarche noble et fière, seulement défiguré par l'extravagant et abominable vêtement qui est en usage dans cette contrée. Ce serait peine inutile, ma chère Chariton, d'essayer de t'en donner une idée; je n'en pourrais venir à bout. Contente-toi de savoir que l'habit de dessus, qui est chez nous l'ornement des hommes, est ici d'une couleur sombre, généralement noir, taillé de manière à imiter la queue et les ailes de cet oiseau qui hante le bord des ruisseaux et qu'on appelle ici *lavandière*. La queue est surtout figurée par la partie de ce vêtement que l'on nomme *les pans*, et dans laquelle on ménage des poches destinées à contenir les objets nécessaires à certains besoins, comme le mouchoir, etc. Une chose également singulière, c'est que les jeunes gens de condition trouveraient indécent de faire voir leurs joues et leur menton nus; l'un et l'autre sont recouverts par la barbe qu'on y laisse croître, ainsi que par une petite pièce de batiste bien raide, qui s'élève des deux côtés du visage au-dessus d'une bande d'étoffe nouée autour du cou. Ce que je trouve encore plus étrange, c'est la coiffure: elle consiste en un bonnet cylindrique recouvert de poils courts et rudes, qui a un bord rond. On nomme cela un chapeau.

Ah! Chariton, malgré cet affreux déguisement, je l'ai reconnu! Quelle puissance infernale me l'a ravi? S'il m'avait vue!

Mais je jetai précipitamment le ruban autour de mon cou; il passa devant moi, et je restai invisible pour lui. Cependant il parut pressentir la présence d'un être ami, car, non loin de moi, il se jeta sur un banc, quitta son chapeau, et fredonna un air dont les paroles voulaient à peu près dire : « Laisse-toi voir », ou : « Mets-toi à la fenêtre. » Ensuite, il tira de sa poche un étui, en sortit un curieux instrument qui s'appelle ici des *lunettes*, les plaça sur son nez, les assujétit derrière les oreilles, et regarda fixement, à travers les verres polis et brillants, du côté où j'étais assise. Je fus épouvantée. Ces verres magiques, talisman puissant, ne pouvaient-ils pas détruire le charme? Je me crus perdue; mais le malheur que je craignais n'arriva pas. Moment le plus fatal de ma vie!... Comment parviendrai-je à te faire comprendre, ô ma chère Chariton! l'émotion inénarrable qui me pénétra?... Je vais essayer, néanmoins. Maria est une bonne et charmante enfant; bien qu'elle ne soit pas de notre religion, elle respecte nos pratiques, est convaincue de la vérité de notre croyance. Dans la nuit qui précède la

Saint-Jean, j'échappai à la surveillance de mon Magus. Maria s'était emparée de la clef de la porte de sortie; elle m'attendait en bas avec un joli vase. Nous nous acheminâmes toutes deux, dans le plus profond silence, vers le bois, et recueillîmes dans la citerne l'eau sacrée, dans laquelle nous jetâmes les pommes saintes. Le lendemain matin, après avoir prié saint Jean avec ferveur, nous plaçâmes le vase sur nos quatre pouces que nous tenions étendus. Il s'inclina à droite, il s'inclina à gauche, se balançant et tremblant... Notre espoir était vain!

Mais après m'être lavé la tête, le cou et la poitrine avec l'eau mystérieuse dans laquelle se trouvaient les pommes consacrées, je me dirigeai, soigneusement voilée, vers la promenade appelée *les Tilleuls*, sans que mon Magus, qui rêvait son interminable rêve, s'en aperçût. Bientôt une vieille femme appela plusieurs fois de suite à haute voix :

— Théodore! Théodore!

O ma Chariton! tremblante d'effroi et de bonheur, je faillis perdre connaissance et tomber à la renverse... Oui, c'est bien lui!... c'est lui-même!... Oh! vous, saints vénérés!... Un prince jadis riche, puissant, respecté, aujourd'hui sans patrie, errant en habit de lavandière et en chapeau de poil de castor!... Si j'avais pu seulement!...

Mon Magus, dans sa mauvaise humeur, tient tout cela pour de folles imaginations. Il n'y a pas moyen de le décider à de plus amples recherches. Elles lui seraient pourtant bien faciles : il n'aurait besoin que d'aller dans le bois, à l'endroit où j'ai vu Théodore, de couper un morceau de la pomme consacrée, de le manger, et de boire une gorgée de l'eau mystérieuse. Mais il ne veut pas, il ne veut pas absolument. Il est plus bourru que jamais. Je suis obligé de le châtier de temps en temps, ce qui, hélas! ne fait que lui donner plus de puissance sur moi. Cependant si mon bien-aimé Théodore!...

J'ai eu de la peine à la lui apprendre, mais maintenant ma Maria danse à merveille la Romeca; on ne la danse pas mieux chez nous... La belle nuit! chaude et embaumée, éclairée par les rayons vaporeux de la lune... Le bois était silencieux et comme étonné d'entendre nos chants. De temps à autre, un soupir, un léger bruit, agitaient les feuilles; on eût dit que de petits Elfes sautillaient de branche en branche. Lorsque nous cessions de chanter, les voix mystérieuses des esprits de la nuit s'élevaient au milieu du silence et nous invitaient à de nouvelles chansons. Mon Magus avait apporté un théorbe avec son électrophore; les accords de la Roméca résonnaient solennellement. J'étais si contente de la manière dont il en jouait que je lui promis du miel blanc pour son déjeûner du lendemain.

Il était bien plus de minuit quand nous crûmes voir des gens qui se dirigeaient, à travers le taillis, du côté du gazon sur lequel nous étions assis. Nous nous enveloppâmes de nos voiles, et nous nous mîmes à fuir de toute la vitesse de nos jambes. Précipitation inconsidérée! précipitation funeste! Pour la première fois, l'oiseau se fâcha; mais il ne dit que des sornettes, et refusa de répondre à mes questions, sous prétexte qu'il n'était point un professeur, mais bien un perroquet. Précipitation inconsidérée! précipitation funeste! Bien certainement c'était Théodore; il venait à nous, et... Mon Magus a eu si peur que j'ai été obligée de le faire saigner.

L'excellente idée! Je me suis avisée aujourd'hui de graver avec un petit couteau sur l'écorce de l'arbre sous lequel j'étais assise lorsque Théodore était en face de moi, sans qu'il m'aperçût, les mots suivants : « Théodore, n'entends-tu pas ma voix?... C'est... elle t'appelle... une mort redoutable... *jamais... il périra... Constantinople... une résolution inébranlable... l'oncle...* bonheur... »

VOYAGE EN GRÈCE.

La lecture de ce feuillet, dont les dernières lignes étaient malheureusement tout-à-fait effacées et illisibles, jeta le baron dans un état d'exaltation extraordinaire.

Tout autre à sa place, une personne même moins sujette que lui à se mettre en tête des chimères, eût ressenti de l'étonnement. Outre le mystère qui régnait dans tout cela, l'existence d'un être bizarre, appartenant au sexe féminin, pratiquant les sciences occultes, en rapport avec un principe magique, lui commandant et *lui obéissant tour à tour*, devait exciter au plus haut degré l'intérêt; mais se voir pris lui-même dans le cercle enchanté que cette feuille d'écriture, ou plutôt l'inconnue de laquelle elle provenait, avait tracé, n'y avait-il pas de quoi en perdre la tête?

Tout-à-coup il se rappela que, se promenant un jour dans le parc, il s'était reposé sur un banc en face de celui sur lequel il avait trouvé le portefeuille, qu'il avait cru entendre de légers soupirs, et qu'apercevant une femme assise vis-à-vis de lui et cachée sous un long voile, il avait mis ses lunettes, mais qu'alors il n'avait plus rien vu, absolument rien. Il se souvint aussi d'une nuit où, revenant fort tard avec quelques uns de ses amis de chez le veneur de la cour, ils distinguèrent dans l'éloignement les sons d'un instrument inconnu, des chants étranges, qui sortaient d'un endroit épais du bois. S'étant dirigés du côté où l'on faisait cette musique, ils virent deux fantômes blancs qui prenaient la fuite; l'un d'eux portait sur les épaules quelque chose de rouge qui reluisait à la clarté de la lune. Et, d'ailleurs, le nom de Théodore, écrit sur le feuillet, n'était-il pas décisif?

Le baron courut en toute hâte vers le parc, à la recherche de l'arbre dont parlait l'inconnue; il espérait trouver le secret de l'énigme, mais il ne vit gravés sur l'écorce que les mots tracés sur le portefeuille. Par un jeu singulier du hasard, tous ceux qui *étaient effacés sur le feuillet étaient illisibles* sur l'écorce, qui s'était cicatrisée et rapprochée en cet endroit-là.

— Merveilleuse sympathie de la nature! s'écria le baron dans une sorte d'extase.

Et il pensa à ces deux meubles jumeaux dont parle Goethe, tirés du même tronc, et dont l'un se fendit de haut en bas au moment où l'autre, placé dans un château fort éloigné, devenait la proie des flammes.

—O ma sublime inconnue! continua le baron sur le même ton, enfant du ciel venue de la patrie des dieux, il y a long-temps que mon cœur se consume pour toi d'un désir sans nom. O mon seul amour! Je m'ignorais moi-même ; le portefeuille bleu au fermoir d'or est le miroir magique à l'aide duquel j'ai aperçu pour la première fois mon propre moi révélé par ton amour. Je pars à ta recherche, je pars pour ce pays où sous un ciel doux fleurit la rose des éternelles amours!

Et le baron commença les préparatifs d'un voyage en Grèce. Il lut Sonnini, Bartholdy, tous les récits de voyages qu'il put réunir; il fit faire une berline confortable, rassembla la somme nécessaire à ses dépenses, se mit en devoir d'apprendre le grec, et commanda au tailleur du théâtre un fort joli costume grec moderne. (Il avait entendu dire à un voyageur que, pour parcourir la Grèce en toute sécurité, il était bon d'être vêtu comme les indigènes.)

On se doute bien que, durant ces préparatifs, notre baron n'oublia pas la propriétaire inconnue du portefeuille bleu. Il s'en était fait une image qui était toujours devant ses yeux, distincte et vivante; sa taille était élevée et délicate, ses formes d'une régularité harmonieuse, sa contenance pleine de grâce et de majesté, son visage, le type enchanteur qui, dans les antiques, nous ravit et nous étonne : les plus beaux yeux du monde, des cheveux abondants, noirs, magnifiques, c'est-à-dire, en tous points, semblable aux portraits des Grecques qu'a tracés l'enthousiaste Sonnini, et de plus, ainsi que ce qui était écrit sur le portefeuille en faisait foi, un cœur capable d'une grande passion, de dévouement, d'une fidélité sans bornes. Manquait-il quelque chose au bonheur de l'heureux Théodore? Oui, quelque chose : il ignorait le nom de la beauté. Quel dommage! quel préjudice cela causait à ses exclamations! Les œuvres de Wieland l'aidèrent bien un peu, en ce qu'il nomma sa bien-aimée, en attendant une appellation plus exacte, Musarion. Il fut alors en état de composer quelques vers, passablement mauvais, sur la charmante inconnue.

Il voulut essayer la puissance du ruban magique; il ne doutait pas de l'avoir en ses mains. Il alla donc dans le bois, roula le ruban autour de son bras gauche, et prêta une oreille attentive au chant des oiseaux. Mais il n'y comprenait pas grand'chose. Un serin vert étant venu se poser sur une branche rapprochée, tout ce que le baron crut saisir dans le langage de l'oiseau effronté fut ceci : « Pied de lièvre, pied de lièvre, petit fat, retourne à la maison, ou je te siffle, je te siffle! » Le baron tressaillit, et s'éloigna avec vivacité, sans pousser plus loin son expérience.

Si l'interprétation du chant des oiseaux lui avait mal réussi, il ne fut pas plus heureux en essayant de se rendre invisible. Bien qu'il eût mis autour de son cou le fameux ruban, le capitaine de R..., qui se promenait sous les tilleuls, prit brusquement l'allée isolée que le baron espérait traverser sans être vu, fondit sur lui, et le pria en termes pressants de vouloir bien se souvenir, avant son départ, d'une petite dette de jeu d'une cinquantaine de frédérics d'or.

Le tailleur rendit le costume. Le baron trouva que ce vêtement lui allait à ravir, que le turban surtout donnait à sa physionomie une expression étonnante. Il savait bien qu'il était joli garçon; mais cette expression ! cette expression !... Il n'en revenait pas.

Il prit en horreur son habit de lavandière, sa coiffure de poil de castor. Il ne se serait montré partout qu'en costume grec moderne, s'il n'eût craint les railleries des comtes et des barons anglomanes.

Son négligé habituel; une robe de chambre en damas, un bonnet grec, une longue pipe turque, l'avait déjà un peu orientalisé. La transition au costume en question était toute naturelle.

Ainsi accommodé, le baron s'assit à la turque, les jambes croisées, sur son sopha, ce qui, à la vérité, lui causa de violentes douleurs, fumant du tabac du Levant, et tirant d'un magnifique bout d'ambre des nuages de fumée qu'il chassait capricieusement devant lui.

A ce moment la porte s'ouvrit, et son oncle, le vieux baron Achatius de F..., entra.

Le baron Achatius, en reconnaissant dans ce Grec moderne son propre neveu, recula de trois pas, frappa des mains, et s'écria :

— Il est donc vrai !... On ne m'a pas trompé... Le peu de bon sens que possédait M. mon neveu l'a donc abandonné !

Le baron, qui avait des raisons pour ménager un oncle vieux garçon et colossalement riche, voulut sauter à bas du sopha pour aller à lui. Mais ses jambes, qui n'avaient pas l'habitude de cette position incommode, s'étaient engourdies. Il ne put en faire usage, et vint tomber aux pieds de son oncle, en perdant son turban et sa pipe, dont le contenu s'échappa tout brûlant sur le riche tapis turc. L'oncle riait aux éclats, tout en éteignant sous son pied le tabac enflammé. Il aida le Grec moderne, qui était tout étourdi, à reprendre position sur le sopha, et lui dit :

— Eh bien ! mon neveu, quelle est cette folie ? Est-il vrai que tu comptes partir pour la Grèce ?

Le baron pria son oncle de lui accorder un moment d'attention, et, sur le signe d'assentiment de ce dernier, il raconta, depuis le commencement jusqu'à la fin, tout ce qui lui était arrivé : la trouvaille du portefeuille dans le parc, l'avis du journal de Haude et Spener, et la résolution qu'il avait prise de se rendre directement à Patras, de présenter au consul Andreas Condoguri le portefeuille bleu et de lui demander l'explication du mystère.

— J'avoue, dit l'oncle, que l'avis du journal de Haude et Spener était fait pour exciter la curiosité de la personne entre les mains de laquelle le porfeuille devait tomber, surtout lorsque cette personne est, comme toi, un jeune homme à la tête ardente. Il est même possible que tu sois vraiment celui qu'on désigne. Quant à celle qui a écrit ce que tu m'as lu, si ce n'est pas une folle, ce doit être une femme grecque. Tu t'es informé des usages du pays, tu dois savoir que ce peuple croit fermement à la magie et est adonné aux plus absurdes superstitions.

— Raison de plus! murmura le baron.

— J'ai entendu parler, continua l'oncle, de cette eau merveilleuse; dans la nuit de la Saint-Jean, en observant le plus profond silence, les jeunes filles vont la chercher pour savoir si elles épouseront l'amoureux de leur choix. Tout cela s'explique donc; ce qui te concerne, seulement, ne me paraît pas bien positif. Est-ce bien toi qui es le Théodore en question?... Du moment où la chose paraît problématique, ce serait faire un coup de tête que d'entreprendre un long et périlleux voyage. Tu désires avoir une explication, cela est naturel; mais alors attends le 24 juillet de l'année prochaine pour aller trouver à l'hôtel du Soleil-d'Or Mme Obermann, ainsi qu'on t'y a invité.

— Non, mon cher oncle! s'écria le baron avec exaltation, non, ce soleil n'est pas l'astre qui doit faire le bonheur de ma vie; c'est à Patras, ce n'est qu'en Grèce que je le verrai lever, que je pourrai obtenir la main de cette noble jeune fille, de cette créature angélique qui veut bien faire la félicité de celui qui, d'ailleurs, descend comme elle d'une ancienne famille grecque, d'une race princière.

— Hélas! fou à lier! s'écria le vieillard hors de lui. Quel délire!... As-tu donc oublié que ta mère était ma sœur?... Ne t'ai-je pas vu naître? ne t'ai-je pas tenu sur les fonts du baptême?... A qui dis-tu de pareilles extravagances? A quelqu'un qui possède à fond ton arbre généalogique; depuis des siècles on ne peut s'y méprendre.

— Vous oubliez, repartit le baron en souriant avec toute la douceur et la grâce d'un prince grec, vous oubliez, mon cher oncle, que mon aïeul, qui fit de longs voyages, ramena de l'île de Chypre une femme d'une beauté remarquable, dont le portrait se voit encore dans notre vieux château paternel.

—Sans doute, reprit l'oncle; il faut excuser ton grand-père: il était jeune et ardent; il se prit d'amour pour une belle Grecque; il fit la folie de l'épouser, quoiqu'elle fût de basse naissance et qu'elle eût fait le métier de vendre des fleurs et des fruits, ainsi que je l'ai cent fois entendu dire. Mais elle mourut bientôt après ce mariage, sans laisser d'enfant.

— Non! non! s'écria vivement Théodore, cette marchande de fleurs était une princesse, et ma mère fut le fruit de cette union heureuse, mais, hélas! d'une trop courte durée.

L'oncle fit un saut en arrière.

—Théodore! Théodore! dit-il, tu délires. Il y avait deux ans que la Grecque était morte lorsque ton aïeul épousa ma mère. J'avais quatre ans quand ta mère, ma propre sœur, vint au monde. Comment, au nom du ciel, peut-il se faire qu'elle soit la fille de cette Grecque?

—J'avoue, répondit Théodore avec calme, que, si l'on considère la chose du point de vue habituel, mon assertion peut sembler invraisemblable; mais notre existence est semée de mystères, et l'invraisemblable est souvent le vrai. Vous croyez, mon cher oncle, que vous aviez quatre ans lorsque ma mère est née ; mais vous avez pu être le jouet d'une illusion. Laissons de côté ces mystérieuses combinaisons qui entraînent si souvent les hommes dans l'empire du surnaturel. Que direz-vous si j'oppose à toutes vos objections un témoignage qui les anéantira d'un seul coup, le témoignage de ma propre mère ? Vous paraissez surpris ? vous doutez encore ? Ecoutez donc le récit qu'elle me fit.

Ma mère pouvait avoir sept ans lorsqu'un soir elle se trouva dans la salle où était placé le portrait de la Grecque. Il commençait à faire sombre ; cependant on pouvait encore le distinguer. Ma mère le contemplait avec amour ; elle se sentait attirée par une puissance irrésistible. Peu à peu cette figure si belle, si noble, si pleine de vie, s'anima et finit par descendre de son cadre ; l'imposante princesse, cette chère aïeule, vint embrasser ma mère en la nommant son unique, sa chère enfant. A partir de cette époque, le portrait lui prodigua les soins les plus tendres, les plus constants ; c'est à lui qu'elle est redevable de son éducation, et notamment de la connaissance de la langue grecque moderne (ma mère, durant tout le temps de son enfance, n'en parla pas d'autre); mais comme certains motifs devaient faire ignorer la maternité du portrait, il arriva que tout le monde prit ce grec moderne pour du français, et pour une gouvernante française le portrait lui-même, qui se montrait quelquefois à la fin du dîner.

Ma mère mariée, le portrait ne quitta plus son cadre jusqu'à ce qu'elle devint grosse. Alors la princesse lui découvrit sa noble origine, lui prédit que le fils auquel elle donnerait le jour irait dans le beau pays de Grèce, et ferait valoir les antiques prérogatives de sa famille. Le destin, ou, comme disent les hommes, le hasard, l'y conduirait par une faveur toute particulière ; mais ma mère ne devait négliger aucune des précautions qui, suivant les traditions vénérées de notre patrie, pouvaient le préserver de tout danger.

Voilà pourquoi à ma naissance on me couvrit de sel de la tête aux pieds, on mit de chaque côté de mon berceau un morceau de pain et un pilon de bois, on suspendit une gousse d'ail au plafond de la chambre, et l'on me plaça au cou un petit sachet contenant trois charbons et trois grains de sel. Vous savez, mon cher oncle, si vous avez lu Sonnini, que cet excellent usage se pratique encore dans les îles de l'Archipel. Ce fut un moment bien solennel que celui où ma mère me découvrit ce secret ; pour la première fois de sa vie, elle s'était mise sérieusement en colère contre moi, et voici à quelle occasion. Une belette s'était introduite dans la chambre, et je cherchais à la chasser lorsque ma mère entra ; à cette vue, elle me gronda bien fort, puis, appelant la belette qui s'était réfugiée sous un meuble, elle lui parla en ces termes : « Chère dame, soyez mille fois bienvenue ; vous êtes ici chez vous, personne ne cherchera à vous faire du mal, tout est à votre service. » Ces paroles me semblèrent si comiques que je partis d'un éclat de rire. La bête prit la fuite; mais au même moment je reçus de la main de ma mère un soufflet vigoureux qui me fit voir les étoiles. A mes cris, dont j'ai honte à cette heure, ma mère se radoucit; les larmes aux yeux, elle me prit dans ses bras et me révéla sa naissance en m'expliquant pourquoi elle n'avait pu agir autrement envers la belette ; enfin elle m'apprit l'histoire du portrait.

Je ne doute pas, mon cher oncle, que vous ne soyez persuadé, tout comme moi, que la découverte du portefeuille bleu est cette faveur particulière du destin que ma grand'mère m'avait prédite. Je ne me conduis donc pas comme un étourdi, un jeune rêveur, mais comme un homme de bon sens, en me mettant sur-le-champ en route et me rendant d'un seul trait à Patras, chez le consul Andreas Condoguri. C'est sans doute un galant homme; il ne se refusera pas à me donner des renseignements qui me sont nécessaires. Convenez donc, mon cher oncle, que je suis en voie d'atteindre mon but, mon but fortuné.

L'oncle avait écouté patiemment le neveu ; lorsque ce dernier eut fini, il fit explosion :

— Que Dieu te protége, Théodore ! ton cerveau est bien malade. Ta mère, — que ses cendres reposent en paix! — était tant soit peu fantasque; ton père m'a souvent dit qu'à ta naissance elle avait fait toute sorte de folies. Quant à ce que tu racontes des princesses grecques, des portraits vivants, des enfants salés et des belettes, tout ceci, je t'en demande bien pardon, est éclos dans ta pauvre cervelle, cet *orbis pictus* de toutes les extravagances. Je ne me mettrai pas en travers de ton entreprise. Pars pour Patras, et fais bien mes révérences au consul Condoguri. Il est possible que ce voyage te fasse du bien, et que tu reviennes avec des idées plus saines dans la tête, si les Turcs ne te la coupent pas. N'oublie point, dans le cas où tu passerais près de l'île où croît l'ellébore, d'en faire provision. Sur ce, je te souhaite un bon voyage.

C'est ainsi que l'oncle prosaïque quitta le neveu exalté.

A mesure que le jour du départ approchait, le baron se sentait quelques inquiétudes; chacun lui parlait des dangers de ce voyage. Dans un moment de mélancolie, il rédigea ses dernières volontés; il léguait ses poésies complètes, manuscrites et imprimées, à celle à qui appartenait le portefeuille bleu, son costume grec moderne à la garderobe du théâtre.

Outre son chasseur et un jeune Italien qui écorchait quelques mots de grec et devait lui servir d'interprète, il jugea prudent de s'adjoindre pour la route un vigoureux habitant de la Marche aux épaules herculéennes, en l'honneur duquel le siége du cocher fut notablement élargi.

Le baron employa trois jours à faire ses visites de départ... Un voyage dans cette contrée romantique!... une aventure mystérieuse!... un adieu éternel peut-être!... n'était-ce pas assez pour jeter en extase les jeunes filles sensibles? Et lorsque le baron montra les jolies gravures qu'il avait achetées chez Gaspard Weiss pour donner plus d'intérêt à ses conversations, et qui représentaient les belles habitantes du pays qu'il allait visiter, un soupir s'échappa de plus d'une poitrine féminine ; ce ne fut pas sans accompagnement de sanglots qu'on lui dit le fatal *Adieu, mon cher baron* (1).

(1) Ces mots sont en français dans l'original.

Les hommes les plus sérieux, de même que les frivoles, serrèrent tristement la main du baron, en lui disant : « Puissions-nous, mon cher ami, vous revoir bien portant et satisfait de votre voyage !... Au reste, c'est un magnifique voyage. »

Partout les adieux furent touchants. Au fond, bien des personnes désespéraient de revoir l'intrépide voyageur ; la tristesse se répandit dans les cercles dont le baron faisait l'ornement.

Enfin, la chaise de poste chargée de paquets attendait devant la porte. Le baron, recouvrant son costume grec moderne d'un manteau de voyage, monta en voiture. Le chasseur et l'habitant de la Marche aux larges épaules, armés de carabines, de pistolets et de sabres, prirent place sur le siége. Le postillon sonna joyeusement du cor, et la voiture partit au galop pour Patras par la porte de Leipzig.

Au premier relais, le baron mit la tête à la portière, et recommanda au postillon, d'un ton impérieux, de ne pas perdre de temps.

Il aperçut sur la route le jeune professeur dont il avait fait récemment la connaissance, et qui s'était montré très enthousiaste du voyage en Grèce. Le professeur revenait de Potsdam. Dès qu'il reconnut le baron, il se précipita à la portière de la voiture en s'écriant :

— Je vois, ô le plus heureux de tous les barons ! que vous partez pour la Grèce ; accordez-moi, je vous prie, quelques minutes, le temps nécessaire pour coucher par écrit certaines notices importantes que j'ai extraites du voyage de Bartholdy : elles serviront à vos recherches. J'y joindrai un mémorandum relativement aux pantoufles turques, par exemple.

— J'ai Bartholdy avec moi, dit le baron, interrompant le professeur. Quant aux pantoufles que je vous ai promises, vous pouvez compter sur les plus belles qui soient au monde, dussé-je les sortir des pieds d'un pacha, car, ô mon cher professeur ! vous m'avez encouragé, vous m'avez donné de l'espoir. Je feuilleterai souvent, sur la terre classique, l'Homère de poche dont vous m'avez fait présent. A vrai dire, je ne sais pas le grec ; mais j'imagine que cela doit s'apprendre tout seul quand on est dans le pays. Le proverbe ne dit-il pas dans le nôtre : « C'est du grec pour lui » ? Néanmoins, écrivez, mon cher, écrivez, car je n'aperçois pas encore les chevaux.

Le professeur tira ses tablettes, et se mit en devoir de rédiger la notice, telle qu'elle lui venait à l'esprit. Pendant ce temps le baron chercha dans son portefeuille ses propres tablettes. Sa main tomba sur ce certain journal de Haude et Spener qu'il avait lu un jour au Casino, et qui était la cause première de son entreprise périlleuse.

— Feuille providentielle ! s'écria-t-il avec emphase, feuille chérie, qui recélais le secret de mes destinées, c'est à toi que je dois toutes mes espérances, le succès de mes vœux, mon bonheur tout entier. Sans prétentions comme tu es, modeste feuille de papier gris, un peu malpropre même, tu contiens un diamant, un trésor qui m'a rendu le plus riche des hommes. O feuille, bien inestimable, je te conserverai précieusement, feuille des feuilles !

— De quelle feuille parlez-vous? demanda le professeur au baron en lui présentant la notice qu'il venait d'achever. Quelle est cette feuille qui vous jette dans une telle extase, mon cher baron?

Le baron raconta tout au professeur, et il lui présenta le numéro du journal. A peine celui-ci l'eut-il examiné, qu'il fit un geste significatif, puis il le parcourut encore une fois comme un homme qui n'en veut pas croire ses yeux; enfin il s'écria :

— Baron, cher baron! vous voulez aller en Grèce, à Patras, chez le consul Condoguri? Mais voyez donc!...

Le baron prit la feuille que le professeur lui montrait, y jeta les yeux, et se laissa retomber sur les coussins de sa voiture comme un homme écrasé par un coup de foudre.

A ce moment arrivèrent les chevaux. Le maître de poste se présenta humblement à la portière en s'excusant du retard; dans une heure et demie au plus il promettait que le baron serait à Potsdam.

— Tournez bride, s'écria le baron d'une voix farouche, nous retournons à Berlin!

Le chasseur et l'habitant de la Marche se regardèrent d'un air effrayé, le postillon resta la bouche béante; mais le baron, qui s'animait de plus en plus, réitéra cet ordre en criant de nouveau :

— Tourne bride, te dis-je! A Berlin, animal! M'entends-tu, imbécille? Un ducat pour boire si tu nous conduis comme le vent. Un ducat! Mais galope, galope, canaille! Postillon de malheur! galoperas-tu?

Le postillon, entendant cela, tourna bride, et la chaise de poste partit au grandissime galop.

C'est que le baron avait oublié de prendre garde à quelque chose, lorsque le journal de Haude et Spener lui était tombé sous la main. Le numéro qu'il avait lu était de l'année précédente, fragment de maculature ayant servi peut-être à envelopper quelque vil objet. Le hasard l'avait fait tomber sur une table du Casino. De sorte que le 24 juillet, jour où le baron, partant pour Patras, rencontra le professeur sur le chemin de Potsdam, était justement l'expiration de l'année, délai accordé pour faire le voyage en Grèce, le jour où, à défaut de ce voyage, il fallait se trouver à l'hôtel du Soleil-d'Or, à Berlin, chez Mme Obermann, pour y attendre la fin de l'aventure.

Que restait-il à faire au baron, sinon regagner au plus vite Berlin et se rendre au Soleil-d'Or? C'est ce qu'il fit.

SONGE ET RÉALITÉ.

— Quel singulier hasard! se dit le baron en se renversant mollement dans un sopha de la chambre n° 14 de l'hôtel du Soleil; quel singulier hasard!... Patras était le but de mon voyage, le consul Andreas Condoguri l'homme qui devait m'indiquer ma route ; eh bien ! non... je ne suis pas allé plus loin que le village de Zehlendorf. C'est le maître de poste qui m'a fait conduire ici, et le professeur lui-même s'est trouvé, sans le savoir, le levier qui a mis en mouvement ces forces inconnues.

Ici le chasseur du baron entra.

— Aucun étranger, dit-il, ne s'est encore présenté à l'hôtel.

Cela consterna le baron, dont l'ame se dilatait à l'espérance de voir finir, ou plutôt commencer son aventure. La seule pensée qui le consolait était celle-ci : la journée ne finissait qu'à minuit, et même des gens rigoureux n'auraient daté du 25 juillet qu'après le dernier coup sonné.

Il s'efforça d'être calme, et attendit dans sa chambre l'issue des événements. Tout en ne voulant penser à rien, il ne put s'empêcher de rêver à l'image charmante qui remplissait son cœur. Sur les dix heures, un garçon se présenta et servit un souper fin. Le baron, jugeant à propos, vu sa disposition morale, de prendre quelque boison éthérée, demanda du champagne. Comme il achevait le dernier morceau d'une volaille rôtie, il s'écria sentimentalement :

— Que sont nos besoins matériels, quand l'esprit pressent le divin?.....

Puis il s'assit à la turque, les jambes croisées sur le sopha, prit sa guitare, et entonna une romance grecque, dont il s'était donné beaucoup de peine à apprendre la prononciation, et sur laquelle il avait composé une mélodie; le tout produisait aux oreilles un effet étrange, et pouvait passer pour un morceau caractéristique. Le baron s'était animé. La première bouteille de champagne vidée, il s'en fit apporter une seconde. Peu à peu, il lui sembla que les accords qu'il tirait de son instrument se détachaient, s'élevaient, planaient librement dans les airs, en redoublant de force et de sonorité. Une voix chantait sur un mode inconnu. Il colla son oreille contre la porte, la porte s'ouvrit tout-à-coup ; une femme au port noble et majestueux parut, enveloppée d'un long voile.

— C'est elle ! c'est elle! s'écria le baron hors de lui, en se jetant à genoux devant l'inconnue et lui présentant le portefeuille bleu.

Elle releva son voile. Théodore, transporté de ravissement, eut peine à supporter l'éclat de cette beauté surhumaine. La belle jeune fille prit le portefeuille et l'examina avec attention, puis se pencha vers Théodore toujours agenouillé et comme en adoration devant elle, le releva et lui dit d'une voix douce :

— C'est toi, c'est toi, mon Théodore ; je t'ai trouvé.

— C'est lui, c'est lui, *il signor Theodoro*, que tu as trouvé, répéta une voix caverneuse.

Et le baron aperçut alors derrière la jeune fille un petit être singulier, couvert d'un manteau rouge et portant sur la tête une couronne brillante d'or.

Les paroles de ce petit être frappèrent l'oreille de Théodore comme des balles de plomb; il recula avec épouvante.

— Ne crains rien, dit la jeune fille, ne crains rien, noble seigneur. Ce petit est mon oncle, le roi de Candie; il n'a jamais fait de mal à personne. N'entends-tu pas, ô mon ami, chanter le merle de roche? Rassure-toi donc, il ne peut rien arriver de fâcheux.

Le baron laissa échapper quelques mots de sa poitrine oppressée.

— Mes songes, mes doux pressentiments ne m'ont donc pas trompé? O la plus révérée, la plus noble des femmes, puisque tu consens à m'appartenir, révèle-moi donc à cette heure le secret de ta destinée et de mon propre sort!

— A celui seul qui aura traversé les épreuves de la consécration sera découvert ce secret; seul un serment solennel donne la consécration : jure que tu m'aimes!

Le baron se jeta de nouveau à genoux et jura :

— Je jure par la lune sacrée qui laisse tomber ses rayons sur les champs de Paphos...

Mais la jeune fille l'interrompit.

— Ne jure point, dit-elle en se servant des expressions de Juliette, ne jure point par la lune, l'inconstante au disque changeant, afin que ton amour ne change pas comme elle; pense, ô mon doux Roméo, au lieu célèbre où la voix redoutable de l'oracle se fait entendre depuis des siècles, où le destin de l'homme apparait sans voiles. Le conseil supérieur du consistoire ne veut pas nous défendre l'entrée du temple. Une autre cérémonie te mettra en état de te sauver avec moi et de te débarrasser du roi de Candie. Ne crains pas de lui répondre vertement, s'il lui prend fantaisie de faire le grossier, comme il lui arrive souvent.

Pour la seconde fois la jeune fille releva Théodore; ensuite elle prit dans le portefeuille le petit couteau, découvrit le bras du baron, et lui ouvrit une veine avant qu'il eût eu le temps de s'y opposer. Le sang jaillit, il fut sur le point de s'évanouir; mais la jeune fille entoura de suite le bras blessé avec le ruban magique qu'elle attacha à son propre bras. Un nuage bleuâtre sortit du portefeuille et se répandit dans la chambre; le toit disparut, les murs s'éloignèrent, le plancher s'enfonça. Le baron, soutenu par la jeune fille, se mit à planer dans l'espace, sous la voûte du ciel large et lumineuse.

— Halte-là! cria la voix aigre du roi de Candie, qui s'attacha au bras du baron. Voilà ce que je ne souffrirai pas; au moins je veux être du voyage.

Le baron chercha à se dégager.

— Vous êtes un impertinent patron, dit-il, et pas plus roi que ma pantoufle. Il faudrait être bien peu versé en statistique pour ignorer qu'il n'y eut jamais de roi de Candie. Nul almanach royal ne parle de vous, et si, par hasard, on en parlait, vous pourriez passer tout au plus pour une faute d'impression. Arrière, vous dis-je! Débarrassez les airs de votre présence.

Le petit être, à ces mots, se mit à grogner d'une façon désagréable; mais la jeune fille ne lui eut pas plutôt touché la tête, qu'il se recoquilla sur lui-même, et se glissa dans le portefeuille qu'elle avait suspendu à son cou comme un amulette.

— Baron, dit-elle, tu as du cœur, et tu sais te servir à propos de la rudesse des dieux... Mais vois : déjà l'escadron de Paphos approche.

Du haut des cieux le trône d'Armide descendait entouré d'une troupe de génies. Le baron prit place à côté de la jeune fille, et, fendant les airs, ils partirent comme un trait.

— Dieux ! s'écria le baron qui se sentait de plus en plus défaillir, si, à l'exemple de certains comtes de ma connaissance, j'avais fait quelques promenades aérostatiques avec M. ou Mme Reichardt, je serais aujourd'hui un baron expérimenté et m'entendrais à cette navigation en plein ciel ; tandis que j'ai beau siéger sur des roses, aux côtés de cette divine créature, je n'en éprouve pas moins un abominable mal de cœur.

A l'instant, le roi de Candie s'échappa du portefeuille, et s'accrocha, tout en grognant et sifflant horriblement, aux jambes du baron. Celui-ci, entraîné par le poids, glissa du trône. Il n'eut que le temps d'en saisir le pied, et il resta suspendu ; mais le fatal roi de Candie le serrait avec une force toujours croissante. Il ne put lutter plus long-temps. Les guirlandes de roses auxquelles il chercha encore à se tenir se déchirèrent. Il se sentit tomber dans l'abîme, poussa un cri d'épouvante, et... se réveilla.

Le soleil du matin brillait dans la chambre. Le baron se frotta les yeux sans bien savoir où il était. Il se sentait seulement une douleur aiguë dans les jambes et dans le dos.

— Où suis-je? se demanda-t-il, et d'où viennent ces sons ?

Le sifflement, le grognement du roi de Candie continuait à se faire entendre. Le baron parvint à se lever, à quitter le tapis sur lequel il était tombé en rêvant. Il eut bientôt découvert la cause du bruit discordant. C'était l'Italien qui dormait dans un grand fauteuil et ronflait d'une manière formidable ; la guitare échappée de ses mains gisait sur le plancher.

— Luigi! Luigi ! réveillez-vous, cria le baron en le secouant assez rudement.

Ce ne fut pas sans peine que l'Italien sortit de sa léthargie. Pressé par son maître, il raconta que la veille au soir le baron (il lui en demandait bien pardon), sans doute fatigué du voyage, n'était pas en voix : cela arrive au plus fameux chanteur ; lui, s'en apercevant, avait tout doucement pris la guitare des mains de son maître et s'était mis à fredonner quelques jolies *canzonnette* italiennes.

Le baron, qui était assis les jambes croisées, dans la position assez gênante des Orientaux, s'était profondément endormi. Quant à lui, bien qu'ordinairement peu amateur de boisson, il s'était permis de finir le petit reste de champagne que son maître avait laissé. Le sommeil l'avait surpris. Dans la nuit, il avait cru entendre des voix. Il s'était imaginé qu'on le sonnait brusquement. S'éveillant à moitié, il lui avait semblé voir des étrangers dans l'appartement, une femme qui parlait grec ; mais, fasciné par un charme inconnu, il n'avait pu tenir ses yeux ouverts et était retombé dans l'assoupissement jusqu'au moment où le baron était venu l'éveiller.

— Qu'est-ce à dire? s'écria Théodore. S'agit-il d'un songe ou d'une réalité? Ai-je fait avec elle, la vie de mon âme, le voyage de Paphos ? Une puissance diabolique m'a-t-elle jeté au bas du trône? Dois-je succomber sous cet affreux mystère? Est-il vrai qu'un sphinx hideux m'ait saisi et voulu lancer dans l'abîme sans fond? Suis-je donc?....

Le chasseur du baron, qui entra avec le concierge, interrompit ce monologue. Il s'était passé cette nuit-là des choses surprenantes. Voici le récit qu'ils firent :

Au coup de minuit, une belle chaise de poste s'était arrêtée devant la porte de l'hôtel. Une dame voilée, de haute taille, en était descendue, et avait demandé en mauvais allemand s'il n'était pas arrivé dans le jour un étranger. Le concierge, ne connaissant pas le baron, avait répondu qu'en effet il était venu un beau jeune homme qui, à en juger par son costume, devait être un Arménien ou quelque Grec de condition. Cette réponse avait paru satisfaire très fort la dame; elle s'était écriée plusieurs fois avec transport: *Eccolo! eccolo!* ce qui voulait dire, autant qu'il savait d'italien : « C'est lui! c'est lui! » Elle l'avait prié avec instance de la conduire sur-le-champ dans la chambre de l'étranger. C'était, disait-elle, son époux, et elle le cherchait depuis un an.

Tout cela avait paru louche au concierge, qui jugea prudent d'éveiller le chasseur. Celui-ci ayant affirmé que le baron était garçon, le concierge ne vit pas autant d'inconvénients à introduire auprès de lui une jeune dame. Il la laissa donc entrer.

La dame, ajouta-t-il, était suivie par quelque chose qu'il n'avait pas bien pu voir; mais, comme cela avait des jambes et marchait droit, il l'avait pris pour un petit homme. L'étrangère s'était approchée du baron endormi sur le sopha, s'était penchée sur lui, l'avait regardé attentivement, puis avait fait un pas en arrière avec un geste d'épouvante, en prononçant d'un ton amer quelques paroles incompréhensibles, et en les accompagnant d'un rire ironique. Enfin, rejetant son voile en arrière, et regardant le concierge avec des yeux brillants de colère, elle avait ajouté quelque chose que le respect qu'il devait au baron ne lui permettait pas de répéter.

— Parle! parle! dit ce dernier; je veux, je dois tout savoir.

— Puisque vous le voulez, Monsieur le baron, continua le concierge, je vous dirai donc que la dame étrangère m'a apostrophé en ces termes : « Oiseau de malheur, celui vers qui tu me mènes n'est point mon époux, mais bien le pied de lièvre noir du Jardin-des-Plantes. »

Nous essayâmes d'éveiller le signor Luigi, qui ronflait de toutes ses forces; mais ce fut impossible. La dame allait se retirer, quand elle aperçut sur la table un petit portefeuille bleu. S'en emparer, le mettre dans la main du baron, s'agenouiller aux pieds du sopha, fut pour elle l'affaire d'un instant. Mais, chose étrange! le baron, toujours endormi, se mit à sourire, et présenta le portefeuille à la dame, qui le saisit et le cacha avec précipitation dans son sein. Prenant dans ses bras le quelque chose qui la suivait, l'étrangère descendit les escaliers avec une vivacité incroyable, et se jeta dans sa voiture, qui disparut bientôt. Cette dame m'a cruellement insulté, ajouta le concierge; moi qui depuis trente ans porte avec honneur l'épée et la bandoulière, insignes de ma charge, elle m'a appelé oiseau de malheur! Et cependant j'en supporterais le double pour avoir le bonheur de revoir encore une fois une si belle personne. Non, de mes jours je n'ai rien contemplé d'aussi parfait!

Ce récit déchira le cœur du baron. Evidemment cette inconnue était la Grecque, propriétaire du portefeuille bleu, et le petit être informe, le Magus dont il était question dans le fragment écrit sur un des feuillets. Pour le baron, se dire qu'il avait dormi dans le moment le plus important de sa vie, c'était cruel. Le pied de lièvre noir du Jardin-des-Plantes lui pesait sur le cœur. Si c'était bien à lui, comme tout le faisait croire, que cette épithète s'adressait, que devenaient ses espérances? Tout, jusqu'à la manière dont le précieux portefeuille venait de lui être ravi, était un sujet de désespoir.

Il se vengea en grondant son chasseur.

— Malheureux! lui dit-il, c'était elle, et tu ne m'as pas éveillé! elle, mon idole, ma vie, pour qui je voulais tenter un voyage lointain en Grèce!

Le chasseur répondit, avec une mine piteuse, que, si la dame était bien celle que son maître cherchait, il avait cru comprendre que celui-ci n'était pas précisément la personne que désirait la dame... et qu'alors il n'avait pas jugé nécessaire de le réveiller.

Quel supplice ce fut pour le baron de rencontrer, à toute heure du jour, des gens qui, dissimulant mal un sourire, lui demandaient comment il avait fait pour être déjà de retour! Il ne pouvait donner le mot de l'énigme sans s'exposer à la risée générale; il prétexta une maladie, et, de vrai, la contrariété et le chagrin le rendirent bientôt sérieusement malade, à tel point que son médecin ne vit pour lui d'autre remède que des eaux minérales, dont l'activité est souvent terrible pour les natures les plus robustes. Le baron dut partir pour Freienwald.

LE CHARME DE LA MUSIQUE.

Le baron avait formé le projet d'aller voir, en quittant Freienwald, un vieil oncle qu'il avait à Mecklembourg; mais, dès qu'il se trouva mieux, l'envie lui prit de retourner à la Résidence. Vers les derniers jours de septembre, il était à Berlin. Maintenant qu'il avait fait une excursion, sinon jusqu'à Patras, au moins jusqu'à Freienwald, il se sentait le courage de s'exposer aux regards des mauvais plaisants. Il avait lu tous les ouvrages qui traitent de la Grèce, et était en état de disserter savamment sur le voyage qu'il avait, on ne peut pas dire fait, mais du moins voulu faire. Il espérait bien regagner tous ses avantages, mettre un terme aux quolibets et se faire adorer encore de plus d'une femme.

Un soir, au moment où le soleil allait disparaître de l'horizon, le baron se rendant au Jardin-des-Plantes, traversait la place de Paris; il s'arrêta court à la vue d'un couple qui marchait devant lui.

Un vieillard tout petit, tout contrefait, aux jambes torses, aux vêtements surannés et grotesques, avec un gros bouquet sur la poitrine, un grand jonc espagnol à la main, conduisait une dame voilée, d'une taille majestueuse, et dont le costume annonçait une étrangère. Une des choses qui frappèrent le plus le baron, ce fut la queue que portait le petit vieillard; elle sortait comme un serpent sous son chapeau et descendait jusqu'à terre. Deux petits polissons, de ceux qu'on trouve à toute heure dans le Jardin-des-Plantes s'occupant à faire partir des pétards dans les jambes des passants, cherchaient à marcher sur cette queue. Peine inutile! par des tours et des détours d'anguille, elle leur échappait constamment. Du reste, le petit homme ne semblait pas s'en apercevoir.

Le cœur du baron battait violemment, un pressentiment l'agitait... et il faillit se laisser choir au milieu de la poussière de la place de Paris, lorsque la dame, s'étant retournée, lui lança, à travers son voile qui laissait entrevoir deux yeux magnifiques, un regard semblable à l'éclair perçant la nue sombre.

Cependant le baron revint de son trouble, et comprit que la malice des enfants lui fournissait une occasion d'aborder le vieillard et sa compagne. Il chassa les polissons à grand bruit, se rapprocha du petit homme, et dit en le saluant poliment :

— Vous ne prenez pas garde, Monsieur, que ces méchants drôles allaient écraser sous leurs pieds une pièce importante de votre coiffure.

Le personnage se retourna, considéra quelque temps le baron sans répondre à sa politesse, puis partit d'un bruyant éclat de rire. Les petits polissons, qui avaient trouvé du renfort en passant devant la porte de Brandebourg, firent chorus, et le baron, tout confus, s'arrêta, ne sachant plus ce qu'il devait faire.

Pour se débarrasser de ces mauvais garnements, il leur jeta quelque monnaie, et suivit le couple bizarre, qui s'en allait tout le long de l'allée des Tilleuls. A sa grande joie, le vieillard et la dame entrèrent dans la boutique du confiseur Fuchs. Le baron en fit autant. Ils prirent place dans un cabinet particulier. Grâce aux glaces qui le décoraient, le baron, assis dans la pièce à côté, ne perdit pas de vue les étrangers.

Le petit vieux baissait la tête d'un air maussade; la dame lui parlait avec vivacité, mais tout bas. Impossible de saisir un seul mot. On leur servit des glaces, des gâteaux et des liqueurs. La dame porta la main à la partie postérieure de la tête du vieillard, et, à la grande surprise du baron, détacha la queue, l'ouvrit comme si c'eût été un étui, en retira une serviette, un couteau et une cuillère.

Elle attacha la serviette sous le cou du vieux, comme on fait aux enfants pour les empêcher de se salir. Celui-ci semblait avoir recouvré sa bonne humeur; il regardait la dame d'un air tendre, tout en mangeant avec voracité les glaces et les gâteaux. Enfin elle releva son voile. Chacun eût été ravi comme l'impressionnable baron d'une beauté aussi extraordinaire. Quelques uns auraient peut-être objecté que le feu de ce premier regard de Turandot une fois supporté, il manquait à la physionomie de l'étrangère, comme à toute sa personne, cette grâce qui, en dépit des règles, triomphe des plus rebelles ; d'autres, qu'il y avait quelque chose de suspect dans ce front et ces yeux tenant de l'Isis égyptienne. Qu'importe? ce n'en était pas moins une merveilleuse apparition.

Le baron s'ingéniait pour trouver un moyen honnête de se mettre en rapport avec le couple. Essayons de toucher le cœur de cette divinité par le charme de la musique, se dit-il. Et aussitôt il s'assit devant le beau piano qui décore, ainsi que chacun le sait, le salon du confiseur Fuchs. Se livrant à son inspiration, il se mit à improviser. C'était sublime ; du moins il le pensait. Pendant un *pianissimo* mystérieux, il crut entendre un léger bruit dans le cabinet. Il y jeta un coup d'œil furtif. La dame s'était levée. La queue du vieux sautillait, bondissait sur la table où elle l'avait déposée. Le petit homme, pour la faire arrêter, la frappa de la main en criant :

— A bas, friponne! à bas!

Le baron, un peu effrayé de la nature étrange de cette friponne de queue, attaqua brusquement un *fortissimo*, qui se résolut en mélodies tendres et suaves. Il crut s'apercevoir alors que la dame, attirée par la puissance de ces sons mélodieux, venait, sur la pointe des pieds, se placer derrière sa chaise. Oh! alors toutes les cantilènes languissantes et voluptueuses des maîtres italiens en *ini*, *ani*, *elli* ou *ichi* que la mémoire du baron lui rappelait, défilèrent sous ses doigts. Il allait clore sa chaude improvisation par une terminaison éclatante, lorsqu'il entendit un soupir. Voici le moment, se dit-il en lui-même; et il se leva brusquement. Quel désappointement! Il se trouva face à face avec le capitaine de cavalerie de B....., appuyé sur la chaise.

— Permettez-moi de vous faire observer, mon cher baron, dit le capitaine, que vous portez préjudice au sieur Fuchs ; le vacarme effroyable que vous faites met en fuite tous les chalands. Une étrangère qui ne faisait que d'entrer, après avoir supporté un instant votre exécrable *lamento* avec tous les signes de la plus vive impatience, a fini par s'en aller, elle et le personnage qui l'accompagnait, un petit homme à la tournure grotesque.

— Est-il possible! s'écria le baron atterré; elle s'est enfuie! elle m'échappe encore une fois!

Le capitaine de cavalerie, s'étant fait expliquer en quelques mots les choses, assura que c'était bien la personne que cherchait le baron. La dame avait une chaîne d'or qui retenait à son cou un petit portefeuille bleu, ornement assez extraordinaire pour qu'il l'eût remarqué. De son côté, le sieur Fuchs, qui était resté tout le temps devant la porte de sa boutique, avait vu le petit homme faire signe à une voiture de place qui passait par là et y monter avec la dame. Le baron put encore apercevoir la voiture, qui s'éloignait rapidement et allait tourner les Tilleuls, comme se dirigeant du côté du château.

— Prenez mon cheval et courez après, dit le capitaine.

Le baron s'élança sur la monture et lui enfonça les éperons dans le flanc. La bête, qui était pleine de feu, se cabra et partit comme un trait; elle passa la porte de Brandebourg et se dirigea droit vers Charlottenbourg, où le baron, qui heureusement n'avait pas perdu l'équilibre, arriva juste à temps pour le souper que Mme Pauli donnait ce soir-là à quelques unes de ses connaissances. On avait vu venir le baron; ce ne fut qu'un cri d'admiration. Quelle hardiesse! On ne le croyait pas si bon écuyer; il fallait du courage pour monter le cheval du capitaine, un animal indomptable.

Le baron laissait dire, mais intérieurement il maudissait l'existence.

—

LE CHEF DE BANDES GRECQUES. — L'ÉNIGME.

Une grande consolation pour le baron était de penser que l'objet de ses espérances, de ses rêves, se trouvait dans l'enceinte des murs de Berlin. Un heureux hasard pouvait encore le mettre en présence du couple singulier; mais ce fut en vain qu'il parcourut plusieurs jours de suite, du matin au soir, la promenade des Tilleuls, il ne trouva aucune trace du vieillard ni de la dame. Le seul parti qui lui restait était de prendre des informations au bureau des étrangers; là, on devait savoir ce qu'était devenu le couple entré la nuit du 24 juillet dans la ville.

Le baron donna à l'employé du bureau le signalement du curieux petit homme et de la jeune dame grecque; mais l'employé n'avait pas les passeports des étrangers, il ne put que dire le nom de ceux qui étaient entrés à Berlin dans la nuit du 24 juillet. A part le marchand Prosocarchi, de Smyrne, il n'était arrivé que des conseillers de bailliage, des greffiers de justice, etc., venant de leur province. Le susdit marchand Prosocarchi n'avait amené personne avec lui, ce ne pouvait donc être le petit vieux. Cependant, pour mieux s'en convaincre, le baron se rendit chez lui; il trouva un grand homme d'une belle figure, auquel il acheta volontiers quelques pastilles du Sérail et de ce même baume de la Mecque qui avait guéri l'entorse du Magus.

Prosocarchi n'avait pas entendu parler de la princesse grecque.

— Si elle était à Berlin, disait-il, elle n'aurait pas manqué de me rendre visite.

Tout ce qu'il savait, c'est qu'un primat exilé de Naxos, descendant d'une ancienne famille princière, voyageait en Allemagne avec sa fille; mais Prosocarchi ne les connaissait pas.

Le baron continua de se rendre chaque jour, lorsque le temps le permettait, au Jardin-des-Plantes, à cette place même où il avait trouvé le portefeuille, à cette place favorite de la belle Grecque, ainsi que le faisait connaître l'écrit contenu sur un des feuillets.

— Il est certain, se disait le baron en s'asseyant un jour sur le banc à côté de la statue d'Apollon, que cette noble, cette céleste créature vient souvent ici avec son Magus difforme. Pourquoi faut-il que le hasard ne me permette pas de m'y trouver? Allons! je ne quitterai plus d'un seul instant ce lieu; dussé-je y passer ma vie, j'y resterai jusqu'à ce que je l'aie rencontrée.

Cette pensée donna naissance à la détermination de faire construire derdière le banc, au pied de l'arbre, un petit ermitage, et de vivre là, dans la douleur, loin des bruits du monde, dans la plus grande solitude, tout entier à son amour. Le baron réfléchissait déjà aux moyens à prendre pour obtenir du gouvernement la permission d'élever cette construction. Il se demandait s'il ne ferait pas bien de porter, outre l'habit d'ermite, une fausse barbe qu'il pourrait toujours arracher au moment où il *la* retrouverait; ce serait d'un très bon effet, pensait-il. Durant ces réflexions, la nuit était venue; un vent froid qui soufflait à travers les arbres avertit le baron qu'il était prudent, puisque l'ermitage était encore à construire, de chercher ailleurs un abri. Mais quelle émotion n'éprouva-t-il pas pas lorsqu'en sortant d'une allée couverte, il vit devant lui le vieillard et la dame voilée? Il perdit la tête, et se mit à courir après eux en criant :

— O mon Dieu! enfin, vous voilà! C'est moi! c'est Théodore!... Le portefeuille bleu!...

— Où est-il le portefeuille? l'avez-vous trouvé? Si cela est, que Dieu soit béni! dit le vieillard en se retournant. Mais.... c'est donc vous, mon cher baron? L'heureuse rencontre! Je croyais bien mon argent perdu.

Le personnage n'était autre que le banquier Nathaniel Simson, qui revenait de la promenade avec sa fille, et regagnait sa maison, située près du Jardin-des-Plantes. Le baron fut très confus de cette méprise, d'autant plus confus qu'il avait long-temps fait la cour à la jolie mais plus bien jeune Amélie (ainsi se nommait la fille du banquier Simson). Amélie s'était souvent raillée du voyage manqué du baron; aussi celui-ci l'évitait-il soigneusement.

— *On vous revoit enfin*, cher baron! dit elle.

Mais Simson ne la laissa pas achever.

— Le portefeuille! le portefeuille! demanda-t-il.

Il faut dire que quelques jours auparavant il avait justement perdu dans une allée du Jardin-des-Plantes un portefeuille qui contenait un bon sur le trésor de cinquante thalers. Il s'imaginait que le baron parlait de ce portefeuille. Celui-ci fut contrarié du malentendu; il aurait voulu être à cent lieues, mais il chercha vainement à se dégager. Amélie s'empara sans façon de son bras, en disant qu'on avait le droit de retenir un ami perdu depuis si long-temps. Il fallut bien en passer par là et se résoudre à aller prendre le thé avec la famille Simson. Amélie s'était mise en tête de captiver de nouveau le baron. Elle lui fit raconter son aventure. D'abord, il ne voulait pas en trahir le secret; mais comme elle trouva sublime, divin, ce qu'il disait, peu à peu il lui ouvrit son cœur et avoua tout : les événements qui s'étaient passés dans la nuit du 24 au 25 juillet, la rencontre dans la boutique de Fuchs, etc.

Amélie, qui avait comprimé plus d'un sourire, supplia le baron de venir la voir un soir dans son costume grec, qui devait, disait-elle, lui aller à ravir. Tout-à-coup elle feignit de tomber dans une profonde rêverie, resta quelques instants comme absorbée, puis dit en se remettant peu à peu :

— C'est passé... ce n'est rien...

Naturellement le baron voulut en savoir la cause, et Amélie avoua que c'était le souvenir d'un songe extraordinaire qu'elle avait fait justement dans la nuit du 24 au 25 juillet. Comme elle avait lu souvent Jean-Paul Richter, elle ne fut pas embarrassée d'improviser un rêve convenablement fantastique, et dont le but était de faire paraître le baron en costume grec moderne, comme l'objet de ses sentiments les plus intimes. Cela ravit Théodore ; la Grecque, l'ermitage, le portefeuille bleu, tout était oublié !

Ainsi vont les choses en ce monde : ce qu'on poursuit le plus avidement est ce qu'on obtient en dernier lieu ; ce qu'on ne cherche pas se présente de soi-même. Le hasard est un dieu malin.

Le baron, décidé à rester à la ville, et cela à cause d'Amélie, jugea convenable d'échanger sa chambre de l'hôtel du Soleil contre un logement confortable. Il se mit donc en devoir d'en chercher un.

En passant devant la porte d'une belle maison de la *Friederichsstrasse*, qui portait le numéro ..., un grand écriteau frappa ses yeux : « Chambres garnies à louer. » Il monta l'escalier et s'arrêta à l'étage indiqué, mais il chercha en vain un cordon de sonnette. Il frappa à toutes les portes, personne ne répondit : silence complet. On eût entendu voler une mouche, quand tout-à-coup un bruit bizarre parvint à son oreille, un babillage, un caquetage singulier. Il poussa la porte de l'appartement d'où semblait provenir ce bruit, et se trouva dans une chambre décorée avec un goût parfait et un très grand luxe. Sa vue se porta d'abord sur un lit vaste, somptueux, sculpté, tout doré, décoré de guirlandes de fleurs et tendu de riches draperies de soie.

— *Lagos pipèrin étrivé, kakon tys kéfalis tu* (1), dit une voix glapissante sans que le baron vit personne.

Mais, en regardant autour de lui, qu'aperçut-il? O ciel!... sur un guéridon élégant le portefeuille bleu !...

Son premier mouvement fut de s'élancer pour ressaisir ce bien ravi, cet objet si précieux. Mais la voix lui cria dans les oreilles :

— *O diavolos jida den y ché, ké, tyri époulie* (2).

Il recula tout effrayé.

Un léger soupir, qui semblait sortir du lit somptueux, se fit entendre.

---

(1) Si le baron avait connu le grec moderne, il eût su que cela voulait dire : « Le coq broya le poivre, au grand détriment de sa tête. »

(2) « Le diable n'avait pas de chèvres, et pourtant il vendait des fromages. »

— C'est elle! se dit le baron, qui sentit le sang s'arrêter dans ses veines. Il s'approche en tremblant, regarde par l'ouverture des rideaux, aperçoit un bonnet de dentelles garni de rubans aux vives couleurs.

— Du courage! se dit-il.

Et par un mouvement brusque il écarta les rideaux.

On entendit un cri perçant. Un petit être, caché au milieu des oreillers, se leva brusquement : c'était le grotesque vieillard que le baron avait vu conduisant la dame dans Berlin. La tête couverte d'un bonnet de femme, il faisait une figure si comique, que tout autre que notre Théodore, absorbé par son aventure amoureuse, eût éclaté de rire.

Le petit vieux regardait le baron avec ses grands yeux noirs.

— Est-ce vous, baron? fit-il d'une voix basse et lamentable. J'espère que vous n'avez point de mauvais dessein, que vous ne m'en voulez pas de m'être moqué de vous l'autre jour sur la place de Paris, lorsque vous voulûtes prendre sous votre protection mon espiègle de queue. Mais ne me regardez pas avec ces yeux terribles; autrement, je craindrais...

Le baron ne paraissait pas écouter ce que le vieillard lui disait. Sans détourner de lui ses regards, il murmurait à voix basse :

— Roi de Candie! roi de Candie!

Cela fit sourire le personnage grotesque, qui s'assit sur l'oreiller, et dit gracieusement :

— Hé! hé! cher baron Théodore de S..., vous aussi, avez la manie de me prendre, moi homme de nulle importance, pour le roi de l'île de Candie?... Ne me connaissez-vous donc pas? Ne devriez-vous pas savoir que je ne suis personne autre que l'assistant de chancellerie Schnuspelpold de Brandebourg?

— Schnuspelpold! dit le baron.

— Tel est mon nom, continua le petit homme, mais depuis long-temps assistant de chancellerie non *in officio*. Cette maudite manie des voyages m'a fait perdre mon pain et mon emploi. Mon père (que Dieu ait son âme!), fabricant de boutons à Brandebourg, avait la même folie; il me parlait à tout moment de la Turquie, où il était allé une fois, si bien que je ne pus rester tranquille, et un beau jour je me mis en route. Je fus à Gand, de là à Tangermunde. Je descendis l'Elbe dans une barque et me dirigeai vers la Porte-Ottomane, mais lorsque je me présentai, justement elle se fermait. Je voulus m'y accrocher avec la main droite, la porte m'écrasa deux doigts. Voyez plutôt, noble baron, ces deux doigts de cire qui tiennent la place de ceux qui manquent. Au moins si cette maudite cire ne fondait pas toujours lorsque j'écris!

— Laissons cela, dit le baron en interrompant le petit vieux; parlez-moi plutôt de la dame étrangère, de cette apparition céleste que j'aperçus à vos côtés dans la boutique du confiseur Fuchs.

Et il se mit à raconter la trouvaille du portefeuille, le voyage en Grèce, le rêve à l'hôtel du Soleil-d'Or, et finit par supplier le vieillard de ne pas contrarier son amour, lui qui, tout en ne voulant passer que pour l'assistant de chancellerie Schnuspelpold de Brandebourg, n'en devait pas moins disposer du sort de la Grecque, en qualité d'oncle ou de père.

— Hé! hé! fit Schnuspelpold souriant d'un air joyeux et narquois, rien ne pouvait m'être plus agréable que de vous voir, grâce au portefeuille bleu, amoureux de la princesse grecque. J'ai l'honneur (honneur fort pesant) d'être chargé de sa tutelle. Le tribunal de Paphos m'a choisi, faute de trouver quelqu'un autre qui possédât certaines qualités magiques.

Mais chut! chut! mon petit Schnuspelpold; ne parle pas ainsi à tort et à travers, tu ferais une école : soit discret, mon fils.

Je ne doute pas, noble baron, que vous ne réussissiez auprès de ma pupille; tout ce que je puis vous dire, c'est qu'elle cherche un jeune prince du nom de Théodoros Capitanaki : c'est lui qui a vraiment trouvé le portefeuille bleu, et non pas vous.

— Comment! s'écria le baron, ce n'est pas moi qui ai trouvé le portefeuille?

— Non, repartit le vieux avec fermeté, ce n'est pas vous; et, de plus, vous vous êtes mis en tête mille folies.

— C'est en vain que tu t'accroches à mes pieds, grossier roi de Candie; c'est en vain que tu te fais aussi lourd qu'une masse de plomb! s'écria le baron en fureur.

Mais la voix glapissante se fit entendre :

— *Alla ta kas karismata, kai alla gonun y kotés* (1).

— Paix! paix! petit criard! dit le vieux avec douceur.

Et le perroquet gris se hucha sur le plus haut bâton de son perchoir.

Le vieux se tourna du côté du baron et continua sur le même ton :

— Vous vous appelez Théodore, mon noble ami, et, qui sait? des rapports mystérieux peuvent vous faire passer pour le vrai Théodore Capitanaki. Si vous voulez gagner sur-le-champ le cœur et la main de ma noble pupille, cela ne tient qu'à une bagatelle. Je sais que vous avez de belles connaissances au département des affaires étrangères; eh bien! faites seulement que le grand-sultan reconnaisse pour libres les îles grecques, et votre bonheur est certain. Mais que vois-je?

Ici Schnuspelpold retomba sur ses coussins et se cacha la tête sous la couverture.

Le baron suivit la direction qu'avaient prise les yeux du vieillard, et il vit dans une glace la Grecque arrêtée sur le seuil de la porte, qui lui faisait un signe. Il voulut s'élancer vers elle; mais il s'embarrassa dans le tapis et tomba de tout son long. Le perroquet riait aux éclats. Comme la Grecque s'était approchée du baron, celui-ci profita de cette circonstance, et, de même qu'un habile danseur, chercha à donner à sa chute l'apparence d'une pose académique.

— Enfin, ô douce idole de mon âme!... s'écria-t-il en italien, à genoux aux pieds de la Grecque, qui l'interrompit et lui dit :

(1) « La poule chante dans un endroit et va pondre dans l'autre. »

— Parle plus bas; n'éveille pas le vieux en me répétant ce que je sais depuis long-temps. Lève-toi.

Elle lui présenta sa main, et le baron, transporté au troisième ciel, prit place à ses côtés sur un moelleux divan placé dans le fond de la chambre.

— Je sais tout, dit-elle en abandonnant sa main dans celle du baron, et, quoi qu'en dise mon Magus, tu as trouvé le portefeuille... Toi aussi, tu descends d'une famille de princes grecs, et lors même que tu ne serais pas celui à qui j'avais donné mon cœur, tu peux néanmoins, si tu le veux, devenir maître de ma vie.

Le baron se confondit en protestations; mais la Grecque, appuyant sa tête sur sa main, dans une pose pensive, semblait ne pas y prendre garde. Au bout d'un moment, elle dit en lui parlant à l'oreille très bas :

— As-tu du courage?

— Comme un lion, répondit-il.

— Oseras-tu, tandis que ce monstre est là, dans ce lit, profondément endormi, avec ce petit couteau, lui...

Le baron, reconnaissant à la main de la Grecque le petit instrument de chirurgie qu'il avait trouvé dans le portefeuille, frissonna de la tête aux pieds.

— Avec ce petit couteau, dit la Grecque, lui couper la tête?... Mais ne crains rien, nous pouvons causer, le perroquet le veille. Parle-moi seulement de ta famille.

Le baron se mit à raconter l'histoire du portrait de sa grand'mère, de sa mère elle-même, et tout ce que le lecteur connaît depuis l'entretien que Théodore eut avec son oncle.

Les beaux yeux de la Grecque brillaient de joie; elle semblait animée d'une nouvelle vie; en cet instant sa beauté avait pris un éclat éblouissant, surnaturel.

Le baron nageait dans un océan de délices. Sans savoir comment cela se fit, il se trouva tout-à-coup dans ses bras, couvrant de baisers ardents sa bouche charmante.

— Oui, disait la Grecque, tu devais être à moi. Fuyons ensemble vers notre patrie. Hâte-toi de te rendre dans ce lieu sacré, où les chefs du peuple t'attendent, les armes à la main, pour secouer le joug honteux sous lequel nous traînons une misérable existence. Il ne te manque, je le sais, ni les vêtements, ni les armes; par tes soins, tout est prêt. Tu n'as qu'à te montrer, à te mettre à la tête des guerriers, à remporter sur le pacha une victoire éclatante. Les îles sont libres, et tu goûtes, uni à moi par un lien sacré, tout le bonheur que l'amour et notre belle, notre riche patrie peuvent procurer à un mortel... Que redouterais-tu dans cette entreprise hardie?... Si tu échoues, qu'arrivera-t-il?... Tu mourras de la mort des héros sur le champ de bataille, ou tu seras pris par le pacha, et alors qu'as-tu à craindre?... On t'empalera pour le plus; on te garnira les oreilles de poudre à canon, puis on y mettra le feu; ou l'on choisira quelque autre genre de mort, toujours digne d'un brave. Moi, qui suis jeune et belle, on me destinera au harem du pacha... Si tu n'es pas réellement le jeune prince Theodoros Capitanaki, mais bien, comme mon Magus l'affirme, le pied de lièvre du Jardin-des-Plantes, mon vrai prince saura bien me délivrer.

A ce discours, il se passa dans l'intérieur du baron un étrange bouleversement. Une froideur glaciale succéda à l'ardeur qui le brûlait. Le frisson de la fièvre s'empara de lui.

Mais les yeux de la Grecque lancèrent des éclairs, sa figure prit une expression farouche; elle se leva dans toute sa majesté devant lui, et prononça d'une voix solennelle les paroles suivantes :

— Si tu n'étais ni Théodoros, ni le pied de lièvre noir; si tu n'étais qu'une image trompeuse, une ombre vaine, l'ombre de cet infortuné jeune homme dont la méchante Ensouze, blessée par l'archet de violon, suça le sang (1), ah! j'ouvrirai tes veines, je verrai ton sang, et alors s'évanouiront toutes ces visions diaboliques!...

Et la Grecque brandit le petit couteau étincelant. Le baron, épouvanté, gagna la porte en courant à toutes jambes. Le perroquet cria d'une voix éclatante :

— *Alla paschy o gaidaros ké alla evryskusi* (2).

Schnuspelpold se jeta à bas du lit par un mouvement violent, en criant de son côté :

— Halte! halte! mon noble ami! La princesse est votre fiancée, votre fiancée!

Mais le baron avait descendu comme un trait les escaliers, et était déjà bien loin...

Amélie Simson affirma savoir de bonne source que le prétendu assistant de chancellerie Schnuspelpold était tout bonnement un savant juif de Smyrne, venu à Berlin pour demander au conseiller secret Diez son avis sur un passage douteux du Coran. Malheureusement, le conseiller n'était plus de ce monde lorsque le juif arriva à Berlin.

Quant à la princesse grecque, c'était simplement la fille du juif, qui était devenue folle depuis la perte de son époux.

Il n'en est point ainsi. Le lecteur n'a qu'à se rappeler l'écrit contenu sur le feuillet du portefeuille, de même que maintes autres circonstances, pour se persuader que l'énigme est encore à résoudre.

Chose étrange! à cette heure le baron Théodore de S... voyage pour tout

---

(1) Bartholdy parle dans son voyage en Grèce d'un jeune homme qui mourut à Athènes, et dont la mort eut pour cause l'aventure suivante. Un soir qu'il était assis avec un de ses amis, dans la campagne, sur un banc, et jouait du violon, une larve (Ensouze), attirée par la musique, s'assit à côté de lui. Ne la voyant pas, il la toucha de son archet. La larve, blessée par l'archet, jura de se venger. Depuis ce moment, le corps du jeune homme flotta çà et là; jusqu'à sa mort ce ne fut qu'une ombre.

(2) «L'âne trouve autre chose que ce qu'il cherchait.»

de bon en Grèce. S'il revient, on saura des nouvelles plus précises de Schnuspelpold et de la *Grecque*, que l'auteur a cherchés inutilement dans tout Berlin. Si ce dernier apprend quelque chose touchant le baron et ses mystérieuses aventures, il ne manquera pas, par la même voie, d'en informer le lecteur l'année prochaine.

FIN DES MÉPRISES.

LES MYSTÈRES,

CONTE D'HOFFMANN TRADUIT POUR LA PREMIÈRE FOIS,

Faisant suite à la nouvelle précédente.

MERVEILLEUSE CORRESPONDANCE DE L'AUTEUR AVEC DIFFÉRENTES PERSONNES.

(En guise d'introduction.)

Monsieur,

Je connais plus d'un écrivain, plus d'un poète qui jouissent d'une assez mauvaise réputation, à cause de leur penchant irrésistible vers toute espèce de mensonge grossier, de divagations préjudiciables à la saine raison. Cependant j'avais fait une exception pour vous, revêtu de fonctions publiques qui font de vous quelque chose. Je vous tenais pour un homme honnête, bienveillant; mais à peine arrivé à Berlin, j'ai dû me convaincre du contraire. En quoi ai-je mérité, moi simple et sans prétentions comme je le suis, moi assistant de chancellerie honorablement retraité, moi homme bien élevé, de mœurs douces, d'une certaine intelligence et d'une science solide, moi qui me flatte d'allier de belles pensées à un bon cœur, en quoi ai-je mérité, je vous le demande, que vous me donniez en spectacle à l'honorable public de Berlin, que dans l'almanach de poche de cette année vous racontiez non seulement tout ce qui s'est passé entre moi, le baron Théodore de S... et la princesse confiée à ma garde, mais encore que vous m'ayez fait représenter d'après nature, gravé sur cuivre, me promenant sur la place de Paris et sous les Tilleuls avec mon enfant d'adoption, me mettant au lit dans un déshabillé galant et fort effrayé de la visite inattendue du baron? Ma queue électrophore, où je mets tous mes petits ustensiles de voyage, vous aurait-elle contrarié? Mon bouquet de fleurs vous a-t-il déplu?

Avez-vous quelque objection à faire au collége des pupilles de Chypre, qui m'a nommé tuteur de la ...? Mais croyez-vous que je vais vous découvrir le nom de la plus belle des belles, pour que vous alliez le crier sur les toits, dans tous les journaux et les almanachs de poche? Soyez persuadé, Monsieur, que, grâce à votre frivole manie d'écrivailler et de faire de méchante musique, pas un président ni conseiller du collége des pupilles de ce pays-ci, ou de tout autre, ne vous confiera jamais la tutelle d'une femme aussi belle, aussi distinguée. Non, Monsieur, jamais le collége des pupilles de l'île de Chypre ne vous eût nommé tuteur de la personne en question. Vous avez beau passer pour quelque chose dans cette ville, grâce à votre emploi, je vous engage à vous mêler de ce qui vous regarde et à ne pas vous inquiéter de ce qui se passe en Chypre, pas plus que de mes doigts de cire et de mon bonnet de dentelles . . . .

. . . .

. . . . Remerciez Dieu, Monsieur, de n'avoir pas pris envie, comme moi, d'entrer dans la Porte-Ottomane juste au moment où elle se fermait. Probablement ce ne sont pas les doigts que vous y auriez fourrés, mais le nez, conformément à l'esprit de vos confrères en écrivaillerie. A cette heure, ce serait bien de vous, et non plus seulement des personnes qui vous lisent, qu'on pourrait dire : Il a un pied de nez. Et ce nez, mon cher Monsieur, serait de cire.

Que vous préfériez à un élégant vêtement du matin en mousseline blanche garni de rubans roses, à un riche bonnet de dentelles, une robe de chambre de Varsovie et une calotte rouge, c'est une affaire de goût, et je ne vous le disputerai pas. Savez-vous bien, Monsieur, que votre *légèreté*, vos indiscrétions dans l'almanach de poche, ont été cause que mon nom s'est trouvé placé dans les feuilles d'avis parmi ceux des étrangers arrivés à Berlin? Cela m'a attiré les plus grands désagréments. La police m'a pris et devait me prendre, d'après votre bavardage et la publication du secret de mon enfant adoptive, pour le malfaiteur qui a mutilé l'Apollon à ventre de citrouille du Jardin-des-Plantes, ainsi que mainte autre statue. J'ai eu beaucoup de peine à me justifier et à prouver que je suis un *dilettante* enthousiaste, rien moins qu'un Turc iconoclaste déguisé. Comment! vous qui êtes savant en droit, n'avez-vous pas prévu que ce maudit nez d'Apollon pouvait me conduire à Spandau en qualité de prisonnier d'état, ou tout au moins m'attirer une bonne volée de coups de bâton? J'avoue, quant à ce dernier point, que la conformation particulière de mes épaules m'a doté d'un rempart ingénieux qui me préserve à tout jamais d'un pareil désagrément. Quant au premier point, lisez le titre vingtième de la seconde partie du recueil du droit commun de notre pays, et rougissez qu'il faille qu'un assistant de chancellerie de Brandebourg en retraite vous le rappelle.

A peine échappé aux investigations et aux menaces de la police, il m'a fallu essuyer dans mon propre logis, dont malheureusement l'adresse avait été indiquée, mille désagréments. J'en serais devenu fou, si je n'étais pas un homme à caractère, habitué dans mes longs et périlleux voyages à supporter toutes les incommodités. J'ai été assailli par une foule de dames accoutumées à être servies à la baguette chez les empressés marchands de nouveautés; elles voulaient que je leur imprimasse sur-le-champ des schalls turcs. La plus importune fut une demoiselle Amélie Simson, qui me harcela sans relâche; elle me suppliait d'imprimer, au moyen de la teinture d'or, sur le devant d'un spencer de casimir rouge, un sonnet hébreu qu'elle avait composé. Des importuns de diverses conditions voulaient, les uns voir mes doigts de cire, les autres jouer avec ma queue, les autres entendre mon perroquet parler grec. De jeunes messieurs à la taille de guêpe, portant des chapeaux hauts comme des tours, des culottes de cosaque et des éperons dorés, lorgnaient à droite et à gauche à travers les fenêtres, comme s'ils eussent voulu percer les murailles. Je me doutais bien de ce qu'ils cherchaient; d'ailleurs, plusieurs ne s'en cachaient pas, ils demandaient effrontément la belle Grecque, comme si ma céleste enfant, cette sublime princesse, eût été une curiosité mise en montre aux yeux des badauds.

Les manières de ces jeunes gens me parurent tout-à-fait repoussantes, surtout celles de quelques-uns qui se rapprochaient de moi mystérieusement, prononçant des mots mystiques de magnétisme, sidéralisme, affinités magiques, sympathiques ou antipathiques, etc., y joignant des gestes et des signes bizarres; ils voulaient se donner à moi pour des initiés, quoique je ne comprisse pas un mot à ce qu'ils voulaient me dire. A tout prendre, j'aimais mieux ceux qui me demandaient franchement si je voulais tirer leur horoscope par l'inspection de la main ou du marc de café.

C'était un commerce inconnu, un sabbat diabolique dans la maison. Je finis par profiter d'une nuit obscure pour quitter cet appartement et aller me oger dans un autre plus commode et qui répondit mieux aux désirs de la princesse... qui aurait mieux répondu, veux-je dire, car je suis tout seul maintenant, et personne ne saura où je demeure, vous moins que tout autre, Monsieur, en qui je n'ai pas grande confiance. Quel autre que vous est la cause de tout ce scandale, vous qui m'avez représenté au public comme un homme douteux, une espèce de cabaliste suspect, en rapport avec un être mystérieux?

Un honnête assistant de chancellerie en retraite serait un sorcier? Quelle extravagance! Que vous importe qu'il y ait oui ou non un mystère magique entre moi et mon enfant chérie? Possédiez-vous le talent nécessaire pour parvenir à l'occasion, et non sans peine, à brocher un conte fantastique ou un roman, il vous manquerait toujours la dose d'intelligence et de savoir indispensable pour comprendre une syllabe de cette alliance mystérieuse, dans le cas où je voudrais bien condescendre à vous l'expliquer. Sachez que le premier de tous les mages, le sage Zoroastre lui-même, n'aurait pas dédaigné de s'en instruire. Ce n'est pas chose aisée, Monsieur, que de pénétrer aussi avant que je l'ai fait dans les profondeurs de la divine cabale, dans ces profondeurs où, dès ce monde, l'être se dégage et s'élève sur des ailes hardies comme un beau papillon échappé de sa chrysalide. Un devoir sévère m'interdit de révéler à qui que ce soit mes connaissances cabalistiques. Je me tais donc, dussiez-vous désormais me tenir pour un simple assistant de chancellerie retraité, honnête tuteur d'une jeune fille aimable et de haute naissance. Je serais très contrarié si vous ou toute autre personne veniez à apprendre que je demeure dans la Friederichsstrasse, près du pont de Waidendammer, n° 9.

Je vous ai fait suffisamment apercevoir, Monsieur, la légèreté, sinon la méchanceté de votre conduite envers moi; mais je crois devoir vous avertir qu'à l'opposé de vous, je suis une homme réfléchi, pesant bien d'avance ce qu'il entreprend. Vous pouvez être assuré de ma vengeance ; elle sera d'autant plus impitoyable que je n'ai pas les moyens de la satisfaire de suite. Si j'étais censeur, je déchirerais vos écrits à cœur-joie ; je prouverais si clairement au public que vous manquez de toutes les qualités qui constituent le bon écrivain, que vous ne trouveriez plus de lecteur pour vous lire, ni d'éditeur pour vous éditer. Mais pour cela il faudrait, premièrement, lire vos écrits ; que Dieu m'en garde ! Secondement, je ne sais où, moi qui ai l'âme douce comme une colombe, je trouverais tout le fiel dont fait usage un habile censeur. Si j'étais vraiment comme vous avez voulu le persuader au public, une sorte de Magus, je me vengerais d'une autre manière. Pour le moment, je vous offre l'oubli, le pardon des absurdités que vous avez exploitées à mon détriment et à celui de la personne confiée à mes soins; mais, si vous aviez le malheur d'écrire un seul mot de nous dans l'almanach prochain, je suis bien décidé à me métamorphoser sur-le-champ en le petit diablotin costumé à l'espagnole qui se trouve sur votre bureau, à ne pas vous laisser un instant de repos toutes les fois que vous voudrez écrire. Je sauterai sur vos épaules, je sifflerai dans vos oreilles ; vous ne pourrez rassembler la plus petite idée. Je me précipiterai dans l'écritoire ; je ferai jaillir l'encre sur le manuscrit terminé, si bien que le plus habile copiste sera hors d'état de déchiffrer un mot de la maculature. Je fendrai jusqu'au cœur votre plume ; je ferai tomber le canif à l'instant où vous croirez le saisir ; j'en casserai la lame. Je brouillerai tous vos papiers, je placerai au courant d'air les feuillets séparés où vous inscrivez vos notes ; elles s'envoleront dès qu'on ouvrira la porte. Je fermerai les livres ouverts, arracherai le signet de ceux fermés. Je tirerai le papier sous votre bras tandis que vous écrirez, et vous ferai tracer un énorme circonflexe, au grand détriment de votre manuscrit. Je retournerai sens dessus dessous le verre d'eau au moment où vous l'approcherez de vos lèvres ; l'eau se répandra partout, et vos pensées aqueuses retourneront à l'élément qui les a engendrées.

Bref, je mettrai en œuvre toutes les ressources de ma science pour vous désespérer le plus ingénieusement du monde, sous la forme d'une poupée-diablotin ; nous verrons bien s'il vous sera possible d'écrire autant de stupidités que vous l'avez fait précédemment. Mais, comme je vous l'ai dit, je suis un bonhomme d'assistant de chancellerie, honnête et paisible, fort ami de la paix, étranger à tout art diabolique. Seulement, vous saurez, Monsieur, que lorsque les petits hommes dont la forme du dos dépasse un peu les règles et qui portent une longue queue se mettent en colère, il n'est pas question de pardon. Prenez à cœur mes recommandations bienveillantes et gardez-vous des récits de l'almanach ; sinon, le diable fera des siennes.

Du reste, par tout cela, vous comprendrez à quel point je vous connais mieux que vous ne me connaissez. Comme il nous serait peu agréable, après ce qui s'est passé, de pousser plus loin nos relations, si vous le voulez, nous nous éviterons avec soin ; quant à moi, j'ai pris déjà les mesures nécessaires pour que vous ne connaissiez jamais ma résidence. *Adieu pour toujours* (1).

Encore un mot. N'est-il pas vrai que vous grillez de l'envie de savoir si mon enfant chérie est avec moi?... Hé! hé! hé! je le crois bien. Mais vous ne saurez rien, pas un iota. Cette petite contrariété sera la seule punition que je vous ferai subir.

Avec toute la considération, Monsieur, que d'ailleurs je vous dois, j'ai l'honneur de me dire votre tout dévoué serviteur.

IRENEUS SCHNUSPELPOLD,
Ex-assistant de chancellerie à Brandebourg.

Berlin, le 25 mai 1821.

P. S. — A propos, vous savez sans doute, ou pouvez facilement savoir, dans quel magasin de cette ville on trouve les plus riches et les plus nouvelles parures de dame. Si vous aviez l'obligeance de vouloir bien me le dire aujourd'hui, vous pourriez me rencontrer chez moi entre neuf et dix heures.

Adresse : *A M. E. T. A. HOFFMANN, en ce moment au Jardin-des-Plantes, chez Kempfer.*

Celui à qui cette épître était adressée, et que par abréviation nous désignerons ainsi : *Hff.*, la reçut en effet lorsqu'il était réuni au jardin des plantes, chez Kempfer, avec la société qui se donne le nom d'*espagnole*, et dont le but n'est autre que de bien dîner à la mode allemande.

Quelle surprise pour Hff. lorsque, ses yeux se portant tout d'abord sur la signature, il vit le nom de Schnuspelpold! Il parcourut les premières lignes; mais remarquant la longueur de l'épître, qui de plus était très peu lisible, et s'apercevant qu'elle ne contenait pas des compliments à son adresse, il la mit dans sa poche, en réservant pour plus tard la lecture. Etait-ce le résultat d'une conscience bourrelée, ou simplement l'effet de la curiosité? Les amis d'Hff. remarquèrent son inquiétude et ses distractions. Il resta muet. Souriant d'un air préoccupé, aux saillies piquantes du professeur B... il répondait par des coqs-à-l'âne. Bref, c'était un triste compagnon. A peine le dîner était-il fini, qu'il se sauva dans un bosquet solitaire, et tira de sa poche la fameuse lettre. Cette lecture le fit sauter de joie. A la vérité, il fut assez piqué de se voir traiter aussi grossièrement par ce curieux assistant de chancellerie, Ireneus Schnuspelpold; mais le contentement qu'il ressentit l'emporta sur tout le reste. Ce contentement provenait de deux causes.

La première, c'est qu'il lui semblait que Schnuspelpold, malgré toute sa colère, ne pouvait s'empêcher de lui parler encore de lui et de sa romantique pupille, et la preuve, c'est que, dans l'entraînement de sa plume, il avait indiqué le numéro et la rue de la maison où il s'était réfugié, tout

(1) Ces mots sont en français dans l'original.

en jurant que personne ne le saurait, et surtout Hff. Le *post-scriptum* concernant les parures de dame ne trahissait-il pas d'ailleurs que la mystérieuse, l'angélique créature était encore là? Hff. était attendu entre neuf et dix heures. La réalité pouvait lui offrir ce qu'il n'avait entrevu pour ainsi dire qu'en songe. Quelle délicieuse perspective pour un auteur avide d'écrire !

Le second motif qui le faisait sauter de joie était celui-ci : il se trouvait hors d'embarras, d'un grand embarras, par une faveur toute particulière du destin. Une promesse est sacrée, dit le proverbe ; or, Hff. avait promis, dans l'almanach de poche de l'année 1821, de tenir le public au courant des affaires du baron Théodore de S.. L'époque approchait, l'imprimeur apprêtait sa presse, le dessinateur taillait son crayon, le graveur nettoyait sa planche de cuivre; une honorable députation, envoyée par l'almanach de poche, était venue trouver Hff. « Eh bien! mon cher, lui avait-elle dit, comment va le récit que vous avez promis pour notre an de grâce mil huit cent vingt-deux ? »

Et Hff. n'avait rien, absolument rien à répondre, la source d'où il avait tiré *les Méprises* étant tarie.

Les derniers jours de mai vont venir, l'honorable députation de l'almanach reparaît. Il est encore temps; mais, le milieu de juin écoulé, ce sera trop tard, et l'on pourra dire publiquement des promesses de l'écrivain : Autant en emporte le vent.

Hff. n'avait encore rien, absolument rien à répondre, rien le vingt-cinq mai à trois heures après midi, quand tout-à-coup il reçoit la mystérieuse lettre de Schnuspelpold, clef qui va ouvrir les portes devant lesquelles il était obligé de s'arrêter découragé, sans espérances.

Quel auteur n'aurait pas supporté quelques impertinences pour être tiré d'embarras de la sorte?

Un malheur vient rarement seul, le bonheur aussi. Il semblait que la constellation des lettres brillait à l'horizon, car Hff., en rentrant chez lui, en trouva deux sur son bureau, qui toutes deux venaient de Mecklembourg.

La première qu'il ouvrit était conçue en ces termes :

« Monsieur,

» Je ne saurais vous dire le plaisir que vous m'avez fait en mettant en lumière, dans l'almanach de poche de Berlin de cette année, les extravagances de mon neveu. Votre nouvelle vient seulement de me tomber sous la main; mon neveu l'a lue en même temps. Il a fait un vacarme affreux, a éclaté en reproches; mais n'y faites pas plus attention qu'à certaines menaces qu'il a proférées contre vous. Continuez, continuez, Monsieur, à publier tout ce que vous pourrez savoir sur lui, la princesse insensée et son niais de tuteur. Pour mon compte, je vous fournirai tous les renseignements en mon pouvoir, et qui pourront suppléer au silence obstiné du jeune homme.

» Pour le moment, tout ce que je puis vous offrir, ce sont les quelques lettres ci-incluses de mon dit neveu et de M. de T... , qui a surveillé sa conduite et m'en a informé. Mais, encore une fois, continuez, continuez à écrire. Qui sait? peut-être vous est-il réservé de ramener mon pauvre neveu à la raison.

» Je suis avec la plus parfaite considération, etc., etc.

» **ACHATIUS DE G...**

» Strelitz, le 22 mai 1821. »

La seconde lettre contenait ce qui suit :

« Monsieur,

» Un ami infidèle qui aurait voulu s'ériger en Mentor vous a divulgué les aventures qui m'arrivèrent à Berlin l'année dernière. Vous avez entrepris de me faire le héros d'un conte absurde que vous avez intitulé : *Fragment de la vie d'un Fantasque*. Si vous étiez autre chose qu'un écrivain vulgaire se précipitant avec avidité sur toutes les bribes qu'on lui jette, si vous aviez le sentiment de la romantique de la vie, vous sauriez distinguer des *fantasques* les hommes dont l'essence n'est que haute poésie. Je ne puis comprendre comment vous êtes parvenu à connaître le contenu du feuillet que j'ai trouvé dans le portefeuille mystérieux. Je vous adresserais bien quelques questions à cet égard, si certains motifs secrets ne me défendaient de me prendre en querelle avec un pauvre diable possédé de la manie d'écrire. Que ce qui est fait reste oublié; mais si vous aviez l'audace de parler encore de moi, — je suppose que mon sévère Mentor vous en fournisse l'occasion, — je serais forcé de vous demander une réparation que tout homme d'honneur ne peut refuser, à moins toutefois que le long voyage que je me propose d'entreprendre, pas plus tard que demain, ne m'en empêche. En tout cas, veuillez croire aux sentiments, etc.

» **THÉODORE**, baron **DE S...**

» Strelitz, le 22 mai 1821. »

Hff. fut très joyeux de recevoir la lettre de l'oncle ; il rit beaucoup de celle du neveu. Il avait l'intention de leur répondre dès qu'il aurait fait la connaissance de Schnuspelpold et de sa belle pupille.

Comme neuf heures sonnaient, Hff. se dirigea vers la Friederichsstrasse. Le cœur lui battait lorsqu'il sonna à la porte de la maison indiquée. Qu'allait-il se passer?

— Est-ce ici que demeure l'assistant de chancellerie Schnuspelpold?

— Oui, Monsieur, répondit la personne qui ouvrit la porte.

Il suivit la servante qui l'éclairait et monta l'escalier.

— Entrez, dit une voix connue, comme Hff. frappait doucement à une porte.

Il entra dans l'appartement, mais son pouls s'arrêta : il sentit un froid mortel dans tous ses membres. Ce n'était pas le personnage bien connu de Schnuspelpold qu'il avait devant lui, mais un homme vêtu d'une robe de chambre de Varsovie, portant une calotte rouge sur la tête, et tirant des nuages de fumée d'une longue pipe turque ; costume, manières, tout était identique; en un mot, Hff. vit sa propre image venir au devant de lui et lui demander poliment :

— Qui ai-je l'honneur de recevoir à cette heure ?

Hff. eut besoin de toute sa présence d'esprit pour se contenir. Il demanda en balbutiant si c'était à M. l'assistant de chancellerie Schnuspelpold qu'il avait l'honneur de parler.

— Lui-même, répondit le Ménechme (le double-marcheur *) en souriant et tout en secouant les cendres de sa pipe qu'il plaça dans un coin. Ou je me trompe fort, ou vous êtes celui dont j'attendais aujourd'hui la visite. N'est-il pas vrai, Monsieur, vous êtes...

Et il désigna parfaitement Hff. par ses noms, ses qualités, et les traits saillants de son caractère.

— De par Dieu ! dit Hff. en frissonnant, jusqu'à ce jour je me suis cru celui que vous venez de nommer ; mais à partir de ce moment je sens que j'en doute. Hélas ! mon digne monsieur Schnuspelpold, combien tout est vain en ce monde, même la certitude de notre existence !... Et vous, mon cher Schnuspelpold, êtes-vous bien convaincu au fond de votre âme d'être réellement M. Schnuspelpold et point quelque autre ?

— Ah ! s'écria le Ménechme, je vous comprends, vous vous attendiez à une autre apparition. Mais vos soupçons éveillent les miens ; des présomptions ne sont pas des certitudes. Je ne serai convaincu moi-même que vous êtes bien la personne attendue par moi, que lorsque vous me l'aurez prouvé en répondant à une question que je vais vous faire... Croyez-vous, mon cher monsieur, au *consensus* indépendant de la forme animale dans le monde des corps, au *consensus*, dis-je, des forces psychiques à la condition de l'activité redoublée du système cérébral ?...

Hff., tout interdit à cette question dont il était incapable de saisir le sens, répondit, poussé, je crois, par la peur, avec le ton de la plus profonde conviction :

— Oui.

— Oh ! s'écria le Ménechme plein de joie, oh ! monsieur, cela suffit; vous avez assez justifié votre individualité. Il ne me reste qu'à vous remettre le legs que vous a fait une personne bien chère.

Et, en disant ces mots, le Ménechme fit voir un petit portefeuille bleu de ciel à fermoir en or; une mignonne petite clef était à la serrure.

Quelle émotion pour Hff. ! reconnaître ce portefeuille bleu qui contenait plus de mystères qu'il n'était gros, ce portefeuille trouvé, puis perdu par le baron Théodore de S... ! Il saisit avec vivacité le bijou dans la main du Ménechme, voulut remercier ; mais l'étrangeté de l'aventure, le regard per-

---

* Parmi les légions de fantômes évoquées par les rêveurs allemands, les *doubles-marcheurs* jouent un très grand rôle. C'est à peu près l'ombre perdue, comme dans le bien populaire *Peter Schlemill* de Chamisso.

çant de son *double moi* qui brillait d'une manière sinistre, tout contribuait à le troubler extraordinairement.

Le carillon d'une sonnette tirée avec force le rappela au sentiment de la réalité; c'était lui-même qui sonnait à la porte du nº 97.

— Instinct merveilleux, s'écria-t-il, qui me conduit chez mon bon ami le docteur H. M., dans un moment où mon corps aussi bien que mon âme sont chancelants! Je ne doute pas qu'il ne me soulage cette fois comme il l'a fait en maintes autres circonstances.

Hff. raconta au docteur ce qui venait de lui arriver deux maisons plus bas que la sienne; il lui confessa toute la terreur qu'il en ressentait; il le pria d'un air lamentable de lui indiquer un remède contre la fièvre dont il se sentait saisi.

Le docteur, bien qu'il ne badinât pas ordinairement avec ses malades, se mit à rire au nez de son ami.

— Votre mal, dit-il, n'exige pas autre chose qu'une médecine chaude, qu'on vous servira flambant encore, et qui évoquera d'autres apparitions que des *doubles-marcheurs*, des Schnuspelpold et autres personnages extravagants.

Mais, avant tout, le malade devait faire un bon souper. Ainsi donc, le docteur prit le bras de son ami, et le fit passer dans une pièce voisine. Là, plusieurs joyeux convives qui venaient de terminer une partie de wisth prirent place aux côtés d'Hff. et du docteur H. M. à une table confortablement servie. Après le souper, on apporta la boisson officinale ordonnée au malade. Tout le monde, pour l'encourager, voulut en goûter. Hff. avala la potion sans donner le moindre signe de dégoût, avec une résignation telle qu'il fit l'admiration des assistants, très rassurés sur son état.

Une chose étonnante, c'est que Hff. passa une nuit fort tranquille et ne fit aucun mauvais rêve. Il attribua cet état de calme à la médecine salutaire du docteur; seulement, en se réveillant, il pensa au fameux portefeuille. Il se jeta précipitamment à bas de son lit, fouilla la poche de l'habit qu'il portait la veille et trouva de suite l'objet précieux. On peut deviner sa joie: il espérait se conduire avec plus d'adresse que le baron et éclaircir le mystère; mais, après examen attentif, il se trouva que le portefeuille ne contenait pas les mêmes objets qu'au moment où le baron l'avait découvert sur un banc du jardin des plantes, à côté de la statue d'Apollon : point d'instrument chirurgical, point de ruban jaune-paille, point de fleur étrangère, point de petit flacon d'huile de rose, rien que quelques feuillets de papier fin couverts de caractères menus.

Sur le premier feuillet étaient inscrits des vers italiens écrits par une main probablement féminine et dont voici à peu près la traduction :

« Dans ce monde, des liens magiques retiennent ce qui semble désuni.

» Les briser serait une œuvre diabolique.

» La volonté secrète des hautes puissances luit dans le miroir enchanté de la poésie.

» Le rêve doit se réaliser en revêtissant couleur et forme.

» Le sceau d'Hermès n'effraiera pas le Magus qui aspire à me contempler.

» Si tu es ce Magus, tu sauras briser le verrou de la porte des esprits.

» Si tes aspirations sont assez puissantes pour me saisir, tu le peux.

» De doux songes m'ont enchaînée à toi. Tu es libre de m'évoquer à son gré.

» Ne connais-tu pas le secret de mes amours, le secret de mes haines?

» Mes douleurs sont les tiennes; mon bonheur, le tien.

» Ton esprit se laisserait-il soumettre par de noirs artifices, tromper par des piéges grossiers?

» Non; ce que l'esprit a conçu dans ses profondeurs doit prendre audacieusement son essor élevé.

» Ce n'est pas un Magus qui recule devant le charme.

» Loin de toi, sous le ciel de la patrie, m'entraînent les pressentiments brûlants de l'espérance.

» Une étoile brillante se lève sur le trône des cieux.

» Un gage bien cher (toi-même l'as désigné) récompensera le fortuné moment.

» Toi seul étais le but de mes vœux. Mais ne saurais-tu qu'esquisser de changeants tableaux?

» Ah! la fantaisie ne doit pas épargner ses couleurs.

» Ne crains point de proclamer hardiment les choses que tu as entrevues. »

Hff. lut ces vers plusieurs fois de suite avec la plus grande attention. Quel pouvait en être l'auteur, sinon la Grecque? A qui pouvaient-ils être adressés? Evidemment à lui-même.

— Si au moins cette aimable personne n'eût pas oublié l'adresse et la signature, si elle se fût exprimée simplement en prose classique et non en vers mystiques et obscurs, je saurais à quoi m'en tenir, tandis que...

Comme il arrive toujours qu'une idée dominante devient probable en proportion du temps qu'on passe à la ruminer, bientôt Hff. ne comprit pas qu'il eût pu douter un instant. Il était bien clair que l'inconnue faisait allusion au commerce spirituel qu'avait entretenu avec elle Hff. en écrivant le *Fragment de la vie d'un Fantasque*; le *consensus* psychique dont avait parlé le Ménechme n'y était-il pas pour quelque chose? Ces relations plaisaient sans doute à l'inconnue, qui remettait le portefeuille comme un gage. Douce espérance! Hff. ne pouvait-il pas s'y livrer sans crainte?

Il s'avouait en rougissant qu'il s'était un peu trop attaché à cette charmante image de femme; cet attachement s'était accru de jour en jour tout le temps qu'il l'avait eu présente à son imagination, tout le temps qu'il s'était efforcé, à l'aide des expressions les plus choisies, des meilleures constructions grammaticales, de lui donner la vie, les apparences de la réalité. Quand il rêve, Hff. est d'une complexion fort amoureuse; la nature de Céladon qu'il revêt alors le dédommage du manque de situations passionnées ou idylliques qu'il a toujours reproché à la vie réelle. La femme d'un écrivain ne peut en vouloir à ces créatures d'inspiration, à ces amours spirituelles de son époux, qui, une fois imprimées, se déposent sur un rayon de sa bibliothèque pour son plus grand repos et apaisement.

Hff. relut encore la pièce de poésie de l'inconnue, toujours avec un plaisir croissant. A ce vers : « Toi seul étais le but de mes vœux », il ne put s'empêcher de s'écrier :

— Ah! mon Dieu, si je l'avais soupçonné!...

Dans cet imbroglio, il avait complètement perdu le sentiment de son *moi*. Arrêtons-nous pour ne pas faire comme lui.

Maintenant que les matériaux lui affluaient de tous côtés, Hff. était déterminé à tenir sa promesse. Il répondit sans plus tarder aux trois lettres qu'il avait reçues, en commençant par Schnuspelpold.

« Mon digne monsieur l'assistant de chancellerie,

» Bien que vous ne soyez, ainsi que l'indique clairement le contenu de votre honorée du 25 courant, qu'un petit personnage mal fait d'esprit et de corps, je vous pardonne volontiers. Un homme qui se livre à de viles pratiques, comme vous le faites, ne compte pas; il ne peut blesser personne et mérite tout au plus qu'on s'occupe de lui pour le chasser du pays. Tout ce que j'ai écrit sur vous est exact, aussi bien que tout ce que je me dispose à écrire (car il faut que vous sachiez que je vais livrer au public la suite des aventures du baron Théodore de S...). Les matériaux m'ont été fournis par cette noble créature elle-même qui s'est soustraite, je l'ai appris, à votre ridicule tutelle.

» Quant au diablotin placé sur mon bureau, et qui fait l'office de serre-papier, il m'est trop dévoué, il me craint trop, pour qu'il consente jamais à vous prêter ses habits, à me laisser taquiner; il préférerait vous mordre le nez ou vous arracher les yeux. Si vous aviez l'impudence, monsieur l'assistant de chancellerie, de paraître sur mon bureau, ou de sauter dans mon écritoire, soyez bien persuadé que vous n'en sortiriez pas en vie. Des gens de votre espèce, monsieur l'assistant, ne font pas peur, lors même qu'ils porteraient une queue deux fois plus longue.

» J'ai bien l'honneur, etc. »

Au baron Achatius de F...

« Monsieur le baron,

» Je vous remercie mille fois de la bonté que vous avez eue de m'envoyer quelques notices concernant votre neveu, M. le baron Théodore de S... J'en ferai l'usage convenu, et j'espère que j'atteindrai le but salutaire que vous désirez.

» Croyez, Monsieur le baron, etc. »

Au baron Théodore de S...

« Votre lettre du 22 de ce mois, Monsieur le baron, est si singulière que je l'ai lue une couple de fois pour tâcher de la comprendre, et que je n'ai pu m'empêcher de rire. Mes intentions sont formelles : je suis parfaitement décidé à écrire la continuation de vos aventures, en tant qu'elles se rapportent à l'être bizarre avec lequel la maladresse du destin vous a mis en rapport; puis à les faire insérer dans l'almanach de poche de Berlin de l'année prochaine. Sachez que la beauté en question m'y excite elle-même, et, bien plus, qu'elle m'a fourni des renseignement précis. Sachez que je me trouve actuellement en possession du portefeuille bleu de ciel et de son secret. Qu'avez-vous maintenant à m'objecter? Si par hasard vous trouviez quelque chose à redire, je suis décidé à ne pas m'en préoccuper, prêt à vous donner toute espèce de satisfaction. Au reste, je ne m'en dis pas moins votre très dévoué serviteur, etc. »

En parlant ainsi du portefeuille bleu, il semblait comprendre le petit couteau, le ruban magique, etc. Ce n'est pas qu'il eût l'intention de mentir, d'inspirer au baron du respectpour le possesseur de l'attirail magique; mais, au moment où il écrivait, il s'imaginait bonnement avoir trouvé le tout.

Les trois lettres furent portées à l'instant, l'une dans la Friederichsstrasse, les deux autres à la poste. Après cela, Hff. examina les feuilles séparées qui se trouvaient dans le portefeuille. L'écriture était en général peu lisible. Cependant il les mit en ordre, les compara avec les notes communiquées par le baron Achatius de F..., et coordonna autant que possible les feuilles détachées et les notices. Ce qui suit est le résultat de ce travail.

PREMIÈRE FEUILLE.

Cette feuille était écrite en italien, évidemment par la même main qui avait tracé les vers sus-rappelés, c'est-à-dire par la personne à qui appartenait le portefeuille. On semblait y faire allusion à ce qui se passa dans la maison de Schnuspelpold, à ce qui a été raconté à la fin du *Fragment de la vie d'un Fantasque*. Cette feuille, logiquement, doit donc précéder les autres.

« C'en est donc fait de toute sécurité, de toute espérance, ô Chariton, ma chère Chariton! Quel noir abîme de malice infernale s'est ouvert aujourd'hui devant moi! Mon Magus, c'est un traître, un scélérat, et point celui que concerne la prophétie de la bonne mère, point celui pour lequel il se donne en nous trompant tous. Merci, merci mille fois, ô sage vieillard qui vous en êtes aperçu, qui m'avez avertie, qui, peu de temps avant mon départ de Patras, m'apprîtes à connaître les usages du talisman dont la possession m'assure la faveur des hautes puissances, mais dont la vertu étrange m'est demeurée inconnue! Que serais-je devenue sans ce talisman qui me donne plein pouvoir sur le petit être, sans ce bouclier contre lequel viennent se briser ses coups? Je venais de faire avec ma Maria ma promenade accoutumée. Ah! j'avais espéré le voir, celui dont l'image est gravée en traits de flamme dans mon cœur. Comment a-t-il fait pour disparaître ainsi?

Ne m'aurait-il pas reconnue? Mon esprit lui a donc parlé en vain? Est-ce qu'il n'a pas lu les mots que j'ai gravés sur l'écorce de l'arbre avec le couteau magique?

» Comme j'entrais dans ma chambre, j'entendis derrière les rideaux de mon lit un léger soupir; je compris bien ce qu'il en était, mais, par bonté d'âme, je ne voulus pas chasser de mon lit le petit être qui s'était plaint toute la matinée de la colique. Je fus dans la pièce voisine; de là, j'entendis un dialogue qui s'établissait entre le Magus et une autre personne. Apokatastos faisait, de son côté, un vacarme affreux. Je me doutai bien qu'il se passait quelque chose d'inusité, quoique mon anneau ne me donnât aucun avertissement. J'ouvris la porte. O Chariton! Théodore était devant moi. Mon Magus se cachait sous les draps du lit; je savais qu'il avait perdu pour le moment toute sa puissance; mon cœur tressaillait. Quel bonheur!... Je devais déjà trouver étrange que Théodore, en voulant venir à moi, se fût jeté par terre avec gaucherie, et qu'il eût fait, en se relevant, des gestes ridicules. Mais, en considérant ce jeune homme, il me vint des doutes à l'esprit; cependant, si ce n'était pas Théodoros Capitanaki, il me semblait que ce devait être un descendant des princes grecs, destiné à accomplir de grandes chose. — L'heure est venue, me dis-je. — Je l'adjurai donc de commencer l'œuvre, mais je crus m'apercevoir d'un léger mouvement d'effroi; pourtant il se remit et me dévoila son origine.

» O joie! ô transports! je ne m'étais point trompée. Sans fausse pudeur, je me jetai dans ses bras. Je lui dis qu'il était temps pour lui de remplir ses destinées et qu'il ne fallait reculer devant aucun sacrifice... Mais, ô grands saints! les joues du jeune hommes pâlissaient de plus en plus, son nez s'amincissait, ses yeux devenaient hagards... tout son corps, déjà fluet, semblait se replier sur lui-même... Je crus m'apercevoir qu'il ne projetait pas d'ombre... Affreuse vision!... Résolue à chasser l'illusion diabolique, je tirai mon couteau; mais le fantôme avait disparu comme un éclair... Apokatastos caquetait, sifflait, riait ironiquement... Le Magus sauta à bas du lit, voulut lui courir après, en criant: « Fiancée! fiancée! » Mais je m'emparai de lui, et jetai le ruban magique autour de son cou. Il tomba alors à mes pieds, et me supplia en gémissant de lui accorder son pardon... « Gregoros Seleskeh, dit Apokatastos, tu es jugé sans appel, tu ne mérites aucun pardon. — Ah! mon Dieu! s'écria le Magus, que dit-il là? Seleskeh!... Mais je ne suis que l'assistant de chancellerie, Schnuspelpold de Brandebourg! » A ces mots terribles, prestigieux: « assistant de chancellerie... Schnuspelpold... Brandebourg... », une terreur profonde me saisit. Je sentis encore peser sur moi les chaines de cet infernal petit vieux. Je sortis en chancelant de la chambre.

» Pleure avec moi, ô ma chère Chariton! Il n'est que trop clair, l'image trompeuse que le Magus cherche à substituer à mon Théodore s'est montrée auparavant dans le jardin des plantes sous la forme du pied de lièvre noir; le Magus lui a glissé le portefeuille bleu dans les mains, et (dois-je, ô puissances celestes, donner carrière à mes soupçons?) si je me rappelle la mine que faisait le jeune homme peu d'instants avant de s'enfuir, j'avouerai qu'il ressemblait fort à un bouchon de liége. Tu sais que mon Magus est expérimenté dans les sciences cabalistiques de l'Orient. Ce prétendu Théodore pourrait ne pas être autre chose qu'un Théraphim taillé par lui dans un bouchon et qui ne jouit que d'une existence périodique. Dans ce cas, lorsque mon Magus m'attirait ici avec la promesse de conduire Théodore dans mes bras, le charme avait manqué parce que le Théraphim que j'avais trouvé, la nuit, gisant piteusement sur un sopha de l'hôtel du Soleil, avait perdu toute la vertu que l'art du magicien lui avait inoculée. Mon talisman opéra. Je reconnus sur-le-champ le pied de lièvre noir, et je le forçai de me rendre mon portefeuille bleu, puisque la constellation le voulait. Mais bientôt tout s'éclaircira. »

A ce qui précède il faut ajouter le passage suivant des notes du baron Achatius :

— Où est donc notre cher baron? demanda l'élégante Mme de G..., chez qui il y avait une élégante soirée de thé. C'est un jeune homme charmant, plein d'esprit, d'une éducation distinguée, qui possède une imagination poétique, et se met avec un goût exquis. Je suis vraiment aux regrets de ne pas le voir dans mon cercle.

A l'instant même, celui dont on parlait, le baron Théodore de S..., entra.

Ces dames laissèrent échapper une exclamation, un *ah !*... à moitié retenu.

Mais on remarqua de suite un changement notable dans toute la personne du baron. La négligence de son costume frappa tout le monde. Cela dépassait les bornes de la convenance. Son frac était boutonné de travers. L'épingle piquée au jabot était trop basse de deux doigts. En revanche le lorgnon qui pendait à son cou se trouvait trop haut d'un demi-pouce. Chose impardonnable ! les boucles ondoyantes de sa chevelure n'avaient pas été accommodées conformément aux principes de l'esthétique ; elles suivaient tout simplement la direction que la nature leur avait donnée.

Les dames regardèrent Théodore avec surprise ; les élégants ne l'honorèrent pas d'une parole. Le comte d'E... seul eut pitié de lui ; il le conduisit dans une pièce solitaire, lui fit apercevoir les bévues qu'il avait commises dans sa toilette, bévues telles que sa réputation pouvait en être compromise à jamais. Il répara la faute, et, tirant un peigne de sa poche, remplit lui-même l'office d'un coiffeur intelligent et exercé.

Lorsque le baron reparut dans le salon, les dames lui sourirent gracieusement, les élégants lui serrèrent la main. La sérénité ne tarda pas à renaître.

Cependant le comte ne savait trop que penser de son ami. Il lui avait fait remarquer ses inadvertances avec douceur, pour ne pas trop le troubler ; mais le baron était resté indifférent, muet, comme pétrifié. Chacune des personnes de la société partagea bientôt l'embarras du comte. Théodore s'était assis sans mot dire ; à toutes les questions que lui adressait l'aimable maîtresse de maison, il ne répondait que par des monosyllabes, en homme qui n'a pas écouté la question qu'on lui a faite. Chacun secouait la tête d'un air mécontent. Cinq ou six demoiselles baissaient les yeux et rougissaient. Il n'y en avait pas une qui ne se figurât que le baron était épris d'elle, et qu'elle était cause des distractions de celui-ci ainsi que du désordre régnant dans sa toilette. Sans doute, elles avaient lu Shakspeare : *Comme il vous plaira*, acte 3e, scène 2e.

Après avoir loué un nouveau ballet, on s'était tû. Le silence durait depuis quelques heures, quand Théodore, s'éveillant comme en sursaut d'un songe, cria de toutes ses forces :

— De la poudre dans les oreilles, et on y met le feu ; mais c'est barbare, horrible, épouvantable !...

Qui peindra l'étonnement de l'assemblée ?

— Qu'avez-vous, cher baron ? dit la maîtresse de maison. Quelle est la cause de votre trouble ? Il y a quelque mystère là-dessous. Avouez-le, ce doit être fort intéressant.

Théodore était suffisamment revenu à lui pour comprendre qu'il pouvait se rendre très intéressant lui-même dans cette occasion. Il leva donc les yeux au ciel, plaça sa main sur sa poitrine et dit avec une voix sonore :

— Ah ! Madame, laissez-moi cacher ce mystère dans le plus profond de mon cœur. Une douleur mortelle est avare de démonstrations.

Ces paroles prophétiques produisirent leur effet. Il n'y eut que le professeur L... qui sourit d'un air sarcastique et...

Mais qu'il soit permis à l'auteur d'intercaler ici, à propos de ce professeur, une petite digression sur l'organisation ingénieuse de nos soirees de thé. Voici la règle :

L'essaim brillant des jeunes femmes élégantes, et celui plus sombre des cavaliers en habits à queue d'hirondelle, sont ordinairement relevés de deux ou trois poëtes et savants. Le mélange des éléments moraux du cercle peut être comparé à celui des éléments physiques du thé.

La chose peut se poser en ces termes :

1. THÉ. Les charmantes jeunes dames et jeunes demoiselles, comme base fondamentale et arôme enivrant du tout.

2. EAU TIÈDE (elle bout rarement). Les jeunes gens aux habits à queue d'hirondelle.

4. RHUM (les savants). } C'est ainsi qu'ils doivent se produire pour se
3. SUCRE (les poëtes). } montrer utiles dans un thé.

Les gâteaux qu'on sert ordinairement avec le thé seront représentés par les gens qui donnent les nouvelles les plus récentes : enfant tombé d'une fenêtre dans la rue, dernier incendie, pompes d'un service utile ; gens qui entament ordinairement la conversation par un : « Vous ne savez peut-être pas que... », et s'éloignent aussitôt qu'ils ont fini pour recommencer avec un autre.

Ainsi donc, le professeur L... sourit d'un air sarcastique et dit :

— Pour un homme qui éprouve une douleur mortelle, le baron n'a vraiment pas trop mauvaise mine.

Celui-ci, qui n'avait pas entendu, s'approcha du professeur.

— Rien ne pouvait m'être plus agréable aujourd'hui, dit-il, que de rencontrer un homme pourvu de connaissances en histoire aussi étendues.

Il lui demanda, d'un air qui témoignait assez de sa curiosité, s'il était vrai que les Turcs fissent périr d'une mort cruelle leurs prisonniers de guerre, si cela n'était pas contraire au droit des gens.

— Le droit des gens, répondit le professeur, est de plus en plus méconnu en Asie; à Constantinople, il est des cœurs endurcis qui ne veulent reconnaître aucun droit naturel. Quant à la mort des prisonniers, de même que la guerre elle-même, il est difficile de rattacher ces deux choses à un principe de droit. Quelles sueurs cela n'a-t-il pas coûté au vieil Hugo Grotius dans son livre de poche *De Jure belli et pacis* (1)!

Il est donc plus facile de dire si c'est beau et utile que juste. Certainement cette manière de se défaire de prisonniers sans défense n'est pas belle, mais souvent elle est utile. Plus d'une fois, dans les temps modernes, les Turcs n'ont point voulu profiter de cet avantage, et ont accordé avec bonhomie un pardon magnanime, se contentant d'un abattis d'oreilles. Mais il est des cas où, loin de s'en tenir à la mort de leurs prisonniers, ils se montrent indignes du titre d'hommes, plus sanguinaires que des bêtes féroces, et poussent la cruauté jusqu'au raffinement. C'est ce qui ne manquerait pas d'arriver si jamais les Grecs essayaient de secouer violemment leur joug.

Ici, le professeur, déployant tout le luxe de son érudition, entra dans les plus grands détails sur les tortures exercées en Orient. Il commença par la coupe du nez et des oreilles, dit un mot des yeux arrachés ou brûlés, s'étendit sur les variétés de l'empalement, donna quelques louanges à l'humanité de Dschingiskan, qui faisait tout bonnement lier son monde entre deux planches qu'on sciait ensuite. Il allait passer à manière de faire rôtir à petit feu ou bouillir dans l'huile, quand le baron Théodore de S... s'échappa en deux sauts du salon, laissant le professeur tout ébahi.

Dans les papiers envoyés par le baron Achatius il y avait un petit billet écrit de la main de Théodore, et dont voici la teneur :

« Créature céleste ! ni la mort, ni l'enfer, ni les tourments les plus affreux ne me feront reculer. En héros je veux vaincre et tout affronter pour toi. Tu seras à moi lors même que la mort la plus atroce me serait réservée. O nature, nature si douce et pourtant si cruelle ! pourquoi as-tu fait si délicat, si impressionnable, non-seulement mon esprit, mais aussi mon corps? Pourquoi faut-il qu'une piqûre de puce soit pour moi une douleur ? Ah! pourquoi ne puis-je, sans tomber en défaillance, supporter la vue du sang, surtout du mien ? »

---

(1) Trois volumes *in-folio*. — Amstelodami, 1704. (*Note du Trad.*)

SECONDE FEUILLE.

Cette feuille contenait des remarques aphoristiques sur la conduite de Théodore, écrites par une main étrangère, par quelqu'un qui l'observait de près. Elle semblait adressée à Schnuspelpold. Voici le résumé de ces observations :

Cette soirée de thé chez Mme de G... eut, malgré l'incident fâcheux qui suivit l'arrivée du baron, les conséquences les plus heureuses pour ce dernier. Sa réputation brilla d'un éclat nouveau ; il devint plus à la mode que jamais. Concentré en lui-même, distrait, répondant au hasard, soupirant de temps à autre, regardant les gens d'un air égaré, il alla même jusqu'à nouer négligemment sa cravate et à se montrer avec un pardessus gris de lin, qu'il avait commandé tout exprès, couleur et forme en harmonie avec sa douleur. On trouva cela charmant. Chacun attendait le moment où l'on pourrait prendre à part le baron, le questionner sur ce mystère. Ce n'était pas toujours par pure curiosité. Plus d'une jeune fille espérait ainsi obtenir l'aveu de l'amour qu'il nourrissait en silence pour elle. D'autres, sans se faire cette illusion, auraient voulu le forcer à une confidence, sachant bien qu'un homme qui confie son secret à une jeune femme, fût-ce l'aveu de sa passion pour une autre, livre avec son secret au moins la moitié de son cœur, et que la confidente peu à peu sait bien faire revenir à elle la moitié donnée à cette autre. Les vieilles dames eussent été bien aises de pouvoir prendre des airs de protection. Les jeunes gens avaient peine à concevoir pourquoi l'aventure était arrivée au baron plutôt qu'à eux ; cependant ils n'auraient pas été fâchés de savoir comment il fallait s'y prendre pour devenir aussi intéressants que lui.

Mais comment raconter ce qui s'était passé dans le logis de Schnuspelpold ? Ce n'était pas possible. Le baron se taisait donc d'autant plus volontiers qu'il n'avait rien à dire. Il en vint à se persuader que son secret était impénétrable pour lui-même. Une semblable pensée eût dégénéré en folie chez des gens d'un tempérament mélancolique, mais lui s'y complaisait. Au reste, il ne tarda pas à oublier son secret impénétrable, Schnuspelpold et la belle Grecque. La coquette Amélie Simson s'empara de nouveau de lui. L'affaire principale de Théodore était de confectionner de mauvais vers, d'y adapter de la musique encore pire, et de chanter d'une voix détestable, à la fille du banquier, les misérables produits de sa muse incorrigible ; il s'estimait le plus heureux des hommes, mais cela ne devait pas durer.

Une nuit, en rentrant d'une soirée donnée par le banquier, il trouva en se déshabillant, dans la poche de son gilet, un petit papier roulé autour de sa bourse ; il contenait l'écrit suivant :

« Malheureux !... homme abusé !... peux-tu si vite oublier celle qui devait être pour toi plus que la vie, avec qui les hautes puissances t'unissent par un lien sublime ! »

Pour Théodore ce fut comme un coup électrique. Evidemment ce billet venait de la Grecque. Il la vit, il se vit lui-même dans ses bras; il sentit encore sur ses lèvres la trace de ses baisers de flamme.

— Ah! s'écria-t-il avec exaltation, elle m'aime, elle ne peut se passer de moi. Arrière, illusion méprisable! Retourne dans ton néant, fille effrontée du banquier Nathaniel Simson! Vers toi, ô divine, ô révérée. je m'élance, je tombe à tes genoux, j'implore mon pardon!

Théodore voulait partir, mais son valet de chambre l'avertit qu'il était plutôt l'heure d'aller se coucher. Lui, furieux, faillit l'écraser; il s'écria en faisant des yeux terribles :

— Misérable! que parles-tu de sommeil quand un Etna bout dans mon sein!

Là-dessus, et tandis que son valet de chambre le déshabillait, il sortit de sa poche, en se parlant à lui-même, le petit billet qui se trouvait là comme par miracle; il le baisa plusieurs fois, se mit au lit et tomba bientôt dans un doux sommeil.

On peut penser avec quelle hâte le baron courut le lendemain matin, dès qu'il eut terminé sa toilette élégante, du côté de la Friederichsstrasse. Il eut un moment d'irrésolution avant de tirer le cordon de sonnette; son cœur battait avec violence, moitié de plaisir, moitié de crainte. Il finit cependant par se décider.

La porte d'entrée s'ouvrit toute seule. Il monta l'escalier, et, avant de frapper à celle de l'appartement, il prêta l'oreille... Il entendit une voix aigre qui disait :« Le chef des guerriers, tout armé, s'approche; le glaive à la main, il va accomplir ce que tu as ordonné. Mais si un lâche fanfaron essayait de te tromper, plonge sans hésiter ton couteau dans son sein. »

Théodore se retourna précipitamment, descendit les escaliers quatre à quatre, et courut à toutes jambes dans la Friederichsstrasse.

Sous les tilleuls, un groupe de gens s'étaient arrêtés pour regarder un jeune officier de hussards qui semblait avoir peine à contenir son cheval; l'animal piaffait, se cabrait, paraissait à tout moment prêt à jeter son cavalier par terre; chacun tremblait pour lui, mais lui, solide et comme cloué sur la selle, montra qu'il était maître de son cheval en lui faisant exécuter de gracieuses courbettes, puis partit au galop.

— Quel sang-froid! quelle audace!

Cette exclamation fit lever la tête au baron; il aperçut à une fenêtre d'un premier étage un charmant visage de jeune fille qui, les joues couvertes d'une rougeur occasionnée par l'effroi, les yeux brillants d'émotion, suivait du regard le jeune officier.

— Il faut avouer, dit Théodore au capitaine de cavalerie de B..., qui s'était approché de lui, que ce jeune homme est un habile cavalier.

— Il n'a pas couru grand danger, répondit le capitaine de cavalerie en souriant; ce que vous admirez n'est que ruses de manége. Son beau cheval est la bête la plus douce que je connaisse. En habile comédien, il sait entrer dans les intentions de son maître, dont la feinte n'avait d'autre but que d'effrayer cette charmante jeune fille qui, tout émerveillée de la hardiesse du jeune hussard, ne pourra lui refuser ce soir une contredanse et peut-être un baiser.

Théodore demanda s'il serait bien diffidile d'apprendre ces tours de manége. Le capitaine répondit que non, son ami étant déjà un cavalier passable.

— Il me serait bien précieux, dit le baron, de me montrer sous les fenêtres d'une certaine dame sous un jour aussi favorable.

Le capitaine, qui était un rusé compère, s'offrit pour maître, et mit à la disposition de son ami un de ses propres chevaux dressé à cette comédie.

On comprend que la scène dont Théodore venait d'être spectateur lui avait donné l'idée de faire parade de courage aux yeux de la Grecque sans courir de danger. A l'avenir, elle ne pourrait plus lui demander s'il avait du cœur. Quant à la délivrance de ces misérables Grecs, c'était un plan chimérique auquel elle renoncerait peu à peu, il l'espérait bien.

Les études du baron étaient achevées; il avait même fait, en présence du capitaine, quelques essais dans la rue qui lui avaient réussi. Une après-midi, à l'heure où la ville est le plus vivante, il se dirigea à cheval du côté de la Friederichsstrasse. Quel bonheur! la Grecque et Schnuspelpold étaient à la fenêtre. Il commença son manége; mais soit qu'excité par la vue de la belle, il demandât à son cheval plus qu'il ne pouvait en obtenir, soit que la bête fût en ce moment peu en goût de jouer, il fut jeté sur le pavé sans avoir le temps de s'en apercevoir. Le cheval s'arrêta, baissa tranquillement la tête du côté de son cavalier étendu par terre et le regarda d'un air étonné. On accourut; on releva Théodore, qui semblait évanoui; on allait le porter dans une maison, quand un chirurgien de régiment qui passait par hasard perça la foule, s'approcha du cavalier démonté, lui tâta le pouls, et examina attentivement s'il n'était point blessé.

— Mille tonnerres! dit-il avec brusquerie, quelle grimace faites-vous là, Monsieur! Vous ne nous ferez pas croire que vous êtes évanoui; vous n'avez pas reçu la moindre contusion. Allons, un peu de courage; relevez-vous.

Le baron furieux se dégagea des bras de ceux qui le retenaient, remonta à cheval, et partit accompagné par les éclats de rire de la foule. Des petits polissons coururent long-temps après lui en le couvrant de huées.

Il était dit que Théodore ne se montrerait pas à son adorée sous un jour avantageux. Maudit chirurgien! chirurgien impitoyable! pourquoi es-tu arrivé juste à point pour faire manquer la ruse inspirée par le désespoir qui sauvait le baron du ridicule de sa chute?...

La note s'arrête ici.

Ici quatre feuilles peuvent être réunies en une seule, comme formant la continuation du même récit. L'écriture était de Schnuspelpold.

« Le baron Théodore de S... dormait si profondément dans la nuit de la

Saint-Barthélemy, qu'il n'entendit ni les mugissements de l'orage, ni le bruit de la pluie qui tombait par torrents, ni le grincement du battant de sa fenêtre, qui s'était détaché, et tantôt s'ouvrait, tantôt se fermait avec bruit. Seulement, tout-à-coup, son nez se contracta comme à la sensation d'un parfum. Le baron murmura d'une voix à peine intelligible :

— Cher amour, donne-moi ces belles fleurs!

Il ouvrit les yeux. Son étonnement parut sans bornes lorsqu'il aperçut une grande illumination dans sa chambre, et devant lui un gros bouquet qui répandait une odeur embaumée. Ce bouquet était fixé à la boutonnière de l'habit que portait un petit homme, lequel a été dépeint par un écrivain calomniateur comme un être bancroche, contrefait, grotesque en tout point. Il est bon de dire que le susdit écrivain a fait tirer le portrait de cette personne conformément à la description qu'il en a donnée. Chacun peut se convaincre que ce portrait est dénué de toute ressemblance.

— Pour l'amour de Dieu, monsieur l'assistant de chancellerie Schnuspelpold, veuillez me dire où diable vous allez à cette heure ! s'écria le baron tout effrayé.

— Permettez, dit Schnuspelpold après avoir assujéti le battant de fenêtre et roulé jusqu'au pied du lit du baron un grand fauteuil, permettez, dit-il en s'y installant, mon honoré baron, que je vous rende votre visite. L'heure est peut-être indue, mais c'est la seule où je puisse me présenter chez vous sans éveiller l'attention. J'ai à vous révéler un secret d'où dépend votre bonheur.

— Parlez, dit le baron qui s'était tout-à-fait éveillé, parlez, cher Schnuspelpold. Peut-être parviendrez-vous à me tirer du désespoir qui m'accable, ô Schnuspelpold !

— Je sais, répondit Schnuspelpold, ce que vous voulez dire ; il est bien sûr que vos maladresses, cette chute de cheval, par exemple !...

— Hélas ! hélas! fit douloureusement le baron.

Et il retomba sur son oreiller.

— Je ne veux pas toucher davantage cette corde sensible, continua Schnuspelpold. Je me contenterai de vous faire observer que vous vous êtes conduit, depuis le moment où vous avez vu pour la première fois ma pupille et êtes devenu amoureux d'elle, jusqu'à ce jour, de manière à détruire tous les plans que j'avais formés relativement à votre union avec cette charmante enfant. Je crois donc devoir vous éclairer sur ce que vous avez à faire. Mais cela nécessite la confidence de ma position et de celle de ma pupille. Je me vois forcé de vous en dire plus long que certaines constellations ne l'avaient prévu. Ecoutez-moi. Je commence par moi-même (c'est ainsi que l'homme sage doit agir en toute circonstance). Tous les gens qui me connaissent disent que je suis un drôle de corps et que ma tête est tant soit peu dérangée ; mais ces gens ne savent pas seulement ce qu'ils entendent par là. On traite ainsi tous les hommes excentriques, c'est-à-dire ceux qui sortent du cercle étroit des actions vulgaires, ceux auxquels une science bornée ne suffit point, qui ne s'obstinent pas à chercher la manne de la haute sagesse dans les livres, mais qui vont au loin trouver les prophètes. C'est ce qui m'est arrivé. Apprenez, mon cher baron... Mais je crois que vous dormez.

— Non, non, fit en gémissant le baron enfoncé dans ses coussins, je ne puis me consoler de cette malheureuse chute... Mais racontez, racontez, mon petit Schnuspelpold.

— Sachez donc, continua Schnuspelpold, qu'une fois assistant de chancellerie, je me sentis porté par une passion irrésistible vers la science des sciences que le plat esprit du siècle méprise parce qu'il est incapable de la comprendre, vers cette science qu'un fou ignorant seul peut regarder comme une absurdité : je veux parler de la divine Cabale...

Je n'entrerai pas dans beaucoup de détails sur ses profondeurs et sur la manière dont je fus conduit à les pénétrer ; vous n'y entendez rien, et la longueur de mon explication ne tarderait pas à vous endormir. Il suffira de vous dire qu'un cabaliste ne peut rester long-temps assistant de chancellerie. L'amour de la divine Cabale me fit sortir de la chancellerie, m'éloigna de mon cher Brandebourg, me conduisit dans des pays lointains où je trouvai les prophètes qui me reçurent comme un maître reçoit un disciple docile et avide de s'instruire... Il faut honorer les cendres de son père... Le mien, le fabricant de boutons Schnuspelpold, était un cabaliste d'une certaine force ; je trouvai dans son héritage un talisman, fruit de plusieurs années d'application et d'étude. Je l'emportai dans mes voyages, et il me rendit plus d'un service. Ce talisman consiste en un bouton de culotte joliment sculpté qu'il faut porter sur le creux de la poitrine, et... mais vous ne m'écoutez pas, baron!...

— Je vous demande pardon, dit le baron enfoncé dans son oreiller; mais vous n'en finissez pas avec votre histoire, Schnuspelpold. et vous ne m'avez encore rien dit de concluant.

— Un moment de patience, répondit Schnuspelpold, et il continua :

Je parcourus la Turquie, la Grèce, l'Arabie, l'Egypte, et les autres pays où les arcanes de la sagesse sont ouverts aux initiés. Enfin, après avoir voyagé pendant trois cent trente-trois ans, je revins à Patras. Il arriva qu'un jour je passai devant une maison située aux environs de la ville, et dans laquelle je savais que demeurait une Grecque, rejeton d'une illustre famille. Je m'entendis appeler : « Grégoros Seleskeh, entre ici; tu viens à l'heure propice. » Je me retournai, et vis sur la porte une vieille femme dont la vue aurait rappelé à un artiste comme vous, mon digne baron, les sibylles de l'antiquité. C'était Aponomeria, la femme pleine de sagesse que j'avais vue souvent à Patras, et qui m'avait appris bien des choses bonnes à savoir. Je n'ignorais pas qu'Aponomeria était là pour prêter à la Grecque ses services en qualité de nourrice. C'était l'état qu'elle exerçait à Patras. J'entrai. La princesse était au mal d'enfant. Elle ne tarda pas à mettre au monde un petit bijou de fille. « Grégoros Seleskeh, dit solennellement Aponomeria, regarde avec attention cette enfant, et fais-nous part de ton pronostic. » Je concentrai toutes les forces de ma pensée sur le petit être. Au bout d'un moment, je vis un rayon de lumière éclairer la tête de l'enfant; à travers ce rayon, je distinguai un glaive sanglant et une couronne entourée de palmes et de lauriers. « Salut, salut à la noble fille des princes! » s'écria avec exaltation Aponomeria lorsque je lui eus annoncé cela.

La princesse, qui s'était endormie après sa délivrance, ouvrit les yeux et se leva de son lit avec toutes les apparences de la santé; la fleur de la jeunesse brillait sur sa figure. Elle alla se prosterner aux pieds d'un petit autel placé dans le fond de la pièce, et sur lequel se voyait l'image de saint Jean. Là, elle se mit à prier avec ferveur, puis, comme transportée, dans les ravissements de l'extase, elle s'écria : « Je vois mes rêves se réaliser. Théodoros Capitanaki, le glaive sanglant t'appartient; tu recevras la couronne de laurier de la main de cette vierge. Grégoros Seleskeh!... Aponomeria!... mon époux! O saints du paradis! peut-être n'est-il plus; mais bientôt la mort me réunira à lui. Alors vous servirez de père et de mère à cette enfant; je compte sur votre fidélité. Grégoros Seleskeh, je connais ta sagesse, les ressources qui sont à ta disposition; tu le chercheras celui qui porte le glaive sanglant; tu conduiras dans ses bras la fille des princes, lorsque se lèveront les premiers rayons de l'aurore à l'approche de laquelle un peuple courbé sous le joug sentira se ranimer ses forces. »

Douze ans après, en revenant à Patras, j'appris que la princesse et son époux étaient morts. Je trouvai leur fille chez Aponomeria. Elle devint notre enfant. Nous allâmes à Chypre, et y trouvâmes dans le château ruiné de Baffa, autrefois Paphos, celui que nous cherchions, celui entre les mains de qui nous devions remettre un jour ce précieux trésor, la jeune princesse elle-même.

A cette époque, je m'imaginai de tirer son horoscope. Je vis qu'elle était destinée à une position brillante, que son union avec un prince la ferait monter sur le trône; mais en même temps je découvris des signes de malheurs, de meurtres, de combats affreux; je m'aperçus que j'étais enveloppé dans tout cela, et que l'apogée de la fortune de la princesse serait le moment où je me trouverais abandonné et misérable, où je serais dépouillé de ma science, de toute ma puissance cabalistique. Mais je savais que la Cabale pouvait même arriver à triompher de la force des constellations. Si je voulais éviter le désastre qui me menaçait, vivre heureux et tranquille le reste de mes jours, il me fallait tourner la difficulté en divisant adroitement les deux principes qui agissaient l'un sur l'autre, par l'intervention d'un troisième. Je cherchai long-temps quel serait ce troisième principe ; je me mis à confectionner un Téraphim.

Vous savez, Monsieur le baron, que les cabalistes donnent ce nom à une image artificielle qui a les apparences de la vie et qui évoque les forces secrètes du monde des esprits. Ce Téraphim consistait en un joli garçon que j'avais pétri avec de la terre et auquel j'avais donné le nom de Théodore. La jeune princesse le trouva fort bien, fort spirituel; il lui plut, en un mot; mais la première fois qu'elle vint à le toucher, il tomba en poussière, ce qui me fit reconnaître que cette enfant avait dû être dotée de certaine puissance magique qui jusques là avait échappé à mon regard ordinairement si pénétrant. Il ne fallait plus songer aux Téraphims, il ne me restait d'autre ressource que de trouver un homme que j'aurais pu rendre propre, au moyen de certaines opérations, à effectuer la désunion des deux principes, à prendre la place de ce Théodoros Capitanaki qui devait me porter malheur. Mon ami le prophète Sifur me tira d'embarras; il m'apprit que, six ans avant la naissance de la petite princesse, une baronne de S..., habitant le Mecklembourg-Strelitz, fille d'une princesse grecque de l'île de Chypre, avait-elle même donné le jour à un fils.

— Ai-je bien entendu? s'écria le baron, qui se mit avec vivacité sur son séant. Mon petit Schnuspelpold, je crois que vous parlez de ma mère.

— Voyez-vous, mon estimable baron? dit Schnuspelpold, tout en souriant sous cape d'un air narquois; cela devient intéressant. Votre aimable personne entre en scène.

Il continua :

— Je vous disais donc que le prophète Sifur m'apprit l'existence d'un agréable baron de Mecklembourg, âgé de dix-huit ans, descendant, au moins du côté maternel, d'une illustre famille grecque. A sa naissance, les pratiques du pays avaient été rigoureusement observées. Il avait reçu le nom de Théodore. Ce baron, m'affirmait le prophète, était merveilleusement propre à servir de Téraphim vivant, à détruire l'horoscope, et à ensevelir dans le plus profond oubli le prince Théodoros Capitanaki et son glaive sanglant.

Là-dessus, le prophète se mit à tailler dans un bouchon de liége un petit bonhomme, puis à le peindre; enfin il l'habilla d'une manière qui me sembla fort risible. Ce petit bonhomme était l'image exacte du baron Théodore de S..., m'assura-t-il, quoique dans des proportions réduites.

Je dois avouer, mon estimable ami, que, la première fois que j'eus le plaisir de vous voir, je crus avoir encore devant les yeux la petite poupée de liége; on ne peut rien voir de plus ressemblant: le même regard doux et rêveur!...

— Vraiment? fit le baron en roulant ses yeux d'une manière comique; vous trouvez une certaine expression rêveuse qui annonce le génie?

— Sans doute, dit Schnuspelpold; de plus, la même extravagance dans les manières, dans les actions, dans toute la personne.

— Vous êtes un démon! s'écria le baron en colère.

— Pardon, dit Schnuspelpold, mais j'entends parler de cette extravagance qui distingue de la foule du vulgaire les génies éminents, les têtes excentriques. Quant à moi, j'en ai souvent des démangeaisons, je l'avoue avec orgueil, et je me permettrais des manières plus extravagantes, plus vives, si ma queue ne me le défendait.

Tous deux, le prophète et moi, nous rîmes de bon cœur; la petite poupée nous parut réellement plaisante, et cependant j'étais bien convaincu de l'exactitude des prédictions cabalistiques et astrologiques du sage Sifur. Cette poupée, loin de tomber en poussière au premier attouchement de la prin cesse, se mit au contraire à sauter joyeusement sur ses genoux; elle lui parut charmante. La princesse l'appela son beau Théodore.

Mais Aponomeria manifestait la plus grande aversion pour ce petit objet; elle s'opposa, à partir de ce moment, à toutes mes intentions. Ainsi, quatre ans après, elle ne voulait pas me laisser faire le voyage d'Allemagne que j'entreprenais dans l'intention secrète de vous chercher, mon très honoré baron, et d'arranger, malgré toutes les oppositions, votre union avec la princesse; c'était mon intérêt aussi bien que le vôtre. Aponomeria, par méchanceté, jeta dans le feu la poupée de liége, c'est-à-dire, en quelque manière, votre propre personne, mon digne ami; mais cette étourderie m'en rendit maître. Je ne tardai pas à me débarrasser de cette femme gênante; j'abandonnai Chypre avec ma princesse et un riche trésor, votre future propriété, un peu la mienne aussi; j'allai à Patras, où je fus cordialement accueilli par le consul prussien, Andréas Condoguri. Plût à Dieu que je n'y eusse jamais mis les pieds! C'est là que la princesse apprit à connaître les propriétés d'un talisman transmis de père en fils dans sa famille. J'avais vu sortir un jour de chez elle une vieille femme; c'est elle sans doute qui lui en révéla le secret.... Bref, la princesse se servit si bien de son talisman que ma puissance cabalistique sur elle ne pouvant être complétement brisée, je devins son esclave tout en restant son maître sous bien des rapports. De l'horoscope, de mes opérations cabalistiques et de la puissance du talisman il est résulté une combinaison bizarre de forces opposées. L'un de nous deux doit succomber: ce sera ou la princesse ou moi, suivant qui triomphera de l'horoscope ou de ma cabale. Je vins ici, je vous rencontrai. Vous comprenez avec quelle prudence je dus commencer les opérations qui avaient pour but de conduire dans vos bras la princesse. Je vous glissai le portefeuille dans les mains, ce portefeuille que vous avez cru trouver par hasard. Nous étions souvent bien près de vous, mais vous ne nous voyiez pas. Je fis inscrire l'avis dans le journal; vous n'y prîtes pas garde. Si au moins vous aviez été à Patras, tout se serait bien passé; mais votre conduite étrange (ne vous fâchez pas, mon cher baron), votre conduite fabuleuse, vos coups de tête ridicules vinrent déjouer mes plus profonds calculs. Ainsi, lorsque nous vous trouvâmes une nuit à l'hôtel du Soleil-d'Or, l'état dans lequel vous étiez, votre Italien qui ronflait, tout permit à la princesse de rentrer facilement en possession du portefeuille et de l'objet magique qu'il contenait, de cet objet qui vous aurait été si précieux. Ainsi fut brisé en un instant le nœud que j'avais eu tant de peine à préparer.

— Taisez-vous, dit le baron d'une voix piteuse en interrompant l'assistant de chancellerie; taisez-vous, mon cher ami; ne parlez plus de cette nuit fatale. J'étais si fatigué de mon voyage à Patras, que...

—Je sais tout, répliqua l'assistant de chancellerie. La princesse vous prit pour l'image trompeuse qu'elle avait l'habitude d'appeler le pied de lièvre du jardin des plantes. Mais tout n'est pas perdu; je vous ai révélé mes secrets dans l'espérance que désormais vous vous conduirez d'une manière passive, et que vous me laisserez agir sans faire de résistance.

Je m'aperçois que j'ai oublié de vous dire que nous amenâmes ici le perroquet avec lequel vous vous êtes entretenu l'autre jour. Je sais que cet oiseau est mon ennemi; méfiez-vous-en : je crois deviner que la vieille Aponomeria et lui ne sont qu'une même personne. Du reste, l'heure présente est propice, la nuit de la Saint-Barthélemy a sur vous une influence toute particulière; nous allons de suite commencer la petite opération qui peut nous conduire au but.

A ces mots, Schnuspelpold éteignit plusieurs bougies qu'il avait allumées un moment auparavant; puis, tirant de sa poche une petite plaque de métal brillant, il recommanda à voix basse au baron de tourner toutes ses pensées vers la princesse grecque, de repousser toute autre image qui voudrait se présenter à lui, et de regarder fixement dans le miroir. Le baron obéit. O ciel! le miroir montrait la Grecque dans toute la splendeur d'une beauté céleste. Elle étendit ses bras nus, de la blancheur du lys, comme si elle eût voulu appeler sur son sein le bien-aimé. L'image se rapprochait toujours; déjà le baron sentait une douce haleine effleurer son visage.

— O ravissement! ô délices! s'écria-t-il. Etre adoré! oui, je suis ton prince Théodoros, et non pas un vil fantôme taillé dans un bouchon de liége! Viens dans mes bras douce fiancée! rien ne nous séparera plus!

En disant cela, il chercha à saisir la vision; mais tout disparut dans les ténèbres. Il ne resta que Schnuspelpold, qui criait comme un furieux :

— Je voudrais qu'elle t'eût arraché les yeux, maudit pied de lièvre! Ta précipitation vient encore de tout gâter.

—

QUATRIÈME FEUILLE.

Cette feuille n'était probablement qu'un billet adressé par le baron Théodore de S... à l'assistant de chancellerie Schnuspelpold.. On distingue très bien l'empreinte du cachet. Suit le contenu :

« Mon respectable monsieur l'assistant de chancellerie,

» Je conviens de mes torts, je m'en repens de tout mon cœur; mais faites la part des choses, cher Schnuspelpold. Un jeune homme d'une nature ardente, amoureux fou, est-il capable de se conduire avec réflexion, lorsque surtout il est le jouet d'enchantements perfides? Ne suis-je pas assez puni de mon imprévoyance, de mon ignorance?...

» Depuis cette malheureuse chute de cheval, je ne suis plus du tout à la mode, Dieu sait quels commentaires tout Berlin a faits sur cet événement. Partout où je me montre, on me demande avec un intérêt dérisoire si j'en suis bien remis. On a peine, je le vois, à ne pas me rire au nez... Il n'y a point de plus grand malheur que de donner matière au ridicule. Après qu'on a ri de vous, on est las de vous. Dans les cercles brillants où j'étais le héros du jour, personne ne me remarque plus, personne ne cherche à connaître mon secret; les jeunes filles les plus sottes me dédaignent au moment même où je suis vraiment divin...

» Je sais qu'une nouvelle coupe d'habit, audacieuse, imposante, pourrait me sauver. J'ai même déjà écrit à ce sujet à Londres et à Paris; mais cette satisfaction me procurera-t-elle un bonheur de longue durée ?... Non ! c'est *elle* qu'il me faut, elle, ma vie, mon espérance. Un cœur plein d'amour s'occupe-t-il d'un frac nouveau et de bagatelles semblables ?... O Dieu ! il y a quelque chose de plus élevé dans la nature qu'un thé du monde élégant. Elle est riche, belle, d'une naissance illustre. Schnuspelpold ! je vous en conjure, employez toute votre science, réparez ma faute, recommencez. (Oh ! que je maudis mon impatience, ma témérité !) Recommencez l'opération magiqde. Je me soumets entièrement à vous. Je ferai tout ce que vous m'ordonnerez. Songez que votre bonheur dépend de mon union avec la princesse. Schnuspelpold, cher Schnuspelpold ! opérez, opérez !...

» Votre humble et soumis serviteur, Théodore, baron de S..., qui attend avec la plus vive anxiété une réponse, un mot de consolation. »

De l'autre côté de la feuille se trouvait la réponse de Schnuspelpold :

« Noble baron,

» Les étoiles vous sont favorables ; malgré vos affreuses légèretés qui pouvaient nous perdre tous deux, l'opération cabalistique n'a pas tout-à-fait manqué : seulement il faudra plus de temps et plus de peines. Le perroquet était soumis à un engourdissement profond, à un sommeil magique ; ma pupille se trouvait encore dans l'état que j'avais provoqué, cependant elle me fit ses plaintes. Au moment où le prince Théodoros Capitanaki l'entraînait dans ses bras, le pied de lièvre taillé dans le bouchon de liége s'était glissé entre eux deux. Elle me supplia de le tuer à la première occasion, à moins que je ne préférasse qu'elle le fît elle-même, ou tout au moins qu'elle lui ouvrît les veines avec le couteau magique, afin que les gens qui avaient été si long-temps ses dupes fussent enfin convaincus qu'il n'y coulait que du sang blanc et glacé. Malgré cela, très estimé baron, vous pouvez regarder vos fiançailles comme célébrées ; mais prenez garde, ne commettez plus de sottises : autrement tout serait perdu. Par exemple, ne passez plus, comme vous le faites, cent fois le jour sous mes fenêtres ; cela est en soi-même assez stupide. En outre, la princesse serait ainsi fortifiée dans son opinion que vous n'êtes qu'un.... (vous m'entendez ?) du Jardin-des-Plantes taillé dans un bouchon de liége. Il est important qu'elle, princesse, ne vous voie que lorsqu'elle sera plongée dans un certain état de rêve. Si ma science ne me trompe pas, ce soir même, à minuit, elle se trouvera dans cette condition. Il faudra vous mettre au lit chaque soir, au coup de dix heures ; jusque là, ne voir personne, rester bien tranquille chez vous, et vivre avec une grande sobriété. Le matin, vous vous lèverez entre cinq et six heures pour le plus tard; vous ferez, si le temps le permet, une promenade dans le Jardin-des-Plantes. Ce ne serait pas un mal de vous arrêter devant la statue d'Apollon. Là, vous pourriez vous livrer sans crainte à quelques gestes excentriques, réciter quelques vers extravagants, de votre composition, par exemple, en choisissant ceux où il est question de votre amour pour la princesse. Vous rentrerez chez vous n'ayant encore rien pris. Je vous permets seulement alors une tasse de café, mais sans sucre et sans rhum. A dix heures, vous pouvez prendre une légère tranche de jambon de Westphalie ou de toute autre viande salée, avec un verre de bière.

» A une heure sonnante, vous vous mettrez à table tout seul dans votre chambre. Votre dîner devra se composer d'un potage aux choux, de veau accommodé avec des concombres tant soit peu vinaigrés. Si vous désirez du rôti, vous pourrez opter entre des pigeons ou des brochets frits ; mais surtout gardez-vous d'une salade trop épicée. Tout ce que je peux vous permettre en sus, c'est un peu de marmelade de prunes. Buvez après une demi-bouteille de vin blanc léger contenant déjà une mixtion d'eau convenable ; vous en trouverez ainsi préparé chez tous les marchands de vin. En ce qui concerne vos occupations, évitez tout ce qui pourrait vous monter la tête ; lisez les romans de Lafontaine, les comédies d'Iffland, les œuvres des femmes poètes, ou mieux encore, faites vous-même des vers, car la douleur morale que vous éprouverez en les enfantant, sans risquer de vous conduire jamais jusqu'à l'exaltation, sera singulièrement propice au but que je me propose. Mais surtout prenez garde à deux choses : sous quelque prétexte que ce soit, n'approchez pas de vos lèvres un seul verre de champagne, ne faites la cour à aucune femme. Un regard, un doux propos, un baiser sur la main serait une infidélité coupable ; vous en seriez puni sur-le-champ et corrigé d'une manière désagréable pour vous. Evitez principalement la maison du banquier Simson. Amélie Simson, qui voulait vous faire croire que j'étais un juif de Smyrne et que la princesse était ma fille devenue folle par accident, cherche à vous attirer dans ses filets. Vous ne savez peut-être pas que Nathaniel Simson est celui pour lequel sa précieuse fille voulait me faire passer, à savoir, un juif, quoiqu'il mange du jambon et de l'andouille. Il est aussi du complot ; mais si lui et sa fille nous poussent à bout, le démon lui apparaîtra pendant qu'il sera à table, et lui criera : « Que tes mets se changent en poison, animal immonde ! » et ce sera fait de lui. Enfin, renoncez à l'équitation : les chevaux vous portent malheur. Ne manquez pas de suivre à la lettre, baron très estimable, toutes ces prescriptions, et vous aurez bientôt de mes nouvelles.

» Je suis, avec les sentiments de considération les plus distingués, etc. »

C'est ici le lieu de faire connaître quelques courtes observations trouvées dans les notes du baron Achatius :

« Il est impossible de deviner ce qui se passe dans ce jeune homme (je parle de ton neveu Théodore), pâle comme la mort, donnant toutes les marques du plus grand trouble ; en un mot, ce n'est plus lui. Ce matin, à dix heures, je suis allé le voir ; je craignais de le trouver encore au lit. Devine ce qu'il faisait. Il déjeûnait, et de quoi? Non, tu ne devineras jamais : deux minces tranches de saucisson et un verre de bière brune!.... Te rappelles-tu quelle horreur Théodore manifestait autrefois pour l'ail? Est-ce que jamais ses lèvres avaient effleuré un verre de bière? Je lui laissai voir l'admiration que me causait sa frugalité; alors il se mit à me parler d'une foule de choses incohérentes, de la nécessité d'une diète austère, de café sans sucre et sans rhum, de soupe aux choux, de concombres peu vinaigrés, de brochets frits, de marmelade de prunes et de vin fabriqué avec de l'eau. En parlant de brochets frits et de marmelade de prunes, les larmes lui venaient aux yeux. Comme d'ailleurs ma visite ne semblait pas lui faire plaisir, je ne tardai pas à le quitter. »

« Ton neveu n'est pas malade du tout; ce ne sont que des idées bizarres. Le docteur H... définit ainsi son mal : une *mania occulta* dont la particularité est de ne se laisser apercevoir ni au physique ni au moral, ressemblant en cela à un ennemi qui se cache et qu'il est impossible d'attaquer. C'est dommage pour ton neveu. »

« Qu'est-ce à dire? Vais-je croire aux sortiléges? Tu sais que mon jugement est sain. Je ne suis point du tout superstitieux; mais ce qu'on entend de ses propres oreilles, ce qu'on voit de ses propres yeux, comment, avec la meilleure volonté du monde, se refuser à le croire? Ce n'est pas sans peine que j'avais décidé ton neveu à venir souper avec moi chez Mme de G... La délicieuse Mlle de T... y était, parée comme un ange. Gracieuse comme elle est, elle adressa souvent la parole à ton sombre et taciturne parent. Je remarquai les efforts que faisait Théodore pour ne pas laisser reposer ses regards sur cette charmante personne. Aurait-il quelque maîtresse tyrannique? me demandai-je. A dix heures, on se dirigea du côté de la table. Théodore voulut s'en aller; je m'efforçais de le retenir lorsque Mlle de T... se jeta entre nous deux.

» — Mon cousin, dit-elle avec une coquetterie naïve, vous ne me refuserez pas votre bras.

» Et elle s'en empara sans cérémonie. A table, j'étais assis en face d'eux; je remarquai avec plaisir que Théodore perdait peu à peu, aux côtés de sa belle voisine, son humeur glaciale. Il but coup sur coup plusieurs verres de champagne; ses regards s'animèrent, la pâleur mortelle répandue sur ses joues se dissipa. On se leva de table. Théodore prit la main de sa jolie cousine et la porta galamment à ses lèvres. A l'instant le bruit d'un soufflet retentit dans toute la salle. Théodore, reculant d'un pas, porta précipitamment la main à sa joue, qui enfla sur-le-champ et devint rouge comme une cerise, puis il se sauva en courant comme un fou. Surprise générale, surtout de la part de la jolie cousine, qui paraissait, du reste, plus contrariée de la fuite de Théodore que du soufflet invisible qu'il avait reçu.

On ne prit pas trop au sérieux cet événement surnaturel ; moi seul l'avais remarqué. J'en suis encore malade. »

——

« Théodore s'est enfermé chez lui; il ne veut voir personne, le médecin qui le soigne excepté. »

——

« De quoi une vieille coquette n'est-elle pas capable? Amélie Simson, créature qui m'est antipathique, a su forcer les verroux. Elle est allée chez Théodore, accompagnée d'une amie, et l'a persuadé de faire une promenade au Jardin-des-Plantes. Il a dîné chez le banquier et paraît avoir été d'une humeur charmante, car il a lu ses poésies, ce qui, par parenthèse, a chassé tous les convives, si bien qu'il est resté seul avec la coquette Amélie. »

——

« Ah ! pour le coup c'est trop fort ; j'en prends le vertige. Hier, je fus invité à souper chez le banquier Nathaniel Simson. J'y allai pensant y rencontrer Théodore. Je ne me trompais pas ; je l'y trouvai plus élégant, c'est-à-dire plus ridiculement costumé que jamais, se posant comme l'amoureux en titre d'Amélie. Celle-ci est assez coquette pour donner le change sur ses charmes déjà un peu passés ; à la lumière, elle paraît encore jeune et jolie. J'étais furieux ; j'aurais voulu la jeter par la fenêtre. De temps à autre Théodore lui serrait la main. Amélie jetait des regards triomphants autour d'elle. Après le souper, ils trouvèrent tous deux le moyen de se dérober un moment, et de se réfugier dans une chambre solitaire. Je les suivis et les observai par la porte entr'ouverte. L'audacieux serrait dans ses bras cette fatale fille de juif ; mais aussitôt, claque ! claque ! claque ! et les soufflets de pleuvoir, administrés par la main invisible. Théodore courait à travers les appartements sans savoir ce qu'il faisait ; mais, claque ! claque ! cela ne cessait pas. Il était déjà dans la rue, se sauvant sans chapeau, qu'on entendait encore le résonnement des soufflets. Amélie Simson s'était évanouie. Les convives, accourus au bruit, laissaient voir leur effroi ; les uns après les autres, sans dire un mot, ils se retirèrent en silence.

» Théodore ne voulut pas me parler ; il m'adressa les quelques lignes que je transcris :

« Pris dans les piéges de puissances malfaisantes, je suis réduit au désespoir. Je voudrais m'en arracher, je voudrais me délivrer, aller me cacher dans le Mecklenbourg. Aidez-moi. Nous partirons ensemble, n'est-il pas vrai? Si vous le voulez bien, dans trois jours. Je vais faire mes préparatifs de voyage. »

» Si le ciel le permet, j'arracherai ton neveu à toutes ces diableries et te le ramènerai sain et sauf. »

——

Il est convenable d'intercaler ici le contenu d'une des pages trouvées dans le portefeuille ; ce doit être la copie d'un billet adressé au baron par Schnuspelpold.

« C'est donc ainsi, noble baron, que vous suivez mes prescriptions! Voilà comme vous vous y prenez pour obtenir la main de la princesse!... Si j'avais prévu de telles inconséquences, je me serais bien gardé de compter sur vous. Décidément le prophète Sifur s'est grossièrement trompé. Cependant, un mot de consolation. Les intrigues méchantes du vieux juif et de sa fille étant, au fond, la cause de votre principale faute, vous n'aviez pas toute votre liberté d'action; le charme n'est point complétement détruit. Il y a encore du remède, si, à partir de ce moment, vous ne vous écartez pas d'une ligne de mes recommandations et ne mettez plus les pieds dans la maison Simson. Méfiez-vous du banquier : il se livre à des pratiques flétrissables et qui sentent d'une lieue le Talmud. C'en est assez pour perdre à tout jamais une âme chrétienne.

» J'ai bien l'honneur, etc. (*Recommandé à Astaroth.*) »

CINQUIÈME FEUILLE.

(*Ecrite de la main de la princesse.*)

« Quel est cet état singulier dans lequel je me trouve depuis quelques jours? Que s'est il passé dans cette nuit où j'ai perdu la conscience de moi-même ? Une douleur sans nom m'accable ; cette douleur ne serait-elle que le tourment de l'amour ? Toutes mes pensées volent vers lui, l'objet de tous mes vœux, de ma seule espérance, et cependant... quel est donc ce pouvoir, ces bras invisibles qui m'étreignent ? Je ne puis m'en dégager : c'est un feu qui me dévore , des désirs, des transports que je n'ose nommer. Apokatastos est mélancolique ; il laisse tristement pendre ses ailes ; il me regarde de temps à autre avec des yeux dans lesquels se peint une profonde pitié, un profond chagrin. Le Magus, au contraire, se montre très gai, quelquefois même outrecuidant. C'est tout au plus si je puis, affligée comme je le suis , le tenir dans les bornes. Et être enfermée dans ces murs, loin de la douce patrie ! Ah ! ce pauvre cœur se brisera , pour peu que cela continue.

» J'ai bien pleuré, j'ai bien gémi. Maria a versé avec moi bien des larmes, sans toutefois comprendre mon tourment. Apokatastos a battu des ailes comme il n'avait pas fait depuis long-temps, en disant :

» —Patience ! bientôt, bientôt, le combat commence.

» Mais il parlait avec beaucoup de difficulté. Il a volé jusqu'à l'armoire, dans laquelle, je le sais, mon Magus conserve un étui hermétiquement fermé. Que contient cet étui ? C'est son secret. Apokatastos s'est mis à donner des coups de bec si violents à la serrure, que cela commençait à s'ébranler, à grincer et à sonner dans l'armoire. Mais le Magus est entré ; en s'apercevant de ce qu'allait faire le perroquet, il a paru très effrayé. Apokatastos, de son côté, a poussé un cri perçant, effroyable, que je n'avais jamais entendu. Il a volé, avec un grand bruit, d'ailes droit à la figure du Magus. Celui-ci s'est sauvé, comme à l'ordinaire, dans le lit, en se cachant sous la couverture, pendant qu'Apokatastos disait :

» — Ce n'est pas encore temps; mais bientôt Théodoros viendra.

» Non, je ne suis pas tout-à-fait abandonnée : Apokatastos est celui qui me protége.

» Maria, la pauvre enfant, avait bien peur; je lui rappelai la nuit de la Saint-Jean; elle reprit sa sérénité, et, à ma prière, resta avec moi jusqu'à une heure assez avancée de la nuit. Moi aussi je m'égayai; nous nous mîmes à jouer, à chanter, à folâtrer et à rire. Le fameux ruban et la fleur du portefeuille nous procurèrent bien de l'agrément; mais, hélas! notre joie fut de courte durée. Mon Magus tendit la tête hors des couvertures (il avait repris son bonnet de dentelles). A ce spectacle bouffon, je partis d'un éclat de rire; mais le Magus fixa sur moi ses yeux terribles, et je retombai dans cet état funeste dont je viens de parler. Il me sembla que je donnais des soufflets à quelqu'un ; du moins je sentis que j'en faisais le mouvement, j'entendis le bruit des coups. Tout cela était l'effet sans doute des artifices et des méchancetés de mon Magus.

» — Le talisman va agir ! s'écrie à l'instant même Apokatastos.

» Quelle lueur d'espérance ! O Théodoros !... »

Voici maintenant le résumé de différentes notes du baron Achatius :

Ce qui est arrivé est encore plus extraordinaire que tout le reste. Théodore s'étant un peu consolé de son grand chagrin, le jovial capitaine de cavalerie de B... eut assez d'empire sur lui pour le décider non seulement à ne pas aller s'enfouir dans le Mecklembourg, mais encore à se relâcher de la diète austère qu'il s'était imposée. Il substitua aux tranches de jambon une bonne salade italienne et un copieux beesfteak, à la bière brune un bon verre de porto ou de madère. Comme à une heure après midi l'appétit ne se montrait pas encore, il se rendait au restaurant de Jagor deux ou trois heures plus tard, et, là, se faisait servir un dîner solide qu'il arrosait des vins les plus généreux.

Le capitaine permettait seulement au baron de continuer ses promenades au jardin des plantes ; mais il lui conseillait de les faire à cheval, l'équitation étant à ses yeux un remède à tous les maux, notamment à l'hypocondrie. Théodore, qui n'avait pas oublié ses deux chutes et les recommandations de Schnuspelpold, avait de la peine à s'y décider; mais le ciel ne lui avait pas départi un caractère des plus fermes : comme le roseau, il pliait à tous les vents. Un jour donc, après avoir dîné au restaurant de Jagor avec le capitaine, celui-ci ayant fait venir deux chevaux tout sellés, le baron se laissa persuader et accompagna son ami. Ils se dirigèrent du côté de Charlottenbourg. Le trajet se fit sans accident. Le capitaine complimenta le baron sur sa bonne tenue. Quelle joie pour ce dernier! On rendait donc enfin justice au talent que la nature et l'art lui avaient donné!

Les deux amis s'arrêtèrent un instant chez Mme Pauli ; ils y prirent le café, puis se remirent en route. En chemin, le capitaine chercha à questionner Théodore sur son changement subit de manière de vivre. Tout ce que celui-ci pouvait et voulait avouer, c'est qu'il lui était arrivé des choses très désagréables (il faisait allusion au soufflet invisible), et que le vieux Nathaniel Simson et sa coquette de fille en étaient les auteurs. Le capitaine, qui depuis long-temps ne pouvait souffrir ni le père ni la fille, en dit beaucoup de mal, sans toutefois savoir ce qu'ils avaient fait au baron. Ce dernier, s'anima de plus en plus, et finit par mettre sur le compte du banquier tous les désagréments qu'il avait éprouvés, jurant d'en tirer une vengeance éclatante.

Il était dans ces dispositions quand il se trouva justement devant la maison de campagne de la famille Simson.

Le chemin que les deux amis avaient pris les faisait passer devant la porte; on pouvait apercevoir de la route une table dressée dans le vestibule découvert de la maison de campagne. Nathaniel Simson, sa fille et les convives que ce dernier réunissait ce jour-là chez lui. On était au dessert, et comme le jour commençait à baisser, les flambeaux étaient allumés. Une idée vint à l'esprit du baron.

— Fais-moi le plaisir, dit-il à voix basse au capitaine, d'aller en avant et de m'attendre. Je veux, une fois pour toutes, mettre un terme aux artifices de ce juif rusé et de sa ridicule fille.

— Pas d'extravagances, je t'en prie, mon cher ami; ne t'expose pas encore aux moqueries.

Telle fut la recommandation du capitaine, qui cependant se conforma aux désirs de Théodore.

Celui-ci s'approcha, sans faire de bruit, de la grille de fer fermant l'entrée de la maison. Un arbre qui s'avançait sur la route le cachait à tous les yeux. De là il se mit à crier de toutes ses forces, avec une voix aussi effrayante que possible :

— Nathaniel Simson!... Nathaniel Simson! tandis que tu es en festin avec ta famille, que tes mets se changent en poison, animal immonde!... C'est ton mauvais démon qui t'appelle.

Cet exorcisme prononcé, le baron voulut se jeter dans un bosquet, de l'autre côté de la route, pour avoir l'air de disparaître comme un spectre; mais le ciel avait réservé un autre dénouement à l'aventure. Le cheval, devenu tout-à-coup rétif, se cabra sous l'éperon sans vouloir changer de place; tous les efforts de son cavalier furent vains. Nathaniel Simson, apostrophé de la sorte, avait, d'effroi, laissé tomber sa cuillère. Les convives paraissaient consternés : l'un tenait encore son verre près de sa bouche sans penser à le vider; l'autre, qui mangeait du gâteau, s'étouffait, oubliant de boire. Mais lorsque l'on distingua le bruit que faisait le cheval qui écumait, hennissait et frappait du pied, chacun se leva et courut à la barrière.

— Ah! c'est donc vous, baron?... Eh! bonsoir, cher baron... Est-ce que vous ne voulez pas vous arrêter un instant, plaisant démon que vous êtes ?

Ce fut une exclamation générale, et le plus fou éclat de rire que l'on eût jamais entendu accompagna les efforts désespérés que faisait le baron pour échapper à cette grêle de railleries. Le capitaine, qui avait entendu le tumulte, soupçonnant qu'il était arrivé quelque nouveau malheur à son ami, revint en toute hâte sur ses pas. Aussitôt que le cheval de Théodore aperçut celui du capitaine, comme si l'enchantement qui le tenait cloué à la même place eût cessé tout-à-coup, il partit au galop, mais à un galop tout-à-fait convenable, et emporta le baron du côté de la porte de Leipzig. Le capitaine, bien décidé à ne plus abandonner son ami, galopait fidèlement à ses côtés.

— Maudit soit le jour où je suis né! Ah! plutôt la mort qu'un affront semblable! s'écria le baron d'un ton tragique en descendant de cheval devant la porte de sa demeure. Que le diable, dit-il en se frappant du poing le front, que le diable emporte les promenades à cheval et les chevaux aussi!... Non, jamais je n'ai supporté une avanie semblable.

— Vois-tu, mon cher, dit le capitaine avec un grand sang-froid, tu rejettes ta propre faute sur le compte de l'équitation et de la noble race des chevaux. Il fallait me demander si mon coursier avait été dressé à l'exorcisme des démons; je t'aurais répondu non, et l'aventure ne serait pas arrivée.

Dans l'esprit du baron, un soupçon terrible pesait sur Schnuspelpold qu'il avait reconnu parmi les convives du banquier.

« Monsieur le baron,

» La scène que vous avez faite hier devant la porte de ma maison de campagne était inconvenante et, de plus fort, risible. L'offense que vous avez voulu faire n'atteint personne; vous seul êtes puni par le ridicule. Cependant ma fille et moi nous vous prierons de nous épargner à l'avenir vos visites. Si vous aviez besoin désormais de bon papier, il serait inutile aussi de vous présenter à mon comptoir. Je ne veux plus faire d'affaires avec vous.

» J'ai bien l'honneur, etc. NATHANIEL SIMSON.

» Berlin, le... »

SIXIÈME FEUILLE.

On peut réunir ici trois feuilles en une seule, qui donnera jusqu'à un certain point la fin des aventures du baron Théodore et de la belle Grecque.

Sur la première se trouvaient quelques mots écrits par l'assistant de chancellerie Schnuspelpold au baron :

« Noble baron,

» Enfin, grâce aux puissances invisibles, je puis vous tirer du désespoir qui vous accable. Apprenez que le charme qui assure votre bonheur et le mien a réussi. Je vous l'ai déjà dit, les étoiles vous sourient ; ce qui perdrait un autre doit vous conduire droit au but. Votre folle scène devant la maison de campagne de Simson, dont j'ai été et devais être le témoin, a déchiré les lacs dans lesquels le vieillard artificieux voulait vous prendre. Ajoutez à cela que dans cette dernière quinzaine vous avez suivi ponctuellement mes recommandations : vous n'êtes pas sorti de chez vous, à plus forte raison point allé dans le Mecklembourg.

» Pour dire la vérité, en ce qui concerne le premier point, la crainte d'être raillé après votre dernière aventure en est bien un peu cause ; quant au dernier, on pourrait dire que si vous êtes resté, c'est parce que vous attendiez des lettres de change. Mais peu importe. Dans la nuit de l'équinoxe, c'est-à-dire cette nuit même, l'enchantement s'accomplira, le sort de la princesse sera lié au vôtre pour l'éternité. Au coup de minuit, trouvez-vous, revêtu de votre costume grec, dans le jardin des plantes, vers la statue d'Apollon: l'alliance sera consommée, l'alliance que quelques jours plus tard les cérémonies religieuses de l'église grecque doivent consacrer. Il faudra vous résigner à jouer un rôle complètement passif dans celle qui se passera au jardin des plantes, à obéir à mes moindres signes. Ainsi donc, au revoir, à minuit, en costume grec.

» Croyez, Monsieur le baron, etc. (*Recommandé à Astaroth.*) »

Sur la seconde feuille on voyait une écriture très fine et pourtant lisible, qui n'avait pas encore paru sur les autres, et on lisait le récit suivant :

« Sur le banc du jardin des plantes où il avait trouvé le portefeuille, le baron Théodore était assis, enveloppé dans son manteau, un turban grec sur la tête. Minuit sonna à l'horloge de la ville ; le vent se leva et agita les arbres ; les oiseaux de nuit sortirent de leur retraite en poussant des cris sinistres. Parfois le croissant de la lune se montrait au milieu des nuages ; les rayons qui tombaient sur le parc laissaient apparaître des formes étranges qui rôdaient dans les allées et chuchotaient mystérieusement en se jouant entre elles à la façon des spectres. A cette heure de la nuit, dans cette complète solitude, le baron se sentit frissonner.

» — Est-ce donc ainsi, dit-il, que commence cette fête de l'amour qu'on m'avait promise? Si au moins j'avais eu la précaution de remplir mon flacon de chasse de bon rhum de la Jamaïque, et de le suspendre à mon cou en vrai chasseur, sans préjudice toutefois de mon costume grec, je...

» Mais ici des mains invisibles arrachèrent le manteau des épaules du baron. Celui-ci, plein d'effroi, voulut fuir, quand des sons harmonieux se firent entendre à travers les arbres, répétés par l'écho lointain. Le vent de la nuit s'apaisa, la lune victorieuse s'éleva au-dessus des nuages ; à la faveur de sa clarté, le baron vit devant lui une femme majestueuse entourée de draperies. « Théodoros ! » dit-elle d'une voix douce et mélodieuse en rejetant en arrière le voile qui couvrait son visage. O ravissement!... Théodore reconnut la princesse, vêtue du costume grec le plus riche qu'on puisse imaginer. Elle portait un diadème brillant qui retenait sa noire et abondante chevelure « Théodoros! dit la princesse avec l'accent de l'amour le plus tendre, je » t'ai donc trouvé enfin, ô mon Théodoros! Je suis à toi; reçois cet anneau.» Mais à l'instant un coup de tonnerre retentit dans le parc: une autre femme, imposante, au regard sévère et impérieux, se trouva subitement entre le baron et la princesse. « Aponoméria! » s'écria cette dernière en tressaillant comme une personne qui se réveille d'un mauvais songe, et elle se jeta avec transport dans les bras de la vieille femme.

» Celle-ci, foudroyant Théodore de ses regards terribles, entourant la princesse d'un de ses bras, levant l'autre avec un geste solennel, prononça ces paroles: « L'enchantement diabolique du noir démon est rompu; il est prison» nier, chargé de chaînes honteuses. Tu es libre, haute princesse, mon enfant » chérie. Regarde, voici ton Théodoros. » A ces mots, il se fit une grande clarté; une figure de héros montée sur un puissant cheval de bataille parut au milieu de la lueur; dans ses mains flottait une bannière, sur un côté de laquelle on voyait une croix rouge entourée de rayons, et sur l'autre un phénix renaissant de ses cendres. »

Le récit finit ici sans en apprendre davantage sur le compte du baron Théodore et de l'assistant de chancellerie Schnuspelpold; la troisième et dernière feuille contenait quelques mots écrits par la princesse.

« Grands saints du paradis, et vous, puissances célestes! le méchant Magus m'avait attirée sur le bord du précipice; le vertige me gagnait, j'allais m'y précipiter, lorsque le charme a été rompu par toi, ô Aponoméria! ô ma seconde mère! Je suis libre, les chaînes sont brisées, il est mon esclave; je pourrais l'écraser si je n'avais pitié de sa misère, mais je serai généreuse, je lui laisserai son jouet magique. Théodoros, je t'ai vu enfin dans le miroir qui m'a montré un avenir glorieux; oui, je tresserai les lauriers et les palmes qui doivent orner ta couronne. Et toi, mon cœur! ne bondis pas ainsi dans ma poitrine; il faut attendre dans ces murs le moment où la voix de Théodoros m'appellera. Patience! Aponoméria est avec moi, et le Magus est vaincu. »

En marge de cette feuille Schnuspelpold avait écrit :

« Je me résigne à mon sort, la bonté de la princesse le rend supportable: elle m'a laissé ma queue et par-dessus le marché plusieurs autres jolis jouets. Quant à ce qui m'attend en Grèce, Dieu seul le sait. Je suis bien puni de ma folie. C'est ma faute. Malgré toute ma science cabalistique, je n'ai pas su prévoir qu'un élégant fantasque est aussi incapable d'une grande action qu'un bouchon de liége, et que le Téraphim du prophète Sifur était une poupée bien supérieure à M. le baron Théodore de S...: mieux que lui il aurait pu faire illusion à la princesse et passer pour son bien-aimé Théodoros Capitanaki. »

Les quelques notes suivantes du baron Achatius peuvent encore trouver place ici :

« L'aventure a fait grand bruit dans Berlin. Après minuit, ton neveu, glacé de froid, les vêtements mouillés, entra chez Kempfer (tu sais que ce café est situé dans le jardin des plantes). Il s'y présenta dans un costume bouffon, demandant qu'on lui préparât promptement, avec du thé et du rhum, un peu de punch, sans quoi il allait mourir, disait-il. On s'empressa de lui complaire; mais il se mit à prononcer des discours sans suite, si extraordinaires, que Kempfer, qui heureusement le connaissait, le fit reconduire en voiture jusque chez lui, le croyant sérieusement malade. Tout le monde pense qu'il est devenu fou. Personne ne s'en étonne en se rappelant toutes les extravagances qu'il a faites depuis quelque temps. Cependant le médecin ne lui trouve pas autre chose qu'un peu de fièvre. Il ne fait que parler d'assistants de chancellerie cabalistes qui l'auraient enchanté, de princesses grecques, de portefeuilles magiques, de perroquets sibyllins, etc. On ne peut pas lui sortir de l'idée qu'il a été fiancé avec une Enzouse, qu'il lui a fait une infidélité, qu'elle, par vengeance, suce tout son sang, que rien ne peut le sauver et qu'il va mourir. »

« Rassure-toi, mon ami, ton neveu est en pleine convalescence. Ses idées noires s'évanouissent peu à peu ; il reprend intérêt à tout ce que la vie lui offre de charmes. Ainsi, hier, il s'est extrêmement réjoui d'une forme nouvelle de chapeau que portait le comte d'E..., qui était venu le voir, à tel point qu'il a voulu lui-même essayer ce chapeau, quoiqu'il fût au lit, et qu'il s'est fait apporter une glace pour s'y mirer. Il mange des côtelettes de mouton et fait des vers. J'espère, dans un mois au plus tard, te le ramener. Il ne peut pas rester à Berlin. Comme je te l'ai dit, son aventure a fait du bruit, et s'il reparaissait dans le monde, il serait de nouveau exposé à toutes sortes de railleries. »

« Après une absence de deux ans, ton neveu est heureusement de retour. Est-il allé véritablement en Grèce ?... Pour mon compte, je ne le crois pas; il fait trop mystère de son voyage ; il dit trop à tout propos : « Lorsqu'on » est allé en Morée, lorsqu'on est allé à Chypre, etc. » Tout cela est pour moi la preuve du contraire.

» Je suis fâché, si ton neveu a visité réellement la Grèce, qu'il ait oublié de passer à Anticyra (1) et qu'il soit resté aussi fantasque qu'auparavant. A

(1) Strabon dit qu'il y avait dans l'Archipel grec deux îles de ce nom où il croissait beaucoup d'ellébore. Elles étaient situées entre celles de Négrepont et les côtes de Thessalie, dans le golfe de Malée ou de la Phtiocide, actuellement golfe de Ziton ou Zeiton. C'est aujourd'hui *Aspro Spitia*. Horace (*De Arte poet.*) compte trois Anticyres, mais c'est pour donner une plus grande idée de la folie dont il parle. (*Note du traducteur.*)

propos, je t'envoie l'almanach de poche de Berlin pour l'année 1821, dans lequel une partie de ses aventures a été imprimée sous ce titre : *les Méprises, fragments de la vie d'un Fantasque*. Cela a fait une grande impression sur l'esprit de Théodore. Peut-être qu'en y voyant ses ridicules représentés comme dans un miroir fidèle, il aura honte et songera à se corriger. Il serait heureux que la suite de ses aventures jusqu'au moment où il a quitté Berlin fût également publiée. »

SUPPLÉMENT.

Il ne sera pas indifférent au lecteur de savoir que le messager chargé par Hff. de porter le billet à l'assistant de chancellerie Schnuspelpold revint sans avoir pu s'acquitter de sa commission; la personne à laquelle il était adressé n'avait jamais demeuré dans la maison indiquée. Il parait certain que la princesse avait chargé son Magus de remettre à Hff. le don qu'elle comptait lui faire. Schnuspelpold, obligé de se soumettre à sa volonté, s'était acquitté du message avec sa malice accoutumée ; cela explique la lettre grossière au bon Hff., et la mystification réservée à celui-ci au moyen d'une fantasmagorie effrayante.

De la pièce de vers adressée à Hff. on doit tirer cette conséquence, à savoir, que le moment indiqué par la vision de la princesse dans la nuit, au jardin des plantes, est arrivé, que l'étendard à la croix rouge et au phénix a flotté victorieusement, et que, sous son abri, la princesse elle-même est rentrée dans sa patrie. La susdite pièce de vers demeurera pour Hff. un cher et précieux souvenir d'une incomparable personne ; car il y est traité, au moyen des locutions les plus poétiques, comme un Magus, et, qui plus est, comme un bon Magus qui n'a rien de commun avec le diable et ses pratiques. Il ne lui était jamais arrivé d'être jugé ainsi.

Il est assez singulier que ce qui l'année précédente (1820) ne semblait qu'une fable construite en l'air, un présage *dans le bleu*, trouve cette année (1821) une base dans les événements du jour.

Qui sait ? un Théodoros déploie peut-être, en cet instant même, la bannière de la croix et du phénix.

Il est fâcheux que dans les fragments sus-relatés le nom de la jeune princesse grecque ne se trouve nulle part mentionné. C'est parce que Hff. n'a jamais pu le connaitre qu'il n'est pas allé s'informer au bureau des étrangers de la dame partie de Berlin à la fin du mois de mai.

Il est certain cependant que ce n'est pas Mme Bubina, l'héroïne qui a fait le siége de Napoli de Romana. La fiancée du prince Théodoros, quoique ardente patriote, n'était pas une héroïne : sa pièce de vers l'a suffisamment fait entendre.

Si le lecteur bénévole venait à apprendre quelque chose de plus sur la princesse inconnue et le merveilleux assistant de chancellerie, il est prié instamment d'avoir la bonté d'en informer Hff. par l'entremise de l'honorable députation de l'almanach de Berlin.

Ecrit en juin 1821.

FIN.

www.ingramcontent.com/pod-product-compliance
Ingram Content Group UK Ltd.
Pitfield, Milton Keynes, MK11 3LW, UK
UKHW031910260826
14628UKWH00003B/1097

9 782019 126308